LES FONTAINES DE LARMES

En application de l'art. L.137-2.-I. du code de la propriété intellectuelle, toute reproduction et/ou divulgation de parties de l'œuvre dépassant le volume prévu par la loi est expressément interdite.

© Didier Leman, 2025

Extraits de poèmes de Liliane Rosati, avec son aimable autorisation. Dessin de couverture de Yann Leman, avec son aimable autorisation.

Édition : BoD · Books on Demand, 31 avenue Saint-Rémy, 57600 Forbach, bod@bod.fr
Impression : Libri Plureos GmbH, Friedensallee 273, 22763 Hamburg (Allemagne)

ISBN : 978-2-3225-5934-3
Dépôt légal : février 2025

DIDIER LEMAN

# LES FONTAINES DE LARMES

Roman

À Charles,
pour ses fleurs maladives,

À Lili,
pour ses fleurs d'un jour.

## LA CAPITALE

Vingt-six fois cent ans après la fin de cette histoire.

Dansen relisait pour la troisième fois sur l'écran de son ordinateur les messages qu'il venait de recevoir. Les informations le bouleversaient. D'un geste brusque, il éteignit l'écran, se leva et enfila sa veste, l'esprit angoissé. Il se dirigea vers la sortie de la boutique, ferma à clef, actionna la commande de l'alarme, abaissa le rideau métallique et se mit à marcher d'un pas rapide en direction de son lieu de rendez-vous.

Une lune rousse, de mauvaise humeur et annonciatrice de bouleversements, transperçait les nuages ; il se faisait tard. Un vent virevoltant balayait agressivement les feuilles mortes entassées dans les recoins de l'avenue. Les citadins se dépêchaient, tête baissée, de rentrer dans leurs dortoirs à la périphérie de la Capitale.

Insensible aux aléas de la météorologie automnale, Dansen se faufila parmi la foule qui se pressait dans les rues. Néna l'attendait au bar de l'Antique Civilisation.

— Tu prendras un kir comme d'habitude ? lui lança-t-elle, heureuse de le retrouver à l'heure habituelle ; celle où les fourmis s'entassaient sous terre.

— Un verre de liqueur maltée m'irait mieux. La journée a été passionnante et pleine de rebondissements ! Mais les dernières nouvelles sont déroutantes…

Le serveur apporta les boissons et les déposa sur la table basse. Le décor de statues en plâtre autour d'eux rappelait étrangement un monde d'antan peuplé de personnages mythologiques tels que Pan et Bacchus. Des haut-parleurs déversaient dans la salle une chanson populaire sur un rythme binaire. La voix du chanteur ânonnait qu'il était né pour être en vie[1]…

— Que se passe-t-il ? questionna-t-elle, légèrement anxieuse.

— Les vents tourbillonnent… Je ne sais encore où tout cela nous mènera, mais il est grand temps d'agir.

Ce soir-là, Dansen et Néna étaient convenus par messagerie de se rencontrer pour un rapide apéritif dans le quartier de la Madelon, non loin de la célèbre salle de concert du Paradis.

— Dis-moi donc, Dansen, ce qui te turlupine ainsi, insista Néna en allumant une cigarette.

À chaque fois que l'un ou l'autre prononçait ce verbe « turlupiner », il souriait avec une moue d'excuse. Tous deux convenaient que ce terme était certainement l'un des plus laids de la langue française, mais s'amusaient à l'utiliser lorsque l'occasion se présentait.

---

[1] Patrick Hernandez – Born to be Alive

Après avoir trinqué, Dansen prit la cigarette des doigts de Néna, en aspira une bouffée, la lui rendit et se mit à parler.

— Tu te souviens de mes histoires concernant la Contrée où habitent mes parents ?

Néna hocha la tête à l'affirmative et l'invita à continuer.

— Eh bien, au milieu de la Contrée existe une ancienne bibliothèque où sont conservés les livres les plus antiques de notre civilisation. Avec mon père, lorsque j'étais enfant, j'y ai passé plus de temps que sur les bancs de l'école, tu peux me croire ! C'est de là qu'est véritablement née ma passion pour les livres anciens, et c'est ainsi que j'ai, bien entendu, trouvé cet emploi d'archiviste à la Capitale dans la librairie que tu connais. Depuis la quasi-disparition des livres, il y a quelques années, nous ne vendons plus grand-chose, mais comme tu le sais mon travail consiste maintenant à les distribuer au moyen des messageries électroniques aux lecteurs du monde entier.

Dansen reprit une bouffée de la cigarette de Néna et continua.

— Les anciens gardiens de la Bibliothèque Centrale de la Contrée m'ont souvent raconté que la plupart des grands écrits de l'humanité y étaient conservés, mais que parmi ces millions de livres il en manquerait un : l'unique livre, celui qui serait à l'origine de tous les autres, celui qui serait le commencement de tout ! Malgré mes questions et mes recherches, ces braves gardiens n'ont jamais réussi à m'aider à le retrouver ni à me mettre sur la voie. Durant des années, j'ai vainement cherché à savoir de quel livre il pouvait s'agir, qui l'aurait rédigé, à quelle époque… mais rien de rien ! À chaque fois, je tombais dans une impasse. Des sociétés secrètes bien plus puissantes que moi sont également intéressées par cet ouvrage. Certaines sont malveillantes, à tel point que je les soupçonne de vouloir l'acquérir uniquement pour le détruire. Et dire que je n'avais toujours pas, malgré tous mes efforts, la moindre piste sur ce livre !

Dansen s'arrêta brusquement et regarda sa montre.

— Je crains, si je continue à ainsi papoter, de te mettre en retard.

— Non, non, j'ai encore un peu de temps. Je t'en prie, continue.

Un couple de travestis entra dans le bar. Ils étaient bruyants, distribuèrent des baisers au barman et s'installèrent à la table voisine de celle de Dansen et Néna. Dansen maugréa et se rapprocha de Néna, assise en face de lui. Le visage de Néna brillait de mille étincelles. Elle avait le regard vif et passionné des femmes originaires des îles du Sud. Sa longue chevelure d'un noir d'encre amplifiait la luminosité de sa peau fine comme la soie. Il aimait la façon dont elle s'habillait quand ils prévoyaient de se rencontrer. Ce soir-là, elle portait une robe de couleur chatoyante, célèbre marque d'un couturier du Sud et qui dévoilait en toute discrétion la jarretière de ses bas lorsqu'elle croisait les jambes. Néna était chaussée de ses bottines fétiches en daim noir, qui enjolivaient sa cheville à tel point que Dansen ne put réprimer un sourire enchanté. De l'avis de Dansen, Néna avait très certainement les plus beaux pieds qu'il avait eu l'occasion d'admirer en ce monde. Il adorait le soin qu'elle portait à son habillement, à son maquillage toujours étincelant, et aimait à croire égoïstement que tout cela lui était destiné. À l'opposé de Néna, Dansen était blond aux yeux bleus. Lui-même, qui durant des années ne s'était jamais regardé dans un miroir, prêtait désormais attention, depuis sa rencontre avec Néna, à ses vêtements, à sa coiffure, à la coupe de sa barbe de trois jours.

Quelle triste mine avait-il eue, perdu dans son mal-être chronique jusqu'à ce fameux jour où Néna avait osé lui tapoter la main dans la rame du train en direction du centre de la Capitale, là où tous deux travaillaient. Dans un souffle de timidité, elle lui avait demandé s'il voulait bien prendre un café avec elle. En parfait goujat, il lui avait répondu que oui…, mais qu'il n'avait pas beaucoup de temps pour elle ! Il ne savait pas encore qu'il lui donnerait le reste de sa vie et bien plus.

Depuis cette rencontre, chaque matin, il se moquait de lui-même en cherchant à harmoniser sa cravate avec sa chemise devant la glace de sa salle de bain. Dansen savait que cela tenait de l'irrépressible réciprocité des sentiments amoureux. Il fallait ressentir l'envie de donner pour recevoir, donner plus pour recevoir plus. Au fond de son cœur, dans la solitude de sa vie, l'important n'était rien d'autre qu'un volcan de tendresse se déversant dans une rivière de caresses. Les relations humaines, dans leur brutalité quotidienne, n'avaient aucun sens si ce n'est le besoin de rencontrer l'autre et de se noyer dans le torrent d'un regard amoureux.

— Il y a quelques semaines, les réseaux informatiques se sont échauffés autour de nos recherches. De nouvelles informations ont afflué. Un nombre impressionnant de contacts de par le monde donnaient des indications inédites et prometteuses sur le livre manquant de la Bibliothèque Centrale. De nombreux savants ont en effet regroupé le résultat de leurs années d'investigations et ont ouvert une voie, il est vrai, à mon avis, assez intéressante. Mais, j'ai également remarqué ces derniers temps qu'une société secrète avait commencé à s'intéresser à nos recherches et je me suis donc renseigné sur les gens qui la composent. J'ai eu cet après-midi quelques résultats indiquant que ses membres n'ont malheureusement rien à voir avec notre cercle de passionnés de littérature ancienne. Il s'agirait plutôt d'un groupement économique avide d'une bonne affaire lucrative. Ces gens m'ont l'air dangereux et sans scrupules. Je crains, Néna, que je ne doive m'absenter quelque temps dans les jours qui viennent pour mener mon enquête.

Néna fit la moue. Elle détestait l'éventualité d'une séparation, de ne plus voir son ami le midi pour effacer, lors d'un déjeuner rapide, les tracas du quotidien. Dansen était du même avis. Depuis leur rencontre, il avait retrouvé une certaine sérénité, qu'il avait perdue bien plus tôt lorsqu'il avait quitté sa contrée natale.

— Je ne peux continuer à me terrer ici ; beaucoup comptent sur moi pour mener cette mission à bien.

— Dansen, ne t'inquiète pas. Permets-moi tout simplement d'être un peu triste lorsque j'apprends que tu dois t'éloigner.

Il se faisait tard. Néna régla les consommations, et tous deux se levèrent pour retrouver l'ambiance nocturne des ruelles de la Capitale. Le vent leur fouetta le visage. Néna prit le bras de Dansen et, d'un pas rapide, ils se dirigèrent vers la bouche du métropolitain la plus proche. Sur le quai, Néna s'agrippa à lui quelques secondes, intensément. Puis elle se détacha d'un geste vif pour monter dans le train qui venait d'arriver en gare. Dansen lui fit un signe tandis que le wagon s'éloignait vers le sombre tunnel. Ensuite, il emprunta prestement un couloir afin de rejoindre la ligne de métropolitain qui le mènerait en direction de son domicile.

Arrivé au pied de la tour où il résidait, Dansen pressa le pas. L'inquiétude avait repris son esprit ; il n'avait pas apprécié les dernières nouvelles qu'il avait lues sur son écran, mais avait préféré modérer son embarras en présence de Néna. Quels étaient ces gens avides qui s'intéressaient de manière brutale à ses recherches ? À chaque fois qu'il consultait ses messages sur les forums de discussions, il ressentait la présence cachée de ces individus qui traquaient les moindres informations. Parfois, l'angoisse l'étreignait. Il lançait alors une requête concernant l'identité de ces traqueurs de données. La plupart du temps, il n'obtenait qu'un chiffre anonyme qu'il lui était impossible de déchiffrer. Mais, grâce à l'aide de personnes plus férues en informatique, il avait cet après-midi pu remonter la trace de ces inconnus qui épiaient les moindres requêtes qu'il formulait sur la toile.

L'ascenseur de l'immeuble s'arrêta à son étage. Il descendit et sortit le bip électronique de sa poche afin d'actionner l'ouverture de la porte de son appartement, qui obéit et s'ouvrit en un glissement silencieux. Tout était en ordre. Il se dirigea vers son ordinateur. La porte se referma automatiquement derrière lui. Dansen alluma l'écran et s'approcha de la grande baie vitrée qui surplombait la cité. Un amas de nuages sombres se tassait au sud, telle une armée noire prête à envahir une ville assiégée. Du haut de sa tour, Dansen se remémora les vertes collines de sa contrée d'origine. Ici-bas, tout était gris et sinistre. En prémices à l'orage qui allait s'abattre bientôt sur la Capitale, un vent violent vint cogner brusquement aux vitres de son appartement. Effrayé, Dansen s'éloigna de quelques pas. Il connaissait trop bien la force des présages naturels pour ne pas s'en inquiéter. Lors de son enfance à la Contrée, les anciens lui avaient appris à déchiffrer les messages de Mère Nature, à l'écouter et à suivre ses conseils.

La page d'accueil de son écran demanda son code d'accès. Dansen l'inscrivit avec son stylet électronique, puis, par méfiance, décida de le modifier. Il choisit un mot de passe qu'il dut confirmer à sept reprises. Vingt messages lui étaient parvenus depuis qu'il avait quitté la boutique d'anciens livres. Il les parcourut un à un. Quelques amis lui recommandaient la prudence à mots voilés. Certains lui donnaient une dernière indication avant le départ. Enfin, un dernier courrier électronique lui avait été adressé sans texte d'accompagnement. Un fichier crypté était annexé. L'expéditeur était le professeur Cato. Dansen ouvrit le document grâce au code d'accès dont il était convenu l'après-midi même avec le professeur. Une photo en grand format s'afficha. Dansen connaissait la procédure à suivre. Tout en bas de la photo anodine d'un paysage nordique se trouvait un simple morceau de papier posé sur l'herbe. Il suffisait, à l'aide du stylet, de pointer sur celui-ci pour ouvrir un message en format lisible. Ce procédé artisanal et très discret avait été mis au point par un collègue informaticien, et c'est ainsi que les chercheurs de livres anciens s'envoyaient des informations confidentielles. Le contenu de ce dernier message était le suivant :

« Détournez l'attention de vos adversaires. Allez au plus tôt chez Pierre et Marie. Ils vous attendent. Bien à vous. »

— Qui sont Pierre et Marie ? s'interrogea Dansen.

Il ne les connaissait pas mais savait qu'il lui fallait impérativement suivre les conseils avisés du professeur Cato. Ce dernier était à l'origine des plus récentes découvertes sur le livre unique, et leur collaboration durait depuis presque vingt ans.

Dansen chercha à comprendre l'étrange message. Un peu de musique apporterait le calme à son esprit. Il quitta l'écran d'accueil de la messagerie et ouvrit son programme de recherche musicale. Il écrivit au moyen de son stylet : « seventies, Hammersmith, live, soundboard ». En réponse, un choix varié d'artistes lui fut proposé. Il sélectionna un guitariste de renom qui avait donné un concert à l'Hammersmith Odéon de London en mille neuf cent soixante-dix-neuf. Il téléchargea l'intégralité du concert, chercha quelques photos de cet événement relaté dans les journaux de l'époque et transféra les fichiers vers le four à vinyles.

Puis, à quelques mètres de là, près d'une étagère sur laquelle trônait une impressionnante collection de disques, Dansen sortit d'un étui en papier une galette en vinyle vierge de cent quatre-vingts grammes qu'il inséra dans l'orifice du four. Les informations étaient recalculées par la machine qui ressemblait à une sorte d'ancien magnétoscope du siècle précédent à l'exception du fait que la seule ouverture était une large fente d'environ trente-cinq centimètres. L'ensemble n'avait ni boutons de commande ni écran de visualisation. Tout était automatisé.

Dansen alluma une cigarette afin de patienter. Des bourrasques rugissantes s'abattaient sur les battants de sa baie vitrée. En bas de l'immeuble, les passants retardataires se dépêchaient de trouver un abri. Les orages d'une violence extrême devenaient de plus en plus fréquents en cet automne de la fin d'un monde. Des pluies diluviennes nettoyaient l'atmosphère cauchemardesque d'une ville asphyxiée par la modernité. Dansen pensa à son père, à sa mère, à l'endroit où il avait vécu sa jeunesse et où tout était si paisible en comparaison du bouillonnement incessant et exaspérant de la mégalopole.

— Garcin ! Mais oui, bien sûr !

Dansen éteignit sa cigarette rageusement. Comment n'y avait-il pas pensé plus tôt ?

Les liaisons avec la Contrée étaient des plus archaïques. Dansen s'approcha d'un antique téléphone à cadran circulaire et composa le numéro du standard central de la Contrée : zéro, zéro, trente-deux, cinquante-six, trente et un, dix-sept, soixante-dix-huit.

— Séraphine, bonsoir ! Standard de la Contrée à votre serviiiiiiice !

La voix suraiguë de Séraphine provoquait à chaque fois un frisson dans le dos de Dansen. Il avait pris l'habitude des voix électroniques et suaves des messagères de la ville.

— Bonsoir dame Séraphine, c'est Dansen, le fils de Kay et Valha !

— Oh oui, bien sûr, Dansen. Comment allez-vous ? J'espère que tout va bien pour vous dans la grande viiiiille !

— Oui, oui, merci à vous. Tout va bien ici ! Pourriez-vous s'il vous plaît avertir Garcin que je cherche à le joindre par téléphone ?

— Garcin ? Oh, *potverdorie*, je croyais que vous vouliez parler à votre père ou à votre mère !

— Non, non. Pas cette fois-ci. J'ai un besoin très urgent de parler à Garcin.

— Mais bien entendu, Dansen, je me dépêche d'aller l'avertir.

Dansen sourit. Il connaissait la procédure qui suivrait maintenant, inimaginable en ville : Séraphine sortirait de son bureau de standardiste, avertirait sa collègue et irait en marchant calmement jusqu'à la maison de Garcin, à près d'une demi-heure de là. Ensuite, elle frapperait à la porte et informerait Garcin de l'appel. Celui-ci prendrait tranquillement sa gabardine et sa casquette suspendues au porte-manteau et s'en irait, accompagné de Séraphine, en direction du standard téléphonique de la Contrée. Ils auraient ainsi tous deux le temps de se raconter les nouvelles du voisinage. Les délais de réponse à la Contrée suivaient une mesure temporelle différente de celle de la Capitale.

Le four à vinyles émit un son strident. Dansen se rapprocha de l'appareil. La galette en sortait lentement, refroidie par une puissante soufflerie. Elle était gravée de sillons reproduisant en haute-fidélité le fichier qu'il avait téléchargé quelques minutes auparavant. D'une imprimante sortit quelques instants plus tard une pochette en carton. Au recto se trouvait la photo qu'avait choisie Dansen, agrémentée du nom de l'artiste et d'un titre surprenant : *Gonzo at Hammersmith*. Le verso présentait des informations précises sur le contenu musical : le titre des chansons, leur durée, quelques articles de journaux… tout cela artistiquement disposé, avec une mise en page imitant celles de l'époque de l'enregistrement. Pour le plus grand bonheur de l'audiophile, une intelligence virtuelle encyclopédique avait magnifiquement ordonné tous les renseignements pertinents.

Dansen positionna le vinyle sur la platine de lecture. Le diamant se posa délicatement sur le sillon en un doux ronronnement de basses fréquences. Puis, la clameur s'éleva. Le concert débutait avec l'entrée du groupe sur la scène de l'Hammersmith Odéon. Les premiers accords de guitare vinrent cogner les murs de son appartement. Dansen s'installa au milieu de la pièce, dans un canapé en cuir blanc, la pochette du disque à la main. Il ferma les yeux. « Stranglehold[2] » vrombissait dans ses oreilles. La musique prenait place dans son corps. Son esprit

---

[2] Ted Nugent – Stranglehold

s'envolait vers une période vieille de plus de cinquante ans. Il voyageait dans le temps.

Dansen avait encore les yeux fermés lorsque la sonnerie du téléphone à cadran retentit. Il se leva rapidement et décrocha.

— Allo ! Garcin ?

— Oui, mon jeune Dansen. Comment vas-tu ?

— Bien, bien. Et vous ? Comment va tout le monde à la Contrée ?

— Bien également. Tu sais bien qu'ici, pas grand-chose ne bouge. Et ma foi, nous, on vieillit un peu chaque jour. *Potverdorie* !

Garcin était le meilleur ami du père de Dansen, Kay. Dans leur jeune temps, tous deux avaient effectué de nombreux voyages en montgolfière avant que Kay et sa compagne Valha ne partent s'exiler durant une longue période dans un désert au sud du monde. Dansen était né lors de ce périple. L'ami Garcin était quant à lui resté à la Contrée et avait modernisé quelque peu les infrastructures de ce pays étrange. Il avait importé la technique de l'électricité à énergie éolienne, et les habitants de la région s'étaient peu à peu, mais avec grande méfiance, équipés d'ampoules pour illuminer une seule pièce de leur demeure, pas plus… Grâce à l'électricité éolienne, la Contrée avait installé son premier téléphone, et cela semblait actuellement amplement suffire à ses occupants. Il n'était pas encore question de leur proposer la téléphonie mobile ou des accès aux réseaux informatiques. Pour l'heure, ils préféraient se promener avec une gourde d'alcool à base de jaune d'œuf et discuter de vive voix avec les passants.

— Cher Garcin, je sais qu'il est tard et je ne voudrais pas vous déranger trop longtemps, mais j'avais besoin d'un renseignement urgent, et vous seul pouvez m'aider.

— Bien entendu, jeune Dansen. Il n'y a aucun problème. En rentrant, je passerai chez ton père lui donner de tes nouvelles. Raconte-moi donc.

— Eh bien, en fait, répondit Dansen en se raclant la gorge, pourriez-vous me donner l'adresse de vos parents ? Je me rappelle les avoir rencontrés. Ils s'appellent bien Pierre et Marie ?

— Ben que oui qu'ils s'appellent ainsi ! Mais, tu sais, ils sont bien vieux maintenant… Dis-moi donc pourquoi tu veux leur adresse !

— Oh, c'est un vieil ami à moi qui m'a conseillé d'aller leur rendre visite, mais tout cela est un peu secret et, à vrai dire, je ne connais pas vraiment moi-même la raison de ma demande.

— Mais qu'à cela ne tienne ! Ils seront ravis de te revoir, jeune Dansen. Ils habitent depuis toujours à Boishem, au nord de la Contrée, après le pays des forgerons. Tu traverses la rivière, et là tu demanderas ton chemin. Tu verras, c'est très facile… Il suffit de demander !

Dansen soupira. Garcin était un irrémédiable gars de la campagne profonde, impassible et plein de bon sens quasi juvénile. Comme si à la Capitale on demandait encore son chemin à un passant ! Si votre téléphone portable n'était pas équipé d'un système de navigation par satellite performant, vous étiez tout simplement perdu dans les méandres de la ville. Quelque temps plus tôt, les services administratifs avaient enlevé les panneaux de direction désuets. Alors oser demander son chemin relevait de la plus grande naïveté. On pouvait être certain que l'on vous enverrait dans la direction opposée, rien que pour le plaisir de se moquer de vous ensuite !

— Merci, cher Garcin. Je demanderai à coup sûr mon chemin. Je partirai demain matin en direction des régions nordiques. Dites à mon père que tout va bien, que mon métier avance bien et que la vie ici n'est pas aussi rude qu'il le pense. Embrassez bien ma mère également ! Et votre épouse Rosalia, et vos enfants aussi !

— Bien entendu, jeune Dansen. Prends bien garde à toi et passe nous voir dès que tu as un moment. Nous irons faire un tour dans mon engin volant !

Dansen salua encore Garcin, puis raccrocha le combiné. Il se faisait tard. Il sortit une valise d'une armoire et y rangea quelques habits. À l'inverse du décor clair et spartiate de son appartement, Dansen ne s'habillait pratiquement qu'en noir, en hommage à un artiste du siècle précédent[3] qui expliquait dans l'une de ses chansons qu'il s'habillerait ainsi aussi longtemps que le monde irait mal, et qu'il porterait des vêtements couleur arc-en-ciel le jour où il verrait le monde comme un univers merveilleux.

---

[3] Johnny Cash – Man in Black

Ensuite, Dansen choisit un autre vinyle qu'il déposa sur la platine, donna un ordre vocal pour baisser un peu le son et s'installa dans son lit.

Il s'endormit au son de la complainte de « Sébastian[4] », violon plaintif et voix sombre…

---

[4] Cockney Rebel – Sebastian

# PIERRE ET MARIE DES VINGTDEUXMURS

Le réveil sonna avant l'aube. Dansen se leva aussitôt d'un bond. Son cœur battait la chamade. Ses rêves nocturnes avaient été mauvais, malsains et tourmentés. Des nuages gonflés de pluie s'étaient déversés sur la ville durant toute la nuit et avaient perturbé son sommeil. Il était grand temps de se lever.

Dansen prépara une infusion au rooibos tout en envoyant un message rapide à Néna au moyen de son téléphone portable.

*Bonjour douce fée. Espère que vous avez bien dormi. Pensées douces et bisous tendres. Départ imminent. À bientôt.*

Il prit une douche, s'habilla et, sa valise à la main, s'engouffra dans l'ascenseur de son immeuble en direction du garage souterrain. Arrivé à son emplacement, il défit la bâche qui enveloppait son véhicule. La Souveraine l'attendait là sagement. Son automobile avait exactement son âge. Il l'avait reçue en cadeau de la part de l'ancien libraire qui l'avait engagé à son arrivée à la Capitale, et depuis lors il la faisait entretenir par des passionnés de voitures anciennes en périphérie de la ville. Il n'avait jamais réussi à s'en défaire, préférant dépenser ses économies en réparations onéreuses.

Il s'installa à bord. À l'intérieur, les boiseries de merisier reluisaient de toute part. Le cuir de la sellerie était quasiment intact, entretenu au lait doux par Dansen chaque mois. Il inséra la clé et tourna le contact. Le moteur de la Souveraine ronronna immédiatement de plaisir ; l'engin était prêt pour le périple. Le cœur de Dansen était plus inquiet. Il n'aimait pas quitter Néna. Il n'aimait pas partir ainsi au loin sans savoir ce qui l'attendait. Son père avait négligé de lui transmettre le goût de l'aventure.

La Souveraine roula sur le boulevard périphérique en direction des voies rapides du Nord. Bizarrement, on appelait voies rapides ces tronçons sur lesquels du matin au soir s'entassaient des milliers de voitures et de camions roulant au pas. Dansen alluma la radio ainsi que son ordinateur de guidage routier. Il tapota le nom de la ville de Boishem. L'ordinateur accepta et indiqua la direction à suivre : le nord, le nord, toujours le nord, bien au-delà de la mégalopole.

Progressivement, les espaces naturels, herbages et forêts, prirent le relais. Les paysages champêtres remplacèrent la grisaille urbaine. Dansen se sentait mieux, bercé par le contact des pneumatiques sur le bitume. La Souveraine filait bon train vers les régions du nord, loin des bouchons urbains qu'elle détestait, loin des contrôles automatisés de vitesse, loin de la foule des automobiles modernes. Son conducteur rechercha un poste de radio lui convenant. Il trouva une fréquence lointaine. Un présentateur à l'accent nordique annonçait un vieux tube rythmique. Le chanteur interpella chaque musicien afin de s'assurer que tous étaient prêts avant le début de la mélodie. Un véritable blitz[5] de batterie rapide agrémenté d'un refrain joyeux et d'un riff de guitare imparable s'échappa des haut-parleurs. Dansen augmenta le volume sonore et appuya imperceptiblement sur l'accélérateur. La Souveraine roulait en communion avec la musique.

Un panneau indicateur souhaitant la bienvenue dans les Provinces nordiques apparut. Immédiatement, un déluge de pluie s'abattit sur le pare-brise. Ces régions ne faillaient pas à leur réputation !

Dansen réduisit sa vitesse et consulta son guide routier, qui semblait montrer quelques signes de faiblesse. Peut-être que les trombes d'eau perturbaient le signal de réception. Dansen décida de faire une pause, tant pour remettre du carburant dans sa voiture que pour envoyer un message à Néna. Il s'arrêta à la première station-service, remplit le réservoir de la Souveraine et se dirigea vers le magasin.

*Bonjour, Néna. Presque arrivé à destination. Petite pause. Tendre bisou.*

Un café aromatisé à la noisette et une cigarette plus tard, il reprit la route.

Une heure après, il traversait le pont enjambant la rivière Leie.

Le système de guidage était irrémédiablement hors service. Dansen décida, conformément aux bons conseils

---

[5] Sweet – Ballroom Blitz

de Garcin, de s'arrêter et de demander son chemin à un passant.

— Excusez-moi. Pourriez-vous m'indiquer la direction de Boishem ?

— Bien le bonjour, répondit un vieil homme en soulevant sa casquette. Eh bien, ici vous êtes à Croix-Boishem, mais je suppose que vous souhaitez aller à Boishem. Ce n'est évidemment pas la même chose, donc !

— Évidemment, répondit Dansen, quelque peu décontenancé par l'accent du vieillard.

— Donc, voilà voilà, vous allez prendre la direction de Komen, par-là, à votre gauche. Ensuite, vous vous dirigerez sur la droite à la prochaine intersection, et ensuite ce sera toujours tout droit, en traversant le village de Brielen. C'est tout simple.

— Euh, oui, cela devrait aller. Merci beaucoup. Bonne journée, cher Monsieur.

Dansen se rappela qu'en dehors de la mégalopole, les gens prenaient encore le temps de certaines civilités. Il fit au vieil homme un signe de la main en démarrant en trombe. La route sinuait parmi les pâturages. Quelques vaches levèrent la tête d'un air hagard, se demandant bien qui venait déranger, par cette journée pluvieuse, leur lente mastication.

Quelques minutes plus tard, Dansen arrêta la Souveraine sur la place du village de Boishem, en face de l'église. Un rayon de soleil transperça les nuages. L'air était frais et pur, gorgé d'une humidité latente. Une bourrasque lui intima de fermer la veste de son costume. Il avança vers la boulangerie adjacente et entra pour y commander une boîte de pralines blanches fourrées à la crème épaisse. Dansen connaissait la coutume : ne jamais arriver en visite les mains vides. Il demanda son chemin à la serveuse et se dirigea vers la maison de Pierre et Marie, située à une centaine de mètres de la place. C'était une bâtisse en briques rouges, typique des demeures de la région. La toiture était recouverte d'une mousse verte. Il sonna à la porte d'entrée.

Luke, le frère de Garcin vint lui ouvrir. Un moment d'étonnement, et un grand sourire apparut sur son visage !

— Mais, c'est toi, Dansen ? Le fils de Kay ? Mère, viens vite voir ici ! C'est Dansen qui nous rend visite.

— *Potverdorie, potverdorie* ! Mais dites-moi donc, saperlipopette, quelle heureuse surprise ! Rentre-donc et viens nous raconter.

Dansen salua Luke et Marie, leur remit la boîte de pralines et entra dans le salon. Du fond d'un fauteuil, Pierre se leva et vint le saluer.

— Le jeune Dansen ! Comment va ce chenapan ?

— Bien, bien, répondit Dansen, ému jusqu'aux larmes.

En un éclair, tout lui revint en mémoire, et revoir ainsi ce patriarche qui approchait gaillardement l'âge centenaire le bouleversa bien plus qu'il ne l'avait imaginé durant son périple matinal.

Dansen remarqua la main, fragile comme un papyrus, de Pierre qui continuait à serrer la sienne. Mais ce furent ses yeux qui le frappèrent le plus. Son regard d'un bleu plus clair que les cieux pétillait de malice au milieu d'un visage où les années avaient flétri la peau à tel point qu'elle en était devenue transparente. Pierre emmena Dansen vers l'arrière-cour. Marie et Luke suivirent, tout chamboulés encore par cette visite impromptue. En cette région pluvieuse, l'arrivée d'un étranger ayant garé sa voiture au beau milieu de la place du village ferait l'histoire des commérages du bistrot durant au moins un mois.

— Garde ta veste. Je vais mettre la mienne, et on va visiter le jardin, l'invita Pierre.

Il s'était arrêté de pleuvoir, et un mince rayon de soleil transperçait les nuages. La voix tremblotante de Pierre gardait encore une gaîté impressionnante. Dansen ne savait s'il devait rire ou pleurer d'émotion. Que lui arrivait-il ? Pour quelle raison était-il ici ? Il se laissa mener au-dehors, ivre d'interrogations. Il fut pris d'un étrange vertige, un court instant, comme si le temps remontait vers le passé au lieu de continuer son irrémédiable cadence vers le futur. Pierre lui demanda :

— Quelque chose ne va pas ? Veux-tu t'asseoir un instant ? Viens. Suis-moi sous la tonnelle. Luke nous apportera un petit remontant.

Dansen suivit Pierre et s'installa sur une chaise. Il vit le vieil homme sauter d'un bond léger dans la balancelle et s'amuser de sa galipette. Marie le gronda en riant, lui expliquant qu'à son âge ce n'était pas raisonnable. Dansen étouffa un rire angoissé. Quels étaient ces personnages qui, en dépit de leur âge, s'amusaient ainsi de sottises et de gamineries ? Pourquoi le professeur Cato l'avait-il envoyé ici ?

Le vent s'était tu et un soleil radieux berçait maintenant la tonnelle. Dansen pensa à Néna. Tandis que Luke et Marie s'affairaient à préparer des rafraîchissements, il demanda à Pierre la permission de faire parvenir un message à Néna.

*Bien arrivé douce fée. Rencontre étonnante. Bisou doux.*

Pierre le dévisageait, pensif.

— Sais-tu, jeune Dansen, que cela fait aujourd'hui nonante années que je vis dans ce village ? J'y suis venu avec mes parents à l'âge de quatre ans, bien avant les grandes guerres du siècle dernier. À la mort de mon père, j'ai repris le commerce d'alimentation, je me suis marié et j'ai élevé mes enfants. Garcin est parti très jeune sur les routes pour apprendre un métier à la Contrée, et Luke est resté ici, auprès de nous. Il ne me reste certainement plus grand temps pour jouir du monde autour de moi, mais laisse-moi te le faire découvrir.

Il se leva et invita Dansen à le suivre au bout du jardin. Pierre lui montra sa volière dans laquelle de nombreux oiseaux chamarrés voletaient et piaillaient aux rayons du soleil. Un peu plus loin, quelques oies précieuses se dandinaient, ignorant de manière hautaine l'arrivée de Pierre et de Dansen. À leur droite, des plantations diverses de fleurs et de légumes dessinaient des sillons parfaitement réguliers dans la terre grasse de ces paysages nordiques. Pierre lui décrivit chaque espèce en les caressant toutes du regard. Dansen restait muet, hochant la tête en signe d'approbation. Le clocher de l'église sonna midi.

— Viens, Dansen. Il est temps d'aller goûter aux breuvages que mon lascar aura préparés. Marie aura certainement ajouté quelques tartines pour accompagner tout cela.

— Pierre, excusez-moi. Je ne sais pourquoi je suis ici aujourd'hui, mais je sens que tout cela est important. Vous voir, vous écouter, connaître votre monde.

— Mon monde, mon monde, comme tu y vas... Tu vois bien qu'il s'arrête bien vite. Il s'arrête, si l'on peut dire, au grillage du fond de ce jardin. Parfois, je m'aventure encore à quelques kilomètres d'ici, mais sans grande envie, il est vrai. La vie ne se mesure pas en espaces parcourus. Mon environnement immédiat, ce lopin de terre, me convient parfaitement, et pour tout te dire je n'ai pas fini de le découvrir... Sais-tu seulement combien de variétés d'insectes, de mauvaises herbes il peut contenir ?

— ...

— Eh bien, moi non plus !

Pierre planta là Dansen à ses réflexions et éclata de rire en se dépêchant de rejoindre l'abri de la tonnelle.

Tous partagèrent une délicieuse collation en se remémorant les voyages à la Contrée, à l'époque où Dansen, encore bébé, avait attiré de nombreux voyageurs vers la demeure de ses parents. À cette période, les parents de Dansen étaient revenus d'un long périple, et sa naissance était apparue à beaucoup comme un signe bienveillant envoyé par la nature après de dramatiques bouleversements climatiques. Une légende s'était répandue auprès de la population de la Contrée, selon laquelle les voyages de Kay et Valha et la naissance de leur enfant auraient été à l'origine d'un renouveau et d'une prise de conscience pour un monde meilleur. Cette histoire avait attiré dans la région de nombreux curieux et de nombreux savants, puis, peu à peu, l'oubli avait à nouveau recouvert les vertes vallées, et seuls des touristes en mal d'exotisme bucolique effectuaient encore le déplacement vers cet endroit difficile d'accès aux citadins.

Luke raconta que lors de l'une de ces visites à la Contrée, son frère Garcin avait insisté pour les emmener, lui et ses parents, faire un tour en montgolfière. Quelle aventure cela avait été de faire monter Marie dans cet engin, puis de s'envoler dans les airs ! Pierre avait rouspété durant tout le voyage, prétextant que sa casquette avait été emportée par le vent durant l'envol et qu'il ne la retrouverait jamais.

En écoutant cette anecdote, Dansen sourit. Il se souvenait bien lui aussi des week-ends en ballon. Les habitants de la Contrée adoraient par-dessus tout partir en balade de telle sorte, et de nombreuses manifestations y étaient régulièrement organisées à cet effet. Voler au rythme du vent. Son père avait jadis parcouru toutes les régions du monde à bord d'un engin volant ressemblant à une boîte à savon surmontée d'une bulle ovoïde. Il l'avait imaginé et construit de ses propres mains. Dansen n'avait pas en lui cette envie aventurière et préférait le confort et la fiabilité des avions de ligne.

En fin de repas, Marie apporta le café à la chicorée et les pralines. Elle raconta ensuite comment Pierre avait encore récemment provoqué le fou rire dans la famille. Alors que tout le monde s'accordait à le convaincre de réduire son carré de légumes dans le jardin, Pierre avait laissé Luke planter des bornes pour délimiter la partie qui resterait destinée aux plantations et celle qui serait couverte de gazon. Puis, en pleine nuit, après réflexion, agacé par cette entrave à son activité quotidienne, il avait discrètement déplacé les bornes afin de gagner quelques mètres carrés de potager. Il s'était levé sans faire de bruit, avait mis son manteau et sa casquette et, à la luminosité de la lune, s'était mis au travail, bêche à la main. À l'étage, réveillés par le manège de Pierre, Marie et Luke l'avaient surveillé sans broncher du coin de la fenêtre. Le matin, ils s'étaient bien gardés de lui reprocher son labeur nocturne et avaient planté sans rien dire quelques pieds de pommes de terre supplémentaires.

— M'enfin, Pierre, à ton âge, tu ne devrais plus faire de telles carabistouilles ! conclut Marie, tout sourire.

« Marie ressemble encore à une jeune fille », se dit Dansen en sirotant son café.

Elle avait dix ans de moins que Pierre et s'occupait toujours toute fière et pimpante des travaux de la maison. Elle veillait avec une tendresse infinie sur son mari. Luke, en bon célibataire qui avait décidé de rester vivre auprès de ses parents, se chargeait des besognes les plus lourdes avec entrain et bonne humeur. Tout en cet endroit de Boishem respirait la tranquillité et la sérénité.

— La vie a souvent été bien difficile par ici, déclara Pierre comme s'il devinait les pensées de Dansen. Nous avons été plus que meurtris par les guerres du siècle dernier. Les gens d'ici sont de rudes gaillards taciturnes. Même le ciel s'est vengé en inondant maintes fois nos cultures et nos pâturages. Mais nous avons appris à rester modestes, à nous rassasier de bonheurs simples, et surtout à ne pas oublier l'essentiel !

Pierre fixa Dansen droit dans les yeux, comme s'il sondait son âme, pour vérifier qu'il ait bien compris la dernière phrase qu'il venait de prononcer.

Dansen était décontenancé. Marie lui proposa encore un peu de café, ce qu'il accepta volontiers. Perdu dans ses pensées, il ajouta un sucre et alluma une cigarette. Pierre, Marie et Luke le regardaient avec attention, comme si c'était désormais à lui de parler. Une bouffée de chaleur le submergea. Peut-être était-ce le café qui était trop chaud. Il toussota et, le regard suppliant, leur avoua :

— Je ne sais pas pourquoi je suis ici…

Le sourire de Pierre l'invita à continuer, à ouvrir son cœur, à ne pas cacher ses sentiments derrière une méfiance malvenue en cet endroit divinement harmonieux. Une oie du jardin se mit à cacarder gaillardement en signe d'impatience.

— Suis-moi, ordonna Pierre devant le mutisme effondré de Dansen. Il est grand temps de passer aux choses sérieuses !

Les jambes de Dansen peinèrent à le porter lorsqu'il voulut se lever, mais il obéit et suivit Pierre vers la maison. Luke et Marie s'affairèrent à débarrasser la table. Pierre emmena Dansen à l'intérieur de son domicile. Il monta sans difficulté les marches qui menaient au premier étage. À droite se trouvait la chambre de Garcin. Dansen sourit. Aux murs étaient accrochés des posters jaunis de chanteurs jadis célèbres. Il en reconnut la plupart. Comme cette époque bénie respirait l'insouciance… Un vieux tourne-disque à vinyles trônait sur le bureau. Quelques trente-trois tours authentiques étaient soigneusement rangés sur une étagère. Il y jeta un rapide coup d'œil. Garcin était un connaisseur. Il faudrait qu'il lui en parle lors de leur prochaine rencontre…

Pierre fouilla dans un tiroir et en ressortit une lettre qu'il tendit à Dansen avec un air malicieux. De toute évidence, le regard perdu de Dansen l'amusait énormément.

— Je crois que cette lettre est pour toi. Elle a été écrite il y a bien longtemps, mais elle attendait ta venue. C'est la consigne qui a été apposée sur l'enveloppe.

Dansen vérifia, et il était effectivement précisé sur l'enveloppe à son nom : « À ne remettre que lors de sa venue à Boishem ». L'oblitération indiquait que ce courrier avait été envoyé presque dix ans plus tôt.

En retournant l'enveloppe, Dansen constata que l'expéditeur n'était autre que le professeur Cato.

Il regarda Pierre d'un air interrogateur, et ce dernier, un sourire espiègle sur le visage, lui fit un signe l'invitant à l'ouvrir.

— Je te laisse quelques instants, le temps pour toi de découvrir le message et celui pour moi d'aller voir ce qui se passe à l'étage inférieur.

Dansen s'assit sur le lit de Garcin, respira profondément et ouvrit l'enveloppe.

*Mon Cher Dansen,*

*J'ai plaisir à ce que cette lettre te soit enfin remise. Cela indique que le temps est venu pour toi d'accomplir ta destinée.*

*Si cette lettre t'attendait ici, ce n'est pas par hasard. Imprègne-toi des sensations inaliénables qui habitent cet endroit. Celles-ci te guideront dans ta quête. En effet, sans que les habitants de ce lieu le sachent, ils vivent ici l'ultime raison de vivre de tout être humain, ce pourquoi nous avons été créés par le divin – oui, je dis bien créés par le divin, ne sois pas offusqué par ce terme. Ton chemin, je l'affirme, te mènera à cette révélation.*

*Il te faut donc comprendre qu'à partir de ce moment, tu t'engages dans une aventure qui dépassera les règles normales de la vie humaine, l'origine, le déroulement, la fin. Tout sera bousculé au fur et à mesure de cette mission.*

*Tout d'abord, tu partiras dès demain – Pierre et Marie t'hébergeront pour la nuit – en direction d'Ullapool. Luke t'aidera à trouver sur une carte cette bourgade au nord du Nord de nos contrées. Le seul moyen d'y parvenir est de s'y rendre en voiture. Une fois arrivé là, un habitant du nom de Stig te guidera dans notre recherche commune, l'unique livre. Il habite à l'entrée du village. Parle-lui à cœur ouvert de toi-même. C'est essentiel ! Tu peux lui faire confiance. Il est taciturne, mais si tu gagnes sa confiance il te sera d'un grand secours pour la suite. Je le connais depuis de longues années, et son âme est pure. Cependant, sois prudent ! Veille à ne pas être suivi par les gens du Clan. Ils sont nuisibles et chercheront à faire échouer ta mission, à tout prix… La destruction est leur compagne !*

*Ensuite, tu rentreras à la Capitale en passant d'abord par la Contrée. Brouille les pistes. Après, tu partiras à l'autre bout du monde, là où Stig t'aura dit de te rendre. Lui seul sait. Le puzzle se mettra lentement en place. Garde ton cœur ouvert, et que tes yeux te guident vers ta destinée !*

*Bien à toi,*

*Cato*

Dansen jeta la lettre sur le lit et regarda autour de lui. Le papier peint à grandes fleurs jaunes défraîchies ne lui apporta aucune solution. Il se leva avec peine, choisit au hasard un disque vinyle et le posa sur la platine. Il alluma l'amplificateur et attendit que le saphir glisse sur les sillons. Il fallait qu'il se ressaisisse. Plus on lui donnait d'indications, moins il comprenait. Sa vie d'avant avait toujours été bien réglée. Il avait ses habitudes et était rapidement décontenancé par l'inconnu. Là, au beau milieu de cette minuscule chambre aux odeurs de vieux meubles vermoulus, Dansen se sentait disparaître dans le sombre tourbillon d'une rivière maudite.

Il pensa à Néna. Il s'était persuadé en partant qu'un séjour rapide dans le Nord l'aurait mené sur la voie de ce livre tant recherché, et qu'ensuite il serait rentré dans la soirée à la Capitale. Maintenant, une lettre écrite dix ans plus tôt l'envoyait vers un endroit dont jamais il n'avait entendu parler, afin d'y rencontrer un nordique taciturne à qui, lui, Dansen le réservé, Dansen le pudique, devrait ouvrir son cœur. Ce drôle de délire l'agaça soudainement, et il quitta la chambre.

Alors qu'il avait déjà descendu quelques marches de l'escalier, la complainte du tourne-disque le rattrapa. Dansen s'arrêta brusquement. Il avait oublié d'éteindre l'amplificateur. La mélodie regagna son attention. Dans une chambre blanche, des nouveau-nés rampaient sur un tapis[6]. Quelques notes virevoltaient en ritournelle.

Dansen ferma un bref instant les yeux. Il connaissait par cœur cet air entêtant qui vous cisaille l'esprit et noircit vos rêves les plus étranges.

Il s'approcha de l'appareil, coupa le son, rangea le vinyle dans sa pochette double et remit le tout en place à la lettre G.

Puis il dévala les escaliers. Luke, Marie et Pierre étaient dans le salon et regardaient une émission télévisée. Un animateur chauve mélangeait des lettres ou des chiffres, et deux participants concentrés comme des tomates cherchaient avec hardiesse à donner un sens aux lettres choisies ou à trouver le bon calcul à faire avec les chiffres. Dansen se dit qu'il aurait dû regarder plus souvent cette émission, afin de s'entraîner à déchiffrer les énigmes comme celles qui s'amoncelaient à présent dans sa tête.

Marie se leva, invita Dansen à prendre une chaise et à suivre l'émission avec Luke et Pierre. Le père et le fils étaient obnubilés par les dix lettres affichées à l'écran :

---

[6] Genesis – The Carpet Crawlers

S.H.N.S.E.T.E.R.D.E. Alors que Marie s'affairait en cuisine, Luke déclara, l'air satisfait :

— Six lettres : déesse.

Pierre sourcilla, puis annonça :

— Nigaud ! Neuf lettres : tendresse.

Tous deux se mirent à rire aux éclats, puis écoutèrent avec attention les participants du jeu télévisé. Le premier s'exprima : « Sept lettres : étendre ». L'autre avoua d'un air dépité : « Pas mieux ». Pierre exulta :

— J'ai gagné !

Le maître du jeu déclara quant à lui qu'il eut fallu trouver le mot « tendresse », et tous acquiescèrent. Pierre rougit de fierté.

Marie revint avec une tasse en porcelaine et la posa sans un mot sur une tablette à côté de Dansen. Il huma l'odeur et se remémora aussitôt les effets calmants de cette merveilleuse infusion aux bourgeons de roses. Sa tendre mère, Valha, lui en proposait souvent lorsque, adolescent, il préparait ses examens de fin d'études. Il se tourna reconnaissant vers Marie et lui fit un signe de tête en remerciement. « Marie sait », se dit-il. Elle lui répondit par un sourire entendu et s'assit à nouveau pour suivre la fin de l'émission.

Quand les annonces publicitaires firent leur apparition, Marie déclara solennellement, tout en éteignant le poste de télévision, qu'il était grand temps pour Pierre et elle d'aller se coucher. Elle ajouta que, bien entendu, les jeunes pouvaient rester éveillés, mais sans faire trop de bruit.

— Dansen, tu prendras la chambre de Garcin. J'ai changé les draps ce matin...

Luke proposa à Dansen de faire un tour *à la ville*. Dansen se demandait bien où pouvait se trouver ce que Luke appelait *la ville*. Il y avait à peine une vingtaine de maisons dans le village de Boishem, et aux alentours il n'avait traversé que des hameaux quasiment inhabités. Il accepta l'invitation avec curiosité.

— On ira boire une chope au Carrousel dans la commune de Venir. Ils passent de la bonne musique et les serveuses sont charmantes, déclara Luke.

Il emmena Dansen dans une voiture encore plus ancienne que la Souveraine ; une sorte de caisse ovale et métallique ressemblant à un gros insecte sur quatre roues et qui pétaradait furieusement à chaque changement de vitesse.

Ils arrivèrent sains et saufs sur la grand-place de Komen, ce qui en patois signifiait *Venir* comme l'expliqua Luke. Le café Le Carrousel était bondé. Le groupe musical vedette de la région, les Merles Noirs, se préparait à entrer sur scène. Tant bien que mal, Luke et Dansen se glissèrent jusqu'au comptoir afin d'y déguster une bière brune nommée la Queue de Charrue, la boisson locale par excellence.

Les lumières du bar furent tamisées et un déluge sonore s'empara des lieux. Les Merles Noirs déversèrent leurs décibels en égrenant leurs chansons reprises en chœur pas la foule. « Talk to me daddy », hurlait la foule ; « Come on, come on », répondait la chanteuse du groupe, Angy, mi-féline à la crinière noire, mi-diablesse envoûtée. Après trois ou quatre chansons aux rythmes martiaux, le guitariste Marky Wall empoigna une guitare acoustique et demanda quelques instants de silence afin de l'accorder. Dansen en profita pour envoyer un message à Néna.

*Dois rester à Boishem cette nuit et partir demain à l'aube vers le nord. Pensées douces.*

« Cette chanson parle de l'essentiel, de ce que tout être humain se devrait de rechercher au plus profond de lui et qui semble être un inaccessible rêve. Cette chanson parle de l'essentiel, de l'amour unique ! »

*Overdose of Love*[7] *!*

Le public rugit et se prépara à reprendre en chœur la complainte d'Angy.

*They want me to be nice,*
*They want me to be strong,*
*They want me to be charming,*
*And I give and I give and I give...*

Dansen laissa la foule s'égosiller allègrement aux rythmes chaloupés des Merles Noirs et sortit de la salle. L'air ambiant était frais, mais toute trace d'humidité avait disparu pour laisser place à une légère pesanteur annonciatrice de nouvelles bourrasques. Il alluma instinctivement une cigarette et se mit à penser à Néna. Puis, il avança vers un banc et s'y installa.

Ses pensées s'envolèrent vers l'appartement de banlieue où dormait très certainement à l'heure actuelle

---

[7] Link – Overdose of Love

sa douce amie. Il ne s'y était rendu qu'à de rares occasions, mais Dansen avait mémorisé les moindres recoins du havre de paix de Néna. Sur la gauche en entrant, le salon soigneusement rangé et la bibliothèque dans laquelle trônaient principalement des livres de peinture et des recueils de poèmes. Quelques classiques romanesques. Néna adorait se réfugier dans les mondes imaginaires des maîtres de la peinture ou des enchanteurs de mots. En face de la bibliothèque, une chaîne de musique à bas prix en plastique démodé. Néna n'écoutait que rarement de la musique, et les seuls disques qu'elle possédait étaient ceux d'un vieux poète musicien à la renommée chancelante et d'une chanteuse lyrique germanique complètement déjantée. Un gros et vieux matou au poil grisonnant régnait en maître sur le mobilier du salon. Les pieds de chaises, le bas des meubles et le papier peint défraîchi portaient la trace de ses griffes. Le canapé était son trône, et si l'on souhaitait s'y asseoir, c'est avec mille précautions que Néna déménageait Chouk – c'était le nom du fauve – vers un autre endroit. Lors de ses rares visites, une méfiance réciproque s'était installée entre le vieux chat et Dansen. Chacun gardait soigneusement ses distances afin de ne pas empiéter sur le territoire acquis. Le principal point de discorde s'était révélé être la chambre de Néna ; le félin avait sa place attitrée dans le lit et considérait Dansen comme un intrus insupportable. Malgré de longs palabres pour convaincre Chouk de laisser un peu de place dans le lit à l'invité de Néna, les nuits de promesses câlines s'étaient lamentablement transformées en nuits blanches : il fallait choisir entre de longues heures de miaulements derrière la porte de la chambre ou des séances de combats acharnés entre la chevelure de Dansen et les griffes du chat. Depuis ces quelques tentatives, Néna et Dansen préféraient se retrouver sous les draps blancs d'une chambre d'hôtel de la périphérie urbaine.

Dansen écrasa sa cigarette et rejoignit Luke qui continuait à écluser allègrement ses pintes de Queue de Charrue en chantant à tue-tête. Il était grand temps de repartir vers Boishem.

Sur le chemin du retour, Dansen prit le volant et demanda à Luke de chercher dans la boîte à gants une carte routière des régions du Nord. Le lendemain matin, un long voyage l'attendait. À cette pensée, il sentit l'angoisse monter à sa gorge, tandis que Luke s'essayait à trouver la fameuse carte dans le fatras de factures automobiles diverses qui encombraient la boîte à gants.

— Je l'ai, bégaya-t-il lorsque la voiture s'arrêta devant chez Pierre et Marie.

— Je vais y jeter un coup d'œil dans ma chambre ce soir, si tu le veux bien, répondit Dansen sur un ton sec qui le surprit lui-même.

Dansen était d'humeur maussade. L'éloignement d'avec Néna y était très certainement pour quelque chose ; l'inconnu du lendemain aussi. Ces péripéties, même si la rencontre avec Pierre et Marie l'avait positivement bouleversé, n'étaient pas inscrites dans son mode de vie. Son esprit d'ermite perclus dans les foules anonymes de la Capitale le poussait à éviter tout changement brusque de ses habitudes. Par-dessus tout, il s'interdisait volontairement tout enthousiasme ; il considérait d'un œil suspicieux ces engouements frivoles qu'affectionnaient tant les gens des grandes villes. Cette fois-ci, il comprenait bien qu'il ne pouvait se dérober à cette aventure, mais il commençait déjà imperceptiblement à se forger une carapace d'insensibilité afin de se protéger en attendant le dénouement de cette histoire et le retour au calme.

Dansen salua rapidement Luke et monta directement dans la chambre de Garcin en chancelant. Il s'allongea sur le lit. À chaque fois qu'il entrouvrait sa vie à l'extérieur, qu'il quittait la bulle de sécurité qu'il s'était créée parmi les livres anciens et les musiques d'antan, il s'exposait à une sorte de souffrance indéfinissable. Ses forces s'amenuisaient, comme si l'air de la nouveauté était chargé d'ondes malfaisantes. L'incommensurable besoin de tendresse qu'il ressentait en permanence s'accroissait jusqu'à devenir une insupportable douleur de solitude. Le monde extérieur ressemblait alors à un monstre maléfique empli de froideur, et seule une main amie, caressante, lui permettait de soutenir l'agression de la rencontre avec le dehors. Dansen n'aimait pas la race humaine, il la détestait pour ses incroyables capacités de nuisance envers elle-même et envers le monde en général. La générosité, la bonté, l'attention, la tendresse… ces mots inventés par les humains n'étaient l'apanage que d'une infinie minorité ; et il tentait de se persuader de l'existence de ladite minorité…

Comme si, en lui, coulait une rivière à contre-courant…

Et Dansen s'endormit, agité par les pensées apeurées de la noirceur inconnue.

# ULLAPOOL

Une douce odeur de café et de chicorée flottait dans l'air matinal de la maison. Marie préparait quelques tartines grillées. Elle les déposa méticuleusement en rosace sur une assiette pour les porter à la table de la cuisine. Dansen sourit à la vue de la nappe plastifiée à carreaux rouges et blancs. Il chercha dans sa mémoire l'endroit où il avait vu dernièrement ce genre de nappe, probablement dans un restaurant où il avait déjeuné avec Néna.

— As-tu bien dormi, Dansen ?

— Oui, très bien, mentit-il afin de ne pas froisser Marie.

— Pourtant, il me semble bien que ce déplacement vers le nord vous contrarie.

— Oui, effectivement, confessa-t-il. Je n'aime pas me sentir comme une marionnette dans un jeu de rôle dont je ne connais pas les règles. Et pour tout vous dire, ma compagne Néna me manque. Je me sens déchiré lorsque je suis loin d'elle, comme si la moitié de mes forces résidait en elle. Quand je ne sens pas sa présence près de moi, je suis comme un enfant perdu parmi une foule hostile. Je ne sais plus comment me comporter, je n'ai le courage de rien, j'ai le sentiment d'être inutile et balourd… Alors qu'il en va du contraire si je suis avec elle : je suis le roi du monde, prêt à affronter la vie avec vigueur, à sourire à l'univers entier puisque Néna me tient la main. C'est étrange, car longtemps je me suis complu dans ma solitude, estimant que toute relation était illusoire, voire absurde. À la Capitale, nous vivons entassés les uns sur les autres et évitons avec férocité les liens authentiques et le désir d'être en confiance avec l'autre. Chacun se mure dans un égoïsme solitaire de protection. C'est assez triste, il est vrai…

Dansen arrêta de parler comme s'il venait de s'éveiller et s'excusa en pinçant les lèvres d'avoir laissé s'épancher son cœur de bon matin.

— Vous êtes sur le bon chemin, Dansen… Je vous sers un peu de café ?

— Volontiers, Marie.

Pierre arriva à ce moment et salua Dansen. Il s'installa à table en se frottant les mains, prêt à manger quelques tranches de pain avant de débuter la journée.

— Le temps est à la pluie, mais *potverdorie*, cela ne m'empêchera pas d'aller me promener au bord du canal. Il me faut marcher un peu chaque matin afin de maintenir en état mes vieilles articulations !

— Oui, mais tu mettras ta casquette et ton imperméable, rouspéta Marie. Sinon, tes vieilles articulations, comme tu dis, risqueraient bien de rouiller.

Dansen se leva et profita de leur discussion matinale pour s'éclipser et aller se doucher avant de reprendre la route. La journée s'annonçait longue et fatigante.

Dans la chambre, il passa un rapide coup de fil à Néna pour la prévenir de la suite de son voyage. Il abrégea la conversation, sentant une sourde angoisse lui taillader l'épine dorsale. Sa respiration se bloqua. Il fit prestement sa valise, prit la carte routière qu'il avait oublié d'étudier la veille au soir et descendit quatre à quatre les marches de l'escalier.

Dans la cuisine, Luke, Marie et Pierre l'attendaient pour le saluer. Dansen esquissa un vague rictus de remerciement, l'esprit déjà dans les tourments qui le guettaient au coin de la rue. Marie l'embrassa, Luke lui tapota l'épaule en signe d'amitié, Pierre lui serra la main et l'emmena au dehors.

— N'oublie pas, Dansen, d'être toi-même et de suivre sans crainte le chemin qui s'ouvre à toi. Il y a autant à découvrir à l'intérieur de ton âme qu'à travers les rencontres à venir.

— J'y songerai, Pierre, j'y songerai, répondit Dansen, le souffle court.

Puis, en signe d'au revoir, Pierre ajouta :

— Quand d'une maison disparaît le rire, c'est qu'il est grand temps de partir ou de mourir.

Dansen se dépêcha de rejoindre la Souveraine qui l'attendait patiemment sur la place du village. Le moteur vrombit instantanément. Dansen appuya nerveusement sur l'accélérateur et partit en direction du port. Là, il embarquerait sa voiture sur une barge afin de franchir un bras de mer avant de poursuivre plus au nord.

Une heure plus tard, après avoir traversé de nombreux villages aux noms imprononçables, il arriva à l'embarcadère. Un tracteur vétuste, un bus d'écoliers et quelques automobiles le précédaient. Il acheta son billet avant d'allumer une cigarette, adossé à la Souveraine. La barge était visible à l'horizon sur la mer. Elle approchait lentement. Dansen commençait à trépigner d'impatience. Il s'avança vers une échoppe qui proposait des cafés. C'est là qu'il remarqua l'énorme véhicule tout terrain stationné à une centaine de mètres de l'embarcadère. Vitres teintées, noir métallisé, l'engin avait l'air menaçant. Dansen commanda un décaféiné, puis s'en retourna vers sa voiture tout en ne quittant pas des yeux l'inquiétant véhicule.

Enfin, la barge accosta, et le tracteur s'approcha le premier de l'appontement. Le bus et les voitures suivirent. Quand vint son tour d'embarquer, Dansen jeta un regard dans le rétroviseur. Le véhicule noir, qui avançait au ralenti, opéra un demi-tour d'un coup d'accélérateur rageur, et quitta le parking de l'embarcadère juste au moment où la Souveraine s'engageait sur le pont de la barge.

— Arrête de paniquer ainsi ! se rassura Dansen.

Il mit la radio en marche pour découvrir les stations proposées dans cette région. Rien sur les ondes courtes ; un vide grésillant. Il tenta les ondes moyennes et tomba sur une émission en langue saxonne. Un jingle suranné annonçait Radio Caroline, une fréquence célèbre un demi-siècle plus tôt. Dansen se remémora l'histoire de cette fréquence radiophonique ; elle était interdite par les autorités et émettait d'un bateau dans les eaux internationales afin de contourner la législation en vigueur à l'époque. Elle avait connu un grand succès auprès de la jeunesse en proposant une programmation musicale éclectique et innovante. Mais, de mémoire, lors d'une tempête, le bateau s'était échoué et les occupants avaient été appréhendés par les autorités. Depuis, tel un fantôme, la station de radio faisait partie de la légende.

Les écoliers descendirent du bus. Dansen sourit quand il vit que tous portaient un uniforme digne des temps anciens. Il n'y avait que des garçons, et tous étaient vêtus d'un tablier grisâtre à manches longues et d'une cagoule verte siglée d'un logo ISH en lettres mauves sur fond blanc. Le responsable du choix de la tenue devait assurément être daltonien, ou du moins n'avait pas fait des années d'études en design de mode.

La traversée se passa sans encombre. De somptueuses falaises de craie blanche surplombaient les quelques maisons décrépies qui constituaient le port d'accueil. Dansen démarra la Souveraine et prit la route. Après quelques dizaines de mètres, il remarqua que les voitures roulaient sur la voie de gauche. Il suivit le mouvement avec étonnement. Drôles de coutumes dans cette région.

Quelques kilomètres plus loin, il s'arrêta. Il voulut envoyer un message à Néna, mais aucun réseau téléphonique n'était disponible. Il continua son chemin. Une angoisse froide comme la pluie hivernale montait en lui. La route elle-même ne prêtait pas à la flânerie ; elle était encastrée à deux mètres en contrebas du sol environnant et ne permettait pas de percevoir le paysage alentour. Il s'arrêta à nouveau, vérifia fébrilement le réseau téléphonique qui restait désespérément muet, puis sortit une carte routière. Il ne serait pas à destination avant la tombée de la nuit.

Des heures de routes sinueuses plus tard, après avoir traversé des bourgades endormies sous un ciel sombre, Dansen découvrit soudainement un décor surprenant. Une large vallée de majestueuses montagnes avait remplacé les routes étroites à la visibilité étriquée. La vallée coupait le souffle par le sentiment de puissance naturelle qu'elle dégageait. Aucun arbre ne poussait ici. De longues herbes roussies par l'humidité recouvraient la moitié basse des flancs de montagnes. Au-delà régnait l'ardoise noire, brillante comme une armure. Cela ressemblait à un rempart naturel pour contrecarrer l'avancée des routes encastrées qu'il avait parcourues depuis la matinée. Ici, vous ne passerez pas !

Effectivement, la suite du parcours se révéla plus attrayante malgré les sombres nuages qui découpaient l'horizon. Les paysages devenaient dantesques. Des milliers de moutons et d'agneaux tachetaient les prairies et ne semblaient se soucier ni du ciel menaçant ni de la voiture de Dansen qui traversait les étendues d'herbages à l'infini. Les Hauts Pays accueillaient Dansen dans toute leur majesté. Au détour d'une route, la mer s'ouvrit à son regard. Pas de plages. D'immenses falaises anthracite sur lesquelles se fracassaient sourdement les vagues déchaînées. La route sur laquelle la Souveraine bravait avec ténacité les bourrasques longeait maintenant la côte escarpée. Elle offrait à son conducteur une vision grandiose de la force naturelle, bien loin des temporaires constructions humaines. Ici, les millénaires avaient façonné un paysage sans équivalent, un panorama à la mesure de travaux géants, dans lequel les villes humaines auraient fait office de fourmilières inoffensives.

Plusieurs dizaines de kilomètres plus loin, Dansen arrêta la Souveraine sur le parking du château d'Ellendonan. Le voyage l'avait éprouvé. Il consulta son téléphone et constata que la batterie avait déclaré forfait. Plus aucune communication avec la Capitale n'était possible. Néna se ferait un sang d'encre, et il ne pouvait plus lui envoyer de messages. Il se sentit plus seul que jamais.

Il remonta le col de sa veste pour affronter la bruine qui collait à ses cheveux et s'approcha du pont d'Ellendonan. Quelles histoires guerrières avaient eu lieu en cet endroit improbable du bout du monde ? Au-delà, il n'y avait plus que l'immensité de la mer de l'Ouest, ses eaux noires et froides. Le château était magnifiquement restauré. Une consécration des bâtisses du Moyen Âge de l'humanité étalait sa beauté architecturale devant lui. Il se retourna, et si ce n'était la Souveraine esseulée sur le parking, il aurait pu s'imaginer au temps des chevaliers défendant leurs terres contre les envahisseurs nordiques. Dansen traversa le pont et entra dans la cour du château ; l'endroit était étrangement désert. Pas de touristes. Personne à l'accueil d'un quelconque bureau vendant cartes postales et billets d'entrée.

Tout était désespérément calme. Dansen frissonna, plus seul que seul. Il franchit la porte principale du château. Une ambiance lugubre régnait à l'intérieur de l'immense salle de réception. Il remarqua avec effroi que quelques candélabres étaient allumés. Il y avait donc bien âme qui vive au sein de cet endroit abandonné.

Dansen s'essaya au dialecte local.

— Is there anybody out there[8]?

Aucune réponse. Un silence d'outre-tombe régnait en maître des lieux.

Au fond de la pièce, un escalier monumental en pierre de taille l'invita. Dansen avança, hypnotisé par cet endroit hors d'âge. Il s'engagea dans l'escalier et commença à monter les marches, une à une. Un souffle d'air putride lui caressait le visage durant son ascension. À chaque pas, l'effort s'accentuait. Il gravissait les marches tel un randonneur en haute montagne en manque d'oxygène.

Enfin, il arriva à l'étage. Une terrasse dallée surplombait le château. Dansen s'avança vers le rempart. Sa main toucha la pierre, et il fut saisi par la chaleur qui en émanait. Pourtant, ce n'était pas le timide soleil, pointant partiellement à travers les nuages, qui pouvait en être la cause. Cela semblait plutôt provenir de l'intérieur du château, comme si de la lave coulait dans ses entrailles, prête à émerger et à l'ensevelir. Un grondement lugubre invita Dansen à rebrousser chemin et à quitter cet endroit.

C'est à cet instant qu'il aperçut, sur la chaussée qui longeait le rivage, le gros véhicule à quatre roues motrices qu'il avait remarqué le matin à l'embarcadère. Il eut un mouvement de recul instinctif et ressentit des

---

[8] Pink Floyd – Is there anybody out there?

ondes maléfiques tournoyer autour de lui. Il se souvint de l'avertissement du professeur Cato : « Ne pas être suivi par les gens du Clan. » Cet engin noir le suivait-il ? Appartenait-il au Clan ? Et puis, plus précisément, qui était ce Clan dont il fallait se méfier ? Autant de questions qui perturbaient Dansen, sans l'ombre d'une réponse.

À peine avait-il eu le temps de l'apercevoir que le sombre engin échappa déjà à sa vue. Puis, quelques secondes plus tard, un mini van descendit doucement de la route vers le parking qui longeait le château. Dansen ne put s'empêcher de se sentir rassuré. Il vit deux adultes et deux enfants descendre de l'antique véhicule bariolé de peintures psychédéliques.

Quatre à quatre, il descendit les marches en pierre de l'escalier qu'il avait gravi avec peine quelques minutes auparavant. Il se sentait joyeux d'avoir un semblant de compagnie dans ce monde inhospitalier.

— Bonjour ! Vous êtes en visite dans la région ? Je m'appelle Dansen.

— Bien le bonjour, Monsieur. Effectivement, nous sommes en voyage touristique dans les Hauts Pays. C'est beau, hein ! Majestueux, hein ! Voici ma femme Faby, et mes enfants Mathilde et Philippe. Eh ! Les enfants ! On attend papa pour aller voir le castel ! Et moi, c'est Albert, mais tout le monde m'appelle Bébert.

— Je suis content de vous voir, à vrai dire. C'est un peu lugubre comme coin.

— Eh ! Ma foi, c'est un peu vrai. J'ai lu sur un prospectus que ce castel a été bâti sur une coulée de lave volcanique. C'est pourquoi aujourd'hui encore, par jours de froid, la lave qui se trouve dans les sous-sols réchauffe la forteresse. C'est dingue, hein ! Comme quoi, les moyenâgeux, y savaient y faire sans chauffage à charbon ! C'est quand même dingue, hein !

Dansen observait le mini van, qui avait certainement été repeint à la main par un artiste hippie. Les motifs étaient typiques de la mode du siècle précédent avec de grands tournesols mauves, des guitares électriques, des palmiers, une femme nue et des signes de paix qui parsemaient la carrosserie. Bébert regarda Dansen fièrement.

— C'est chouette comme véhicule, hein ! C'est ma femme qui a fait la décoration, cela donne un côté moderne. Et puis, tu sais, c'est pratique, car avec les enfants on peut tous dormir dedans. Et on a même un petit réchaud si on veut cuire quelque chose à manger. Non vraiment, c'est pratique. Tu veux voir ?

Avant que Dansen n'accepte l'invitation, Bébert l'entraînait déjà faire le tour de sa fourgonnette.

— C'est un Combi van ! Je l'ai acheté l'an dernier, tu sais. Mais la couleur était trop terne à mon goût, une sorte de teinte crème chiure-de-mouette. Alors Faby a eu l'idée de le repeindre à la mode de maintenant. Les enfants, je vous ai déjà dit : attendez papa et maman, *tedju* !

— Oui, c'est vraiment très réussi. J'aime beaucoup, c'est un peu psychédélique. Je ne savais pas que c'était revenu à la mode.

— Ah ben, moi non plus ! Avant, ce n'était pas la mode !

Bébert se tourna vers ses enfants qui étaient déjà au niveau du pont.

— Bon, ben... va falloir qu'on y aille. Vous savez comment c'est ; ils sont impatients.

— Bien sûr, pas de souci. J'ai été ravi de bavarder un peu avec vous.

Les enfants revenaient en courant.

— Papa, papa ! La madame à la guitoune, elle ne veut pas nous laisser rentrer ; il faut payer !

— Ah, ben... j'espère que ce n'est pas trop cher. Vous avez payé combien, vous ? demanda Bébert en se tournant vers Dansen.

— Euh, je ne sais plus, enfin... je crois que... que ce n'était pas encore ouvert.

— Chançard, va ! Allez, les enfants, on y va ! Chouette voiture que vous avez, vous aussi. Bon, c'est moins pratique, mais c'est chouette. C'est un nouveau modèle ?

— ...

— Allez, à la revoyure !

Faby rejoignit son mari et les enfants. Elle fit un clin d'œil à Dansen tout en lui souhaitant d'un sourire un peu triste un bon courage pour la suite de son périple. Dansen retourna vers la Souveraine.

— Nouveau modèle, nouveau modèle… cela fait bien longtemps que l'on ne t'a pas fait ce compliment, ma vieille complice.

Il vit la famille discuter devant une cahute en bois qu'il n'avait pas remarquée en arrivant. Probablement l'endroit où l'on pouvait acheter des tickets d'entrée et des cartes postales. « C'est tout de même bizarre que je ne l'aie pas vue », se dit-il en démarrant la Souveraine.

Il lui restait une heure de trajet pour arriver à Ullapool. La route longeait le bord de mer. À sa gauche, des vagues noires léchaient une plage ininterrompue de galets ; à sa droite, des prairies de tourbe détrempée accueillaient par-ci par-là des moutons. Aucune habitation. Dansen tourna le bouton de la radio à la recherche d'une fréquence émettrice. Sur les ondes courtes et moyennes, il ne trouva qu'un grésillement sourd en guise de compagnon. Sur les longues ondes, il distingua une sorte de conversation dans un langage qui lui était inconnu. Probablement un patois local. Il chercha à tâtons dans l'accoudoir une cassette et saisit l'enregistrement d'un concert de guitariste de blues au Budokan, une salle mythique au pays du Soleil Levant[9]. Il inséra la cassette dans le compartiment du lecteur et, quelques instants plus tard, les accords d'une chanson relatant les affres d'un amour meurtri retentirent dans l'habitacle. C'est à ce moment-là que Dansen fut obligé de faire une embardée vers la droite. Sur le côté gauche de la route étroite se trouvait le véhicule à quatre roues motrices, à l'arrêt. Ses mains se mirent à trembler sur le

---

[9] Eric Clapton – Just One Night

volant. Il accéléra, tout en surveillant dans son rétroviseur l'engin qu'il venait de dépasser. Le capot de la voiture était ouvert, et un homme – chapeau de cuir noir, chemise blanche et costume anthracite – était penché sur le moteur.

Dansen s'arrêta une centaine de mètres plus loin. Il s'agrippa au volant pour calmer le tremblement qui l'envahissait, le regard fixé dans le rétroviseur. L'homme au costume ne daigna même pas relever la tête pour regarder dans sa direction. Après un instant, il recula un peu, se releva et ferma d'une main ferme le capot de la voiture, tout cela toujours sans se retourner. Puis il s'installa au volant.

La Souveraine, à l'arrêt, ronronnait. Dansen appuya sur l'accélérateur. Le moteur rugit, les pneus crissèrent dans les gravillons. Vite, vite, partir au plus vite.

Des perles de sueur embrumaient sa vue. Dansen conduisait son véhicule à la limite de ses capacités. La route sinueuse longeait le rivage. Un coup d'œil dans le rétroviseur. Il n'était pas suivi. Il ralentit, s'arrêta dans un virage qui lui donnait une vision d'ensemble de la route derrière lui. Tout était calme. À l'horizon, un rayon de soleil transperça les nuages de plomb qui se posaient sur la mer. Il ne tarderait pas à faire nuit.

Au loin, Dansen aperçut une ville nichée sur le contrebas d'une plaine qui se jetait dans la mer. Il arrivait à Ullapool. Il reprit un rythme de croisière en direction du havre. À sa gauche, la mer virait au pourpre profond. Quelques flammèches du soleil couchant scintillaient encore sur l'écume des vagues. Un panneau indiqua qu'il venait d'arriver à destination.

— Comment vais-je trouver cette maison du Stig ? s'énerva Dansen.

Il se frotta les yeux pour se concentrer à chercher un indice en abordant les premières habitations du bourg. Il alluma les phares de la Souveraine. Une rangée de maisons blanches longeait la chaussée. Il conduisait lentement. Rien ne l'aidait. Aucune indication. Au bout de la rue, il opéra un demi-tour. Les phares balayèrent les flots un court instant et se perdirent dans l'immensité aquatique sauvage.

Sur un parapet longeant la plage de galets, Dansen vit une ombre assise, recroquevillée face à la mer. Il s'arrêta et baissa la vitre côté passager.

— Hello ! Excusez-moi. Je cherche la maison de Stig, à l'entrée du village ! Pouvez-vous m'aider ?

Les vagues se fracassaient sur la plage avec un bruit assourdissant. Comme s'il fournissait un effort surhumain, l'homme se leva péniblement, s'approcha lentement de la voiture et passa sa tête dans l'habitacle à travers la portière vitre baissée.

— Mmmhhh ! Joli char, boisé et cuiré ! Ça doit coûter une blinde, n'est-il pas ?

Dansen, décontenancé, regarda le visage rougeâtre de l'étrange individu qui tournait ses yeux de batracien à l'intérieur du véhicule, inspectant les moindres détails du tableau de bord. On aurait dit un énorme crapaud gluant qui venait de s'affaisser sur la portière droite de la Souveraine.

— Non, non, elle ne m'a pas coûté trop cher. J'ai réussi à l'époque à faire une affaire. À faire une affaire…, répéta-t-il tout en se rendant compte de l'absurdité de la conversation.

— Ah, oui. Ben, Stig, c'est la toute première maison en arrivant. Vous ne pouvez pas la rater, c'est la seule qui n'est pas blanchie à la chaux. C'est celle aux murs en grès noir, un peu en hauteur sur la colline, là-bas, à gauche. Vous la voyez ?

Dansen scruta l'obscurité et ne vit rien d'autre que la rangée de maisonnettes de pêcheurs éclairée par ses phares. Tout alentour était désormais plongé dans le noir. Ici, la nuit s'abattait sur les environs en l'espace de quelques minutes.

— Oui, oui, merci. Je vais trouver. Encore merci.

Il avança doucement, craignant que l'homo batracus ne s'accroche à sa portière et qu'il ne soit entraîné par le démarrage. Un mélange d'odeurs de poisson nauséabond et d'algues pourries l'envahit. Il n'aurait su dire si ce village était encore sur la terre ferme ou s'il appartenait déjà au monde aquatique.

À la fin de la rangée de maisons, il aperçut un chemin de terre sur la gauche. Il arrêta la Souveraine le long d'un buisson, bien à l'abri de la route, et s'engagea à pied dans l'allée. Le rayonnement de la lune éclairait sa marche. Soudain, un réverbère s'alluma sur le flanc de la colline. Une ombre humaine apparut avec une lampe torche et s'avança à pas rapides en dirigeant le faisceau vers Dansen qui, aveuglé, s'arrêta. L'homme ramena le faisceau vers le sol et continua à avancer vers Dansen immobile, paralysé par l'angoisse. Son cœur battait la chamade. L'inconnu arriva à sa hauteur ; il était de très grande taille. Dansen ne pouvait distinguer ses traits. Le géant avança sa main comme une massue, puis la posa sur l'épaule de Dansen.

— Suivez-moi. Je vous attendais, dit l'homme avec une voix gutturale.

Il avait un fort accent nordique. Dansen emboîta le pas du géant sans mot dire. Tous deux remontèrent la pente vers la maison. Lorsqu'ils furent arrivés sur le pas de la porte, Dansen put enfin dévisager l'inconnu. Ses traits étaient fins et amicaux. Il avait des cheveux blonds clairsemés qui trahissaient un âge avancé malgré une carrure athlétique imposante semblable à celle d'un combattant des épopées guerrières des temps anciens.

L'homme ouvrit la porte, et d'un geste invita Dansen à entrer. Il s'exécuta.

— Vous devez être Stig, osa-t-il enfin.

Le gaillard ne répondit pas, sortit une boîte d'allumettes de sa poche, en frotta une et s'avança vers un gros chandelier en fer forgé surmonté d'une bougie énorme. La lumière envahit la pièce. Une table massive en bois noir trônait au milieu de la salle. Dansen se dit qu'il ne manquait plus qu'un crâne posé sur celle-ci et une peau d'ours accrochée au mur pour que le décor soit digne d'un antre viking du Moyen Âge.

— Oui, mon nom est Stig. Voulez-vous un Skye ? Vous devez être assoiffé.

Dansen acquiesça. Il n'avait ni bu ni mangé de la journée, trop occupé à son périple à travers les contrées nordiques. Stig disparut dans une pièce à côté. Dansen inspecta les lieux. Une bibliothèque immense emplissait le mur sur sa droite. Instinctivement, il s'en approcha et découvrit une collection inouïe d'œuvres anciennes remarquablement conservée. Des manuscrits moyen-âgeux qu'il reconnut au premier coup d'œil, mais qui semblaient quasiment neufs. Il ne put s'empêcher de s'emparer d'un vieux codex maya datant de la découverte des Amériques. Il ne connaissait l'existence que d'un seul exemplaire, conservé dans un musée germanique. Il tenait dans ses mains un livre d'une rareté inestimable pour lequel de nombreux collectionneurs auraient donné une fortune.

Stig rentra dans la pièce avec un broc d'eau, une bouteille en grès et deux verres. Il fit à Dansen un sourire, puis un clin d'œil de connivence.

— Assez joli, n'est-ce pas ? Dommage que personne n'ait encore réussi à totalement déchiffrer cette écriture ancienne. Moi non plus, d'ailleurs…

Il invita son hôte à s'asseoir et lui offrit un verre d'eau, que ce dernier but d'un seul trait après avoir délicatement remis le codex dans la bibliothèque. Puis, Stig retira le bouchon de la bouteille en grès et servit deux généreuses rasades de Skye.

— Maintenant nous pouvons trinquer à notre rencontre !

Les deux hommes entrechoquèrent leurs verres, et Dansen s'étouffa en goûtant le breuvage, alcoolisé bien au-delà des normes officielles en vigueur à la Capitale. Stig le regarda avec bienveillance et remplit aussitôt les deux verres.

— Excusez-moi d'être un peu taciturne, mais cela fait longtemps que je n'ai vraiment parlé à quelqu'un de « civilisé », si l'on peut dire. Les habitants par ici sont assez rustres. Le Skye devrait délier ma langue et me rendre plus volubile. Je sais pourquoi vous êtes ici et je ne resterai pas muet.

— C'est que moi, je ne sais pas pourquoi je suis ici. Mais avant toute chose, j'aimerais vous demander s'il serait possible de téléphoner à la Capitale. Mon téléphone portable n'a plus de batterie, et il me semble qu'il est difficile de capter la moindre onde dans ces régions. J'aimerais rassurer ma compagne.

— Il est vrai que vos mini engins de communication ne sont pas d'usage par ici. Mais, dans la pièce d'à côté, j'ai tout ce qu'il faut pour communiquer avec le monde entier. Suivez-moi.

Tous deux entrèrent dans la salle en question. Les murs de chaux étaient couverts d'un enchevêtrement de fils électriques reliés de manière anarchique à une commode métallique bardée de boutons. Devant l'engin était posé un téléphone à l'ancienne, combiné en anthracite vert et cadran rond avec chiffrage circulaire. Stig l'invita à s'avancer.

— Je vous en prie. Servez-vous.

Dansen ne savait s'il devait rire ou s'inquiéter de l'anachronisme qui se présentait à lui. Il décrocha avec précaution le combiné, craignant qu'il ne tombe en miettes, et le porta à son oreille. Il entendit une tonalité grésillante et composa le numéro du portable de Néna.

— Allo ! Néna ?

— Dansen ?... Je me suis inquiétée. Où es-tu ?

Stig s'éclipsa.

— Ici, le réseau ne passe pas. Mon téléphone est hors service. Mais la personne qui m'accueille ce soir est équipée d'un dispositif assez... disons, bizarre... qui m'a permis de t'appeler. Je suis dans le nord de l'île. Bien arrivé. Tout va bien. Et toi ?

— Oui, oui, ne t'inquiète pas. Ici tout va bien aussi. Mais toi, raconte-moi.

Dansen fit un résumé de sa journée à Néna. La communication était bonne malgré quelques coupures par instant. Il rassura Néna sans parvenir à se rassurer lui-même. Il se demandait comment, et surtout pourquoi, il était arrivé en cet endroit étrange où tout semblait si désuet, loin de la modernité de la Capitale. Rien ne ressemblait ici à son quotidien.

Tandis qu'il parlait, un sentiment curieux l'enveloppa. Durant tout son périple, n'avait-il rien remarqué ? Ces gens qu'il avait rencontrés à Ellendonan, dans leur fourgonnette hors d'âge et pourtant flambant neuve... Tout cela participait à la drôle d'impression de se trouver plongé dans un autre temps, hors du temps.

Dansen continua de parler, mais son esprit était envahi de sensations inquiétantes. Il n'évoqua pas la rencontre avec la voiture sombre qui semblait le suivre. Il ne souhaitait pas préoccuper Néna.

Après l'avoir rassurée avec de douces paroles, il reposa le combiné et se dirigea chancelant vers la pièce principale. Stig l'attendait en sirotant un énième verre de Skye. Sur la table était posé un immense plateau en chêne massif garni de victuailles. Charcuterie, pain coupé en tranches, beurre, haggis, souris d'agneau et pommes de terre fumantes. Stig eut un large sourire devant l'étonnement de Dansen. Il le tutoya.

— Viens. Il est grand temps de manger. Ensuite, nous aurons toute la nuit pour parler de notre ami Longin !

— Euh, oui, répondit béatement Dansen en cherchant dans sa mémoire qui pouvait bien être ce Longin qu'évoquait Stig avec une assurance familière.

Il leva son verre en signe de demande d'une nouvelle rasade de Skye. Le breuvage l'aiderait à surmonter son mal-être, en cet endroit perdu entre l'océan de noirceur qui longeait la côte et les étendues tourbeuses qu'il avait traversées.

Les deux hommes mangèrent en se dévisageant de temps en temps. En quelques heures, ils allaient devoir se dévoiler réciproquement. Ensuite, Dansen serait projeté dans le vertige d'une aventure qui le dépasserait. L'un savait, l'autre s'effrayait.

—Te rappelles-tu Longin, le soi-disant auteur du traité du Sublime ? interrogea Stig.

— Mmmh... ma foi, oui... bien sûr. Les érudits lui ont toujours dénié le droit historique d'être l'auteur de cet ouvrage, n'est-ce pas ?

— Oui, quelle foutaise ! s'exclama Stig. En vérité, laisse-moi te raconter la véritable histoire de ce livre. Tout d'abord, malgré les qualités intrinsèques de cette œuvre, cela n'est point l'intérêt central. Ce qui nous intéresse au plus haut point, c'est le contenu – non, je me trompe –, c'est la référence, ce sont les écrits auxquels avait accès Longin. Laisse-moi te conter tout cela ; c'est la raison pour laquelle tu es ici ce soir, n'est-il pas ?

Dansen grimaça, intrigué. Il ne s'était pas imaginé un seul instant venir dans ces contrées nordiques pour discuter d'un traité de rhétorique vieux de mille huit cents ans, et il n'y voyait pas de prime abord un quelconque intérêt.

— Soit, maugréa-t-il.

— Mais si, mais si, tu comprendras, reprit Stig. C'est un élément clé de notre recherche commune. N'oublie pas une chose : Longin, ou plutôt… comme certains l'appellent, pseudo-Longin, celui qui a rédigé ce traité, a eu accès à une bibliothèque aujourd'hui disparue. En fait, ce personnage a eu en sa possession des écrits qui ne nous sont parvenus, à travers les âges, que de manière parcellaire. Jusque-là, tu me suis ?

— Oui, effectivement. Si je me souviens bien, même la Genèse lui était connue dans sa forme originelle.

— Et bien plus que cela, tu en conviens ? N'oublions pas ses références à Homère, Platon et bien d'autres. Et que dirais-tu si, à ton époque, on découvrait l'ensemble des écrits évoqués dans son traité, et tout cela dans leur forme intégrale et originelle ? Si quelqu'un avait accès à l'ensemble de ces documents ?

— Ce serait, si j'ose, comme si l'on pouvait remonter le temps et se retrouver auprès de l'auteur de ce traité et, à ses côtés, compulser les ouvrages qu'il a étudiés pour le composer ?

— Exactement. Mais, bien sûr, nous n'en sommes pas là. Toutefois, nous sommes tous deux à la recherche de l'un des écrits fondateurs de notre société. Une œuvre primordiale concernant notre civilisation !

— Oui. Je te rejoins sur ce sujet. Mais Longin, dans tout cela, que peut-il nous apporter ?

— Laisse-moi donc raviver ta mémoire défaillante. Il y a dix-huit siècles, un personnage, que nous nommerons Longin pour ne pas polémiquer inutilement sur l'identité exacte de l'auteur, reçoit de son ami Postumius la singulière demande de discourir sur ce qu'est l'essence même du sublime dans le discours humain. Et Longin accepte et se met au travail. Vaste sujet, vaste débat. De nos jours, on peut toujours discuter, cette controverse n'est pas résolue, de ce qui fait battre le cœur des humains, de ce qui est l'essence de notre civilisation. Longin s'intéresse plus particulièrement à l'art rhétorique. En quoi la parole élève-t-elle l'âme humaine ? Et quels sont les meilleurs exemples qu'à l'époque Longin recense dans les œuvres des anciens ?... Sans rentrer dans le fond de son exposé, il faut que nous nous attardions à ce qui entoure cet ouvrage : une vaste bibliothèque contenant tout ce qui a été écrit. Comme tu l'as dit à l'instant, Longin cite même la Genèse. Nous savons donc qu'il avait accès à la totalité des manuscrits qui ont fondé notre civilisation. À présent, nous n'avons qu'une connaissance fragmentaire de ces écrivains fondateurs. L'œuvre de certains nous est parvenue à travers les âges quasi complète, parfois dénaturée en raison de la multiplication des copies, mais pour d'autres il n'existe plus de nos jours que certains passages, qui laissent malgré tout percevoir l'absolu sublime de leur pensée. D'autres encore sont totalement perdues. Commences-tu à entrevoir où je veux en venir ?

— Continue, continue, je t'en prie. Tu es en train de me dire qu'une partie inconnue de l'œuvre écrite de notre civilisation était disponible au temps de Longin, et qu'il a puisé dans cette origine pour nous décrire ce qu'il y a de plus sublime en nous.

— Mais, bien sûr. Effectivement. C'est cela même.

Dansen remarqua que Stig s'enflammait. Il saisit la bouteille de Skye et, après un signe d'approbation de Stig, versa une nouvelle rasade dans chaque verre. Les esprits s'échauffaient. Stig vida son verre d'un trait. *Slainte* !

— Attends maintenant la suite... Et c'est là que cela devient époustouflant... Il y a de nombreuses années, des archéologues ont découvert une demeure ancienne dans le nord de l'Italie, enfouie sous un remblai de glaise. Quasiment intacte, sauvegardée des intempéries par une conjonction inédite d'un couvercle de glaisière qui a enfermé l'édifice dans une bulle sécurisée, à l'abri de la lente déchéance du temps, et d'un degré d'humidité parfaitement stable adapté à la conservation du papyrus. Ils ont ouvert une voie pure et intemporelle vers cet habitat, comme s'il avait été délaissé tout juste quelques semaines plus tôt. Quand nous avons commencé à suivre les avancées des travaux de nos confrères archéologues, quelle ne fut pas notre surprise lorsque l'on s'aperçut que cette demeure, quasi intacte, avait appartenu à Postumius Terentianus... Eh oui, bien sûr, le fameux ami de Longin ! La Confrérie des Livres Anciens s'est alors mise en ordre de marche. Immédiatement, le professeur Cato et moi-même nous sommes déplacés pour aller découvrir ce lointain passé ayant surgi dans notre présent à nous. Nous avons passé de longues semaines en ce lieu. Tout était ordonné, comme si Postumius avait décidé quelques jours auparavant de quitter l'endroit pour un court séjour. En raison d'un glissement de terrain, une coulée de glaise aurait englouti la demeure. Les archéologues ont découvert des ustensiles, de la vaisselle, des textiles dans un état quasiment neuf. Et donc, il y avait aussi sa bibliothèque !

Stig, avec un large sourire destiné à narguer l'incrédulité de Dansen, s'arrêta pour contempler l'effet de son annonce sur le visage de son invité.

— Nous voici donc partis à la découverte d'un monde littéraire qui ne s'était transmis jusqu'à nous que par l'intermédiaire des moines copistes du Moyen Âge. Et là, il était devant nous, en parfait état, dans la grâce des œuvres quasi originales, ou du moins sans l'intervention de la censure ecclésiastique. Homère, Platon, Virgile, Cicéron, Tibère, Sophocle... des œuvres complètes archivées par ce Postumius amateur d'écrits. Je ne puis te décrire notre ébahissement à la vue de tous ces rouleaux de papyrus intacts.

— Eh, ho ! Arrête-toi un instant ! Tu me dis que les rouleaux étaient intacts ! Mais jamais on ne m'a parlé de tout cela. Tu divagues ? Cette découverte aurait secoué le monde. Découvrir les rouleaux intacts rédigés par Homère, Platon. Ne me dis pas cela. C'est tout simplement impossible !

Dansen avait sursauté et se retrouvait maintenant debout, devant la bibliothèque, à sautiller comme un damné devant les feux de l'enfer. Tout cela n'avait aucun sens. Car, bien sûr, cela aurait fait la une des journaux de la Capitale. Le professeur Cato lui en aurait parlé ! Il aurait été au courant de tout cela ! Lui qui, depuis plus de vingt ans, suivait au fond de sa boutique les histoires secrètes des livres anciens. M'enfin !

Stig lui fit signe de venir se rasseoir. Dansen s'exécuta, décontenancé par son brutal emballement. Il afficha un rictus d'excuse. On se resservit une rasade de malt, et la conversation put continuer. Stig raconta dans le détail pourquoi les protagonistes de cette fabuleuse découverte avaient décidé de ne pas divulguer l'information aux journalistes, qui auraient vite fait d'appâter les vautours avides de lucratives affaires en dispersant aux plus offrants ces antiques joyaux. De leur côté, les archéologues avaient refermé hermétiquement le lieu et annoncé publiquement à la presse que l'endroit qu'ils avaient fouillé n'avait rien révélé d'intéressant. Bredouilles.

— En ce qui concerne les papyrus, mon cher Dansen, nous fîmes de même. Rien de rien. Pas un mot. Et je m'en excuse, pas même toi ne fus mis dans la confidence. Tout cela s'est passé il y a bien longtemps, il y a trois décennies maintenant. Tu venais d'arriver à la Capitale. Tu ne faisais pas encore partie de notre cercle littéraire, jeune gamin que tu étais. Mais il est vrai, par la suite, que nous n'avons jamais évoqué ces écrits, car une énigme persistait. Je peux te dire à présent que j'ai eu entre les mains à cette époque les vingt-neuf rouleaux de papyrus de l'Iliade d'Homère, et les trois du Banquet de Platon. Le papyrus était d'une souplesse inouïe, comme s'il venait d'être récolté, tissé et passé à la presse. Ce qui m'a le plus frappé est l'odeur végétale qui régnait dans la bibliothèque de Postumius. Dans nos rayonnages de livres anciens, nous avons l'habitude d'une odeur boisée et poussiéreuse. Là, j'avais l'impression d'être dans une jardinerie contenant des centaines de fleurs miraculeuses. Ce fut une sacrée expérience, crois-moi.

Dansen eut envie de bondir à nouveau, mais se réfréna. Il avait chaud. Ses mains tapotaient nerveusement l'accoudoir de la chaise. Mille questions s'entrechoquaient dans son cerveau. Il n'osa point interrompre le récit de Stig tant il s'imaginait lui-même partie prenante dans cet étrange retour dans le temps.

— Et puis, il y avait aussi un mot que Postumius avait laissé sur la table en marbre qui devait lui servir de bureau d'écriture…

Stig se tut, se leva, s'approcha de la porte d'entrée. Il l'ouvrit et inspecta les alentours noyés dans la noirceur nocturne. Il referma et vint se rasseoir, un peu dubitatif.

— Pardon, un peu de paranoïa, peut-être… Revenons-en à Postumius. Le mot était écrit en grec, à l'intention de Dionysios Longinos ! Comme quoi… le moine copiste du manuscrit Parisinus du XXe siècle ne s'était pas trompé à propos du nom de l'auteur du traité du Sublime ! Mais ne divaguons pas, et ne nous lançons pas dans ce stérile débat sur l'identité de l'auteur de ce traité, ce qui de toute façon n'est pas l'objet de notre rencontre. Nous avons plus important à faire. Car le feuillet laissé sur le bureau de Postumius était malheureusement incomplet, déchiré et froissé. Voici ce que nous avons pu y lire :

*Πρὸς Διόνυσον Λογγῖνον*

*Κατὰ τὴν σὴν αἴτησιν, τὰ ἀναγκαῖα συγγράμματα μετεφέρθησαν ἵνα διαφυλαχθῶσιν. Μόνον ἐκράτησα ἐνταῦθα ἐκεῖνα ὧν ἔχω δευτέραν ἀντίγραφον. Τὰ ἐννέα βιβλία τῆς μοναδικῆς, ἥτις ἐμάγευσεν τὴν καρδίαν τῆς πολιτείας ἡμῶν, ἀπῆλθον τὸ πρωί.*

*À Dionysios Longinos*

*À ta demande, les écrits essentiels ont été transférés afin de les mettre à l'abri. Je n'ai gardé ici que ceux dont je possède une seconde copie. Les neuf livres de celle qui a enchanté le cœur de notre civilisation, l'unique, sont partis ce matin.*

Le silence se fit. Au-dehors, une pluie ardente cognait aux fenêtres. Dansen regardait son homologue dans les yeux, ne sachant plus où il était. Il lui semblait qu'il venait de dépasser les frontières de son propre monde. Un indicible mal-être l'enveloppa. Peut-être était-ce la demi-douzaine de Skye qu'il venait d'ingurgiter. Il regarda autour de lui pour s'assurer de l'endroit où il avait atterri. La bibliothèque à sa droite. Les poutres noircies au plafond. La cheminée ouverte qui aurait pu accueillir un mouton entier à griller. La lumière douce et dansante du chandelier. Effectivement, il n'était pas dans son propre monde de diodes clignotantes et de courant alternatif traversant les cloisons. Il se sentait happé par les pénombres d'un autre univers.

À voix basse, Stig continua son récit :

— La découverte que nous venions de faire avait le goût de l'inachevé. Il manquait donc les œuvres les plus importantes. Postumius les avait mises à l'abri. Mais où ?

Il regarda fixement Dansen, comme s'il attendait une réponse de ce dernier. Puis il reprit :

— Figure-toi, mon cher ami, que nous avons retrouvé la piste du restant de la note manuscrite qu'a laissée Postumius à Longin. Un érudit des pays du Sud nous a récemment écrit qu'il avait probablement retrouvé la trace des morceaux d'un papyrus très ancien, a priori sans grande valeur, mais qui, après étude, semble bien être la seconde partie du mot que nous avons trouvé lors de nos fouilles il y a trente années. Et donc, tu commences, je suppose, à comprendre la raison de ta venue ici...

— Pas encore vraiment, ma foi. Je suis à vrai dire complètement perdu.

— Mais si ! Écoute-moi ! Cato et moi-même sommes bien trop âgés pour nous laisser embarquer à nouveau dans cette aventure. Après consultation de nos pairs, nous avons décidé qu'il te revenait – à toi, Dansen – de poursuivre cette enquête et de nous rapporter le livre unique. Tu iras dès que possible dans les contrées du Sud, dans la lagune, chez notre ami Brunello. Il t'en dira bien plus sur l'endroit où est gardée la partie manquante du feuillet. Demain matin, avant ton départ, je te donnerai l'original de l'autre morceau afin que tu puisses l'étudier et le comparer aux autres éléments retrouvés.

Dansen reprit son souffle et demanda s'ils pouvaient prendre l'air dehors. Stig acquiesça. Tous deux se levèrent et sortirent dans la fraîcheur de la nuit. Les nuages plombaient l'air ambiant, et une brise marine glaciale fouetta le visage de Dansen. Il proposa une cigarette à Stig qui, d'un signe de la main, refusa. Dansen en alluma une et scruta les horizons. Tout était noir et d'un silence monacal. Pas même le ressac de l'océan tout proche ne parvenait à ses oreilles. En contrebas, la route goudronnée luisait d'humidité à la lueur d'un lampadaire solitaire qui signalait l'entrée du village, comme s'il s'agissait d'un îlot de survie au milieu des ténèbres.

Soudain, au loin, un bruit de moteur se fit entendre. Stig éteignit d'un geste rapide le réverbère de l'entrée de sa demeure et fit signe à Dansen de rester immobile. Tous deux scrutèrent les parages. Des phares balayèrent l'horizon. Puis, la luminosité se dirigea vers le ciel.

— La voiture monte la côte en direction du village, susurra Stig.

Le moteur pétaradait comme s'il escaladait une montagne, à bout de souffle. Puis, l'engin surgit dans la rue où se trouvaient Stig et Dansen. Tous deux reculèrent d'un pas pour se cacher dans l'obscurité. Dansen reconnut le véhicule sombre qui l'avait suivi depuis l'embarcadère ; un rutilant quatre roues motrices dernier modèle, mais qui semblait ici avoir de sérieux problèmes mécaniques. Une épaisse fumée noire sortait de ses échappements, et le moteur cliquetait comme une ancienne mobylette asphyxiée. L'engin continua son chemin en cahotant.

— Quelle idée de venir par ici avec une telle voiture ! Encore des inconscients qui n'ont rien compris aux humeurs des temps. Cela ne roule pas dans ces contrées. M'enfin ! gémit Stig en prenant Dansen par le bras pour se réfugier à l'intérieur.

Dansen, tremblant, se retrouva dans la demeure de Stig, se remémorant ce sombre pressentiment d'être suivi.

— Je connais cette voiture, dit-il. Elle me suit depuis que j'ai pris la barge pour traverser le bras de mer. Je crains qu'elle ne soit là pour nous.

— Redoublons donc de prudence. Il est vrai que le professeur Cato a évoqué cette possibilité.

Stig annonça qu'il était temps d'aller se coucher, et que le lendemain il donnerait à Dansen les instructions pour la suite de sa mission. Il l'emmena au premier étage où une chambre avait été aménagée à son intention. Un vieux tourne-disque trônait sur un bureau vermoulu. Stig choisit un trente-trois tours parmi quelques vinyles rangés sur une étagère et le disposa sur la platine. Après quelques craquements, les premières notes de *One for the Vine*[10] s'échappèrent de l'enceinte monophonique de l'électrophone. Dansen lui fit signe que cela devrait parfaitement convenir, sans toutefois être convaincu que cette musique éthérée puisse lui apporter une quelconque sérénité après cette journée harassante. Il s'allongea sur

---

[10] Genesis – One for the Vine

le lit tandis que Stig refermait la porte en lui souhaitant une bonne nuit. Dansen ferma les yeux et sombra aussitôt dans un profond sommeil. Rideau noir.

## VOYAGE À LA CONTRÉE DES ENGINS VOLANTS

On frappa à la porte. Dansen sursauta. Où était-il ? Il lui semblait avoir dormi un siècle. La porte s'ouvrit, et Stig entra avec un plateau sur lequel étaient posés un bol de café, deux tranches de pain noir, une motte de beurre, deux sucres, un couteau et une cuillère. Tout cela disposé en harmonie victorienne.

— Bien dormi ?

Dansen émergea et laissa quelques secondes à ses neurones pour se remettre en place. Un rictus fit office de sourire.

— Oui, effectivement. Bien dormi. Même étonnamment bien, à vrai dire. Comme une brique flamande.

— Les vents de Wuthering[11] ont en effet un don d'assoupissement assez puissant. Mange, maintenant, et puis débarbouille-toi dans la salle de bain de l'autre côté du couloir. Je t'attends en bas.

---

[11] Genesis – Wind and Wuthering

Un peu plus tard, Dansen se retrouva dans la pièce du bas, le plateau du déjeuner dans ses mains. Stig préparait un sac de voyage dans lequel il introduisit un coffret métallique. Il précisa qu'à l'intérieur se trouvait l'original du feuillet de Postumius.

Stig ôta le plateau des mains de Dansen et l'invita à le suivre vers la cuisine. Il avait préparé à son intention une mallette en osier garnie de victuailles régionales.

— Ça, ce sera pour la route. Car il vous faut maintenant repartir au plus tôt.

Comme pour marquer la conversation de plus de solennité, Stig s'était mis à vouvoyer Dansen.

— Assoyez-vous et reprenez un café, dit-il en remplissant sa tasse. Il me reste deux ou trois choses à vous dire. Primo, vous repartirez donc ce matin, mais prendrez un chemin détourné en traversant la lande vers le lac au Dinosaure – oui, c'est une ancienne légende selon laquelle une créature aurait survécu depuis les temps préhistoriques et vivrait encore de nos jours dans un lac de l'Est. Bref, cet itinéraire est peu connu, et vous ne devriez pas être suivi. En sortant du village, vous emprunterez la première route sur votre gauche. Il n'y a aucune indication, mais cent cinquante kilomètres plus loin vous arriverez au fameux lac. De là, vous longerez la côte Est, et vous retomberez sur l'embarcadère qui nous relie au continent. Ensuite, je vous suggère de vous rendre à la Bibliothèque Centrale de la Contrée ; le gardien principal vous attend et vous montrera tout ce que nous avons récupéré dans la grotte de Postumius. Car, en vérité, nous avons secrètement fait transférer les œuvres trouvées chez lui dans cette Bibliothèque. Les méandres de celle-ci la rendent complètement inviolable, et même le plus téméraire des brigands se perdrait assurément à tout jamais si lui venait l'idée d'y commettre un méfait. Ton père en sait quelque chose, si ma mémoire est bonne.

Dansen but une gorgée de café brûlant. Ce que racontait Stig lui paraissait si surréaliste ! Il connaissait très bien cette étrange bibliothèque ; son père l'y avait emmené de nombreuses fois durant sa jeunesse, puis il y était retourné, une fois adulte, pour raisons professionnelles. C'était l'un des endroits les plus singuliers qu'il avait eu l'occasion de visiter. Des rayonnages et des rayonnages de livres, souvent très techniques, beaucoup sur les engins volants et autres inventions loufoques. Mais à chaque visite, l'ordre était bouleversé. Il n'y retrouvait rien de ce qu'il avait vu lors de son dernier passage. Il y avait à la place d'autres livres ; un jour des anthologies de poésie moyenâgeuse, un autre jour des compilations de magazines frivoles du siècle précédent. Jamais rien n'était classé ni codifié, et les rares gardiens étaient si peu affables et loquaces qu'il avait rapidement compris que leur aide, voire leur présence, était totalement inutile. La bibliothèque était tout le contraire d'un endroit où l'ordre et le rangement étaient les maîtres-mots ; c'était une sorte de mausolée mystérieux où les livres venaient s'offrir au visiteur par enchantement. Le père de Dansen, à l'époque, lui avait donné ce conseil : « Laisse les écrits venir à toi ».

— Une fois que tu auras vu ce que recèle déjà la Bibliothèque, tu t'envoleras comme je te l'ai dit hier pour la Lagune. Va voir Brunello, à l'Osteria, près de la place San Marco. Mais sois prudent et discret.

— Bien, bien. Je comprends qu'il me faut me mettre en route tout de suite.

— Oui, je me suis permis de faire le plein de ta voiture ce matin avant l'aube. Et pour ce qui est du gros engin qui t'a suivi jusqu'ici, il n'est pas près de repartir. Un villageois m'a dit qu'il était tombé en panne quelques kilomètres plus loin. Le garagiste du coin n'est pas prêt à le réparer faute de pièces adéquates, et il y ajoutera un brin de mauvaise volonté. Tu auras donc une avance confortable sur eux.

Dansen se leva, prit la mallette de victuailles et le sac de voyage contenant le feuillet de Postumius, et se dirigea vers sa voiture. Il remercia longuement Stig pour son accueil et ses conseils avisés pour la suite de son aventure.

La Souveraine vrombit au démarrage, comme un véhicule neuf juste sorti de la chaîne de montage.

— Mon ami George, le garagiste, à réglé l'alternateur et changé les bougies d'allumage, déclara Stig avec un sourire de satisfaction.

Dansen, en saluant son hôte, prit la direction de la sortie du village. Puis, comme l'avait conseillé Stig, il tourna sur la gauche. Le chemin grimpait vers les hauteurs surplombant la mer. Dansen jeta un dernier coup d'œil dans le rétroviseur en s'éloignant. Devant lui, la lande nordique s'étalait à perte de vue. La route était rectiligne jusqu'à l'horizon. Le roulis du macadam berçait sa conduite. Il alluma la radio pour retomber aussitôt sur une émission de rock'n'roll à l'ancienne. Même les publicités vantaient des produits disparus.

Dansen avait le cœur léger en traversant ainsi cette étendue calme et monotone. Le ciel était d'un bleu limpide, comme s'il voulait lui aussi participer à ce moment de sérénité. La lande qui l'entourait était dépourvue du moindre arbre, du moindre arbuste. Rien qu'une immense étendue d'herbage roussi par l'humidité à perte de vue. Au loin, des montagnes coloraient l'horizon de leurs pentes escarpées, roches d'une noirceur anthracite scintillante sous les rayons du soleil tel un prisme de lumière. La Souveraine filait bon train à travers ce paysage immuable où toute forme de réalisation humaine semblait exclue si ce n'était la route en ligne droite qui traçait un sillon vers l'est.

Soixante minutes plus tard, les premiers vallons apparurent. La route devint sinueuse. Durant tout le trajet, Dansen n'avait rencontré âme qui vive. La lande s'était offerte à son périple dans sa morne solitude. Aux abords des premiers arbres, quelques maisons basses s'accrochaient aux pentes qui descendaient vers le lac évoqué par Stig. Des nuages bas stagnaient autour des flancs de la vallée qu'emprunta la Souveraine. L'ambiance virait au gris. Un sournois crachin limitait la visibilité. Dansen roulait désormais avec prudence dans la sinuosité ambiante. Au détour d'un virage en épingle, il aperçut le sombre étang, immensité immobile et glaçante. La route en suivait en bordure le contour. Dansen s'arrêta quelques instants pour se dégourdir les jambes et allumer une cigarette. Pas un bruit d'oiseau ne venait perturber le silence. Un léger clapotis de l'eau du lac effleurait les cailloux d'une plage inhospitalière. Tout semblait mort. Même des arbres suintait une odeur de pourriture probablement due à l'humidité permanente qui stagnait aux alentours. Dansen remonta rapidement dans sa voiture et continua sa route en direction de l'embarcadère qu'il devait atteindre avant la tombée de la nuit. La région qu'il traversait semblait vide de tout. Il commençait à espérer une rencontre quand, soudain, à la fin du lac, juste avant de prendre la route du sud, un panneau d'indication mentionna une auberge. Sans hésiter, il engagea la Souveraine dans le chemin de terre. Une centaine de mètres plus loin, un terre-plein bondé d'autocars et d'automobiles anciennes entourait une bâtisse aux couleurs rouges flamboyantes. Il arrêta le moteur.

En s'approchant de la porte d'entrée, il fut rassuré d'entendre de la musique, une sorte de bourrée celtique rythmée au son de tambours, ou plus précisément au rythme de bottines frappées sur un sol en bois. Il entra et un vacarme infernal l'accueillit. À l'intérieur, toute la population des environs semblait s'être donné rendez-vous. La plus grande fête du coin, se dit-il en souriant, avec en guise d'accueil sur le parking une exposition d'automobiles rétro.

Une serveuse au décolleté avantageux l'invita à venir s'asseoir sur un tabouret. L'ambiance battait son plein. Sur les tables avoisinantes, des danseurs martelaient de leurs pas les planches de chêne. On criait, on dansait, et on chantait en chœur, chopines de bière à la main. Le meneur semblait être un joueur de violon qui se tenait sur une estrade et qui, par sa mélodie endiablée[12], frappait la mesure pour l'assemblée en transe. Sans que Dansen ait demandé quoi que ce soit, la serveuse lui

---

[12] The Pogues – Dirty Old Town

tendit une énorme chopine qu'il accepta avec plaisir. C'était bon de se retrouver dans une ambiance festive et amicale ! La musique paraissait ne jamais s'arrêter, et les gens continuaient inlassablement à danser. Il vida sa bière et aussitôt s'en vit proposer une autre par la barmaid qui lui offrit également un regard plus qu'incitatif à la danse et à la débauche. Il posa son verre et chercha à se frayer un chemin vers le dehors.

— Pardon, où est la sortie ?

Il poussa des personnages qui semblaient ne pas le remarquer, en transe au son de la musique.

— Pardon, où est la sortie ? demanda-t-il cette fois à la serveuse.

— Pourquoi ? Vous n'êtes pas bien ici ? Une autre bière, peut-être ?

— Non merci, je dois partir maintenant… reprendre la route.

L'employée haussa les épaules et continua son service sans plus se préoccuper de lui. Dansen commençait à trouver l'ambiance étouffante et tournait en rond à la recherche de l'entrée de l'auberge qu'il avait franchie une demi-heure plus tôt. La foule se pressait autour de lui comme si elle cherchait à l'empêcher de ressortir. Il paniquait et poussait avec brutalité les gens, qui ne s'en offusquaient pas le moins du monde et revenaient aussitôt l'entourer pour l'entraîner dans la gigue infernale. Il vit une porte et s'y engouffra prestement, pour se retrouver parmi les urinoirs. Au lavabo, il se passa un peu d'eau sur le visage afin de reprendre ses esprits. Pourquoi n'arrivait-il plus à sortir de ce hall de danse ? Et cette ambiance qui tournait en boucle sans jamais s'arrêter… Il trouva cela stupide, mais décida d'un coup de monter sur le lavabo. Il ouvrit la petite fenêtre d'aération à mi-hauteur du mur, s'y glissa et atterrit dehors, dans la cour arrière de l'auberge. Il respira profondément et fit le tour du bâtiment en courant, pour rejoindre le parking où l'attendait sa voiture. Tout autour, des automobiles anciennes étaient garées, poussiéreuses à souhait, et – il ne l'avait pas remarqué en arrivant – couvertes de toiles d'araignées, comme si elles n'avaient pas bougé de là depuis des années. Vite, vite, il s'enferma dans la Souveraine et fit vrombir le moteur. À toute allure, il dévala le chemin de terre pour se retrouver sur la route avant de ralentir. Durant des kilomètres, Dansen roula sans pouvoir se contrôler. Il tremblait de tout son corps. Ses dents claquaient. Il freina brusquement. À la radio passait une chanson d'un groupe country qui évoquait un hôtel de la lointaine Californie. Il éteignit d'un geste rageur le poste en hurlant intérieurement qu'il ne pouvait pas s'agir d'une coïncidence.

*Nous sommes programmés pour recevoir.*
*Vous pouvez demander l'addition à chaque instant.*
*Mais vous ne pouvez jamais quitter[13].*

Un étrange sentiment de déjà vu – comme si, au fin fond de sa mémoire, il avait déjà vécu une telle scène – l'accapara. Tourne-tourne, une danse interminable qui ne s'arrête jamais. Subitement, l'image claire et précise de ses parents qu'il n'avait plus vus depuis quelques mois vint à son esprit, sans qu'il puisse se dire pourquoi. Il

---

[13] The Eagles – Hotel California

décida qu'il irait les voir lors de son déplacement à la Contrée.

Dansen ne demandait plus qu'une chose : quitter au plus vite cette région inquiétante qui paraissait échapper à la réalité et à la normalité. En apparence, tout semblait parfaitement en ordre. Pourtant, il y avait quelque chose depuis sa traversée qui n'était pas à sa place, il ressentait un sentiment de déphasage entre ce qui l'entourait et lui-même. Comme s'il n'était pas là à l'instant présent… ou plutôt l'inverse, comme si son environnement n'était pas réel. Il parcourait des paysages et rencontrait des humains qui faisaient partie d'un décor virtuel qu'il ne pouvait appréhender. Seule sa rencontre avec Stig lui avait paru tangible.

La Souveraine filait désormais à toute allure sur une route en macadam en direction du sud. Une alternance d'éclaircies radieuses et de crachin rythmait le voyage.

Quelques heures plus tard, Dansen traversa le bras de mer sur le vieux bateau qu'il avait emprunté la veille. Sans demander son reste, il continua son chemin à la nuit tombée en direction de la Capitale, en suivant l'autoroute. Il ralluma la radio qu'il avait éteinte d'un geste rageur en quittant l'auberge des danseurs derviches tourneurs.

Il s'arrêta enfin sur une aire de repos.

—Allo, Néna ? Oh ! désolé, tu dormais ? Oui, je n'avais pas remarqué qu'il était si tard…

Dansen expliqua brièvement qu'il passerait la nuit dans la Contrée des Engins volants avant de rentrer, probablement le lendemain ou le surlendemain, à la Capitale.

Encore quelques kilomètres et il serait chez lui, là, dans ce doux pays où il avait passé toute son enfance. Il gara sa voiture sur le parking limitrophe de la Contrée – les machines à moteur n'y étaient toujours pas les bienvenues. Il s'approcha du poste d'accueil où officiait un veilleur de nuit.

— Bien le bonsoir !

— Bien la bonne nuit, Monsieur, au vu du ciel étoilé qui surplombe mon crâne dégarni, répondit le vieillard qui se leva de son tabouret pour venir voir de plus près ce retardataire effronté.

— Restez assis, je connais le chemin.

— Oui, oui, on dit cela, et puis après on se perd. Laissez-moi vous donner une torche. Et puis, je vous dirais quand même qu'il est un peu tard pour aller frapper à la porte des habitants, ne trouvez-vous pas ?

— Je sais, je m'en excuse, mais la route a été longue.

Le vieillard s'affaira quelques instants dans un cabanon dont il ressortit avec un manchon de bois dont il alluma l'extrémité en lin imbibé d'huile avec un briquet à amadou.

— Ah, mais je vous vois, maintenant ! Vous êtes le jeune Dansen, de chez Valha et Kay ! M'enfin, ce n'est quand même pas une heure ! Sacrée jeunesse, va !

Il lui tendit la lampe de fortune et alla se rasseoir sur son tabouret. Dansen prit le chemin qui menait vers le bourg où vivaient ses parents.

Deux heures de marche plus tard à la lueur de la torche, Dansen s'approcha de la demeure de Valah et Kay. Il hésita un instant. Depuis combien de temps ne les avait-il pas vus ? Il les savait sans soucis particuliers au sein de cette communauté, et il arrivait ainsi, sans prévenir, pour les assaillir de ses ennuis.

Une lumière s'alluma dans la maison. La porte d'entrée s'ouvrit.

—Oh, enfin ! On t'attendait un peu plus tôt ! Entre vite. Les nuits deviennent fraîches en cette saison.

Sans un mot prononcé, Kay, son père, venait de l'accueillir dans le mode de communication qu'ils avaient tant pratiqué durant la jeunesse de Dansen, la transmission sensorielle que l'on appelait aussi télépathie dans les milieux scientifiques de la Capitale. Il l'avait quasiment oublié, mais ses parents ne se parlaient que de cette manière, et ils lui avaient inculqué cette façon silencieuse de communiquer avec eux.

Il leur répondit aussitôt en pensées qu'il était désolé d'arriver aussi tard, tout en se demandant bien comment sa venue leur avait été annoncée.

— Oh, nous en avons été informés par le professeur Cato. Il paraît que tu as rendez-vous demain de bonne heure à la Bibliothèque Centrale. Viens te mettre au chaud. Ta mère est en train de réchauffer la soupe !

Pendant un long moment, Kay raconta à son fils ses aventures passées à la bibliothèque, ainsi que les rencontres qu'il avait faites, il y a bien longtemps de cela, au sein d'une ville sclérosée dans le temps à l'époque médiévale – comme celle que Dansen avait visitée ce jour dans les pays du Nord. Tout cela sans une parole, en insufflant avec bienveillance ses souvenirs dans l'esprit de son enfant.

La soupe était prête. Valha servit à Dansen un bol chaud avant de l'embrasser tendrement et de lui faire comprendre en un seul et unique regard que son lit était prêt, et qu'elle et son père étaient très heureux de le revoir, de l'avoir auprès d'eux pour la nuit.

Le lendemain matin, après une nuit reposante, Dansen, accompagné de son père, prit la route maintes fois empruntée durant sa jeunesse vers la Bibliothèque Centrale. Les deux hommes passèrent devant les pistes d'envol d'où partaient encore les fameuses montgolfières. Désormais, elles ne servaient plus aux transports de colis industriels, mais uniquement au plaisir des quelques touristes qui visitaient la Contrée. Le tour du pays en ballon dirigeable en était l'attraction principale. Une nuée d'ouvriers s'affairaient autour des engins volants avant l'arrivée des visiteurs prévue en milieu de matinée. Dansen demanda à son père :

— Et ton engin volant, *Lacrimae*, tu l'as toujours, je suppose.

— Ma foi, oui. Je l'entretiens, mais je ne vole plus très souvent. Quand le temps le permet, nous allons faire une balade avec ta mère ou avec Garcin. Il est en parfait état de marche.

Un peu plus tard, ils arrivèrent devant l'énorme bâtiment de la Bibliothèque Centrale. Rien n'avait changé. La taille de cet immeuble en colonnades de marbre était impressionnante et ne ressemblait en rien aux autres constructions en briques rouges des alentours. Il faisait penser à un ancien temple grec qui aurait été déposé par mégarde au milieu d'un village agricole entouré de vergers et de potagers.

Kay tendit à son fils l'épinglette dorée qui donnait droit à l'accès à la bibliothèque.

— Je te laisse. J'ai à faire dans la cité. Je te retrouverai ici en fin d'après-midi. Je crois que tu es attendu dans le hall d'entrée.

— Par qui ? Je ne suis pas au courant.

— Tu verras, et tu en seras ravi.

Dansen montra son épinglette au gardien qui lui fit signe d'entrer. Il avança dans le hall, à la recherche de la personne qui l'attendait. Rien n'avait changé. On y retrouvait toujours ces fameux prospectus publicitaires totalement démodés, de véritables anachronismes du siècle précédent, vantant les mérites de produits de consommation qui n'existaient plus à la Capitale depuis de longues années. Sur certains rayonnages, des livres techniques décortiquaient les principes de la construction des engins volants qui avaient fait la renommée de la Contrée. Nulle part ailleurs ne volaient ces barques surmontées d'un ballon gonflé à l'air chaud par un incroyable procédé de chauffage au concentré d'anthracite. Un astucieux système à ressort permettait de diriger l'ensemble grâce à une fine hélice en cuivre fixée à l'arrière de la barque. Énormes cargos ou barquettes individuelles, tous les engins avaient le même mode de fonctionnement. L'originalité de chacun d'entre eux résidait dans la voilure multicolore que chaque constructeur avait dessinée, et qui rendait chaque machine unique en son genre.

— Ouh, ouh, jeune fils de Kay. Alors, on ne reconnaît plus les amis ?

Dansen sursauta, perdu dans ses souvenirs d'antan. Il se retourna et reconnut, au bout de l'allée, Népalin et le professeur Cato. Il s'avança, médusé.

— Mais comment cela se fait-il, vous deux ici ? Quelle surprise vous me faites !

Népalin, l'ancien, l'ancêtre, celui qui avait initié son père aux écrits antiques. Il n'avait pas changé : un véritable parchemin ambulant, avec au milieu du visage deux yeux bleus étincelants comme des étoiles. À côté de lui, le professeur Cato, celui qui lui avait tout appris des mots magiques, des livres anciens, du mystérieux pouvoir de la poésie et de la littérature. L'un boitillait de gauche à droite, l'autre marchait à petits pas cadencés.

Le cœur de Dansen chavira de gratitude. Il les étreignit chaleureusement. Qu'il était bon de revenir dans la Contrée !

Il emboîta le pas aux anciens, soudain ragaillardis comme deux jeunes gens allant au-devant d'une expédition en terres secrètes. Au loin, bien au loin s'évaporaient les pensées sombres qui avaient jalonné son périple dans les terres du Nord.

— Où m'emmenez-vous ?

— Patience, patience, jeune Dansen. Nous avons un long chemin à parcourir dans le dédale des couloirs de cette bibliothèque. Ne t'a-t-on jamais dit que ce qui était le mieux caché se trouvait devant tes pieds ?

Tous trois déambulèrent parmi un entrelacs d'étagères plus ou moins sombres, s'avançant toujours plus profondément au sein du bâtiment. Il semblait à Dansen qu'ils avaient déjà parcouru trois, quatre fois la longueur totale que semblait mesurer l'immeuble vu de l'extérieur. Ils traversèrent même un parterre de cactus où étaient disposées quelques chaises et tablettes pour le lecteur égaré. Une lumière étrange, venue de nulle part, baignait l'endroit. Parfois, le professeur Cato hésitait, se tournait vers Népalin qui lui indiquait la direction à suivre. Et Dansen, lui, suivait sans mot dire, goûtant le plaisir de leur compagnie si précieuse.

Cato s'arrêta au bout d'un banal couloir et se retourna vers Dansen, l'invitant à passer devant lui.

— À toi l'honneur d'entrer dans la pièce suivante.

Devant une lourde porte en chêne massif sculptée d'ornements ésotériques, Dansen hésita un instant, questionnant du regard le professeur. Ce dernier lui fit un signe d'acquiescement. Dansen ouvrit la porte.

Une cathédrale qui semblait plus grande que l'entière Bibliothèque Centrale s'ouvrit à lui. Un antre baigné d'une luminescence vaporeuse s'étalait à perte de vue. Des dizaines d'énormes tables en marbre étaient disposées de chaque côté de cette immense salle. Le plafond en arabesques incrustées de motifs mauresques se trouvait à au moins dix mètres de hauteur. Les murs étaient couverts de motifs étranges sculptés. Une ambiance glaciale régnait au sein de cet endroit.

— Impressionnant, n'est-il pas ? osa en gloussant le professeur Cato, poussant de sa main le jeune homme à l'intérieur.

Intimidé, Dansen s'avança. Il se dirigea vers une des tables sur laquelle était posée une écritoire en verre transparent. Il souleva le couvercle et en sortit un *volumen*, papyrus enroulé sur deux barres de bois, en parfait état. Il questionna le professeur Cato du regard.

— Ma foi, c'est bien ce que tu crois. Vas-y, déroule-le. Il n'est pas fragile.

Dansen posa avec mille précautions le rouleau sur l'écritoire et le déroula vers la droite. L'écriture romaine était cursive, difficilement déchiffrable au premier abord par un non-initié, mais il reconnut l'en-tête sur laquelle il était écrit : « Publius Vergilius Maro », et en dessous « Georgica Liber I ».

— Oui, oui, c'est bien ce qui a été lu publiquement, il y a fort longtemps, devant l'empereur Auguste par Virgile lui-même ! Quelle histoire, *vindedju* !

— Mais par quel miracle ?

— Oh, que non ! Il ne s'agit pas d'un prodige, mais plutôt d'un phénomène de conservation unique dont Stig t'a sans doute parlé avant-hier.

Le professeur s'approcha de Dansen et, habitué aux mélopées de la poésie latine, commença à lire d'une voix douce :

*Quid faciat lætas segetes, quo sidere terram
Vertere, Mæcenas, ulmisque adjungere vites
Conveniat, quæ cura boum, qui cultus habendo
Sit pecori, apibus quanta experientia parcis,
Hinc canere incipiam.
Quel art fait les grasses moissons ; sous quel astre, Mécène, il convient de retourner la terre et de marier aux ormeaux les vignes ; quels soins il faut donner aux bœufs, quelle sollicitude apporter à l'élevage du troupeau ; quelle expérience à celle des abeilles économes, voilà ce que maintenant je vais chanter.*

C'était une délicate musique des mots venus des temps profonds, des mots qui s'envolaient vers un univers bucolique, des mots qui nous disaient encore et toujours qu'un monde en harmonie avec Mère Nature était indispensable au devenir des hommes.

— Continuons la visite !

Dansen remit avec émotion le volumen dans l'écritoire et s'avança vers les autres tables. Rien ne laissait transparaître l'incroyable trésor que recelait cette pièce aux dimensions phénoménales. Plus d'une centaine de tables en marbre remplissaient l'espace, avec sur chacune une écritoire identique et à l'intérieur un rouleau de papyrus, ou par-ci par-là un codex qui tout autant que les rouleaux semblait quasiment neuf. Il en prit un au hasard. Il s'agissait des lettres de saint Paul aux Éphésiens. Il vérifia rapidement par curiosité professionnelle, en tournant les pages du codex, que les épîtres étaient bien au nombre de sept. Exact. Il sourit et ne put s'empêcher de porter le codex à son nez, sentant les arômes encore frais des tiges de papyrus avec lesquelles il avait été confectionné.

— Je suppose, dit Dansen à voix basse comme s'il craignait d'être entendu de l'extérieur, qu'il s'agit de la fameuse bibliothèque de Postumius que Stig et vous avez ramenée d'Italie.

— Tu as deviné, et de nos jours c'est Népalin qui en est devenu le gardien bienveillant. Lui seul connaît le chemin pour nous conduire en cet endroit. Moi-même, si je voulais revenir demain, je me perdrais.

Népalin s'inclina en signe de gratitude. Tous trois continuèrent ensuite à marcher jusqu'au fond de la salle. Neuf tables vides attendaient nos visiteurs. À voir le regard amusé du professeur Cato, Dansen comprit aussitôt que sa mission consisterait à remplir les écritoires vides des dernières tables… Il rit de bon cœur, comme si l'on venait de lui faire une farce des plus agréables. Il se trouvait au milieu du plus parfait rêve littéraire de l'histoire de l'humanité, entouré des œuvres fondatrices de la civilisation et c'était à lui qu'il revenait de finir le puzzle. Ben voyons !

Des larmes embuèrent son regard. L'émotion était trop grande, trop incroyable. En trois jours, il était passé d'un présent réglé comme une horloge dans les routines quotidiennes à ce tourbillon de découvertes. Combien de fois avait-il arpenté les couloirs de la bibliothèque de la Contrée sans jamais toucher de près ce trésor d'un monde évanoui ? Combien de fois avait-il rêvé de compulser ne serait-ce qu'un bref instant, alors qu'il avait passé ses journées entières au milieu des vieux grimoires poussiéreux, un seul de ces livres originaux décrivant la force incommensurable de la beauté du monde ?

L'image de Néna, en solitaire seule à la Capitale, lui vint à l'esprit. Il aurait tant aimé qu'elle soit présente, pour lui tenir la main à cet instant précis. Soudainement, il ne se sentait plus la force d'affronter seul ces événements qui le dépassaient. Il se promit de l'appeler dès que possible.

Les trois compères déambulèrent encore quelques instants parmi les codex et les rouleaux de papyrus. Puis, à la demande de Dansen, ils ressortirent de la bibliothèque par l'entrée principale. Le chemin vers la sortie leur prit à peine deux minutes, mais Dansen abandonna l'idée de questionner Népalin au sujet de ce raccourci qu'ils auraient éventuellement pu prendre à l'aller. Il devait y avoir un sens obligatoire à la visite qui devait échapper à la raison commune. Quoi qu'il en soit, l'air frais lui fit du bien, et il s'octroya une pause pour allumer une cigarette. Il était inutile de consulter son téléphone portable à la Contrée ; la transmission était inexistante. La population estimait que les nouvelles d'ailleurs n'avaient qu'une apparence d'urgence tout à fait négligeable. L'important ici était de souhaiter prioritairement le bonjour à son proche voisinage chaque matin.

En passant devant chez Séraphine, la fameuse standardiste, Dansen s'arrêta un moment pour appeler Néna et lui raconter succinctement son arrivée la veille au soir à la Contrée et sa visite à la bibliothèque. Il ne se douta pas un seul instant que la ligne de Néna était sur écoute, et qu'à l'autre bout du continent des êtres malveillants tentaient de suivre pas à pas ses pérégrinations. Une brusque rafale de vent glacial cognant les vitres vint le rappeler à la prudence.

Dansen salua ses compagnons qui l'attendaient quelques mètres plus loin. Le professeur Cato invita Népalin à rentrer chez lui et prit Dansen par le bras.

— Viens, je te ramène chez tes parents. Il faut que l'on parle encore un peu des affaires qui nous concernent. Il n'est pas nécessaire d'ennuyer notre ami Népalin avec nos préoccupations. J'ai eu un message de Stig ce matin. Sa maison a été cambriolée alors qu'il faisait ses courses dans le village. Son précieux codex maya a été dérobé. La maréchaussée est chargée de l'enquête. Tout cela me cause des soucis. Je crois qu'il serait prudent de prendre l'avion au plus tôt vers la Lagune pour rencontrer Brunello au plus vite. J'avais d'abord pensé te faire partir en montgolfière ; Garcin était déjà prêt à t'emmener. Mais je crains qu'il nous faille accélérer le temps. Je suis certain que le Clan sait déjà que tu es ici, et qu'il est à tes trousses. Je te conseille donc d'aller voir tes parents cet après-midi et de rentrer ensuite rapidement à la Capitale. De mon côté, je m'occuperai de tes billets d'avion et ferai en sorte qu'ils t'attendent chez toi. Un dernier détail : évite désormais de parler de tout cela au téléphone. Le Clan a de grosses oreilles électroniques !

Le professeur Cato et Dansen marchèrent ensemble jusqu'à la maison de Kay et Valha. Une odeur de braise embaumait les environs. Cela sentait le barbecue automnal. Ils comprirent tous deux qu'on les attendait pour quelques brochettes au feu de bois agrémentées de salades diverses du potager. On ne refusait pas un repas à la Contrée, même si et surtout si l'on n'était pas formellement invité. La table était déjà mise dans le jardin attenant à la maison des parents de Dansen. Quelques heures plus tard, alors que le soleil commençait à décliner, Dansen, l'estomac bien rempli et après avoir solennellement promis à sa mère de revenir prochainement accompagné de Néna, prit le chemin qui conduisait vers le parking où l'attendait la Souveraine. Il avait passé un moment agréable en compagnie du professeur et de ses parents ; un de ces moments qui ne sont pas inoubliables, mais qui font pencher la vie du bon côté, en toute simplicité conviviale. On avait parlé de tout et de rien, principalement de ces riens qui font le bonheur d'être ensemble. Le professeur Cato, un verre dans le nez, avait disserté sur les années pendant lesquelles il avait enseigné le grec ancien à de jeunes gens plus intéressés par les musiques sauvages électriques que par la poésie hellène. Combien parmi ces élèves auxquels il avait essayé de transmettre son savoir avaient encore gardé, une fois arrivés à l'âge adulte, une once de mémoire de ces textes millénaires ? Il en était désolé jusqu'aux larmes enivrées. Dansen en avait profité pour faire tourner sur un gramophone un vieux disque de chevelus hurlant une histoire de fumée sur de l'eau[14].

---

[14] Deep Purple – Smoke on the Water

## LA LAGUNE

Zjetsky Airlines ! Drôle de nom pour une compagnie aérienne. Dansen vérifia son billet, le numéro de vol et l'affichage sur les écrans du terminal. *On Time,* était-il indiqué sur le panneau. Il lui restait un peu de temps pour prendre une chocolatine et un breuvage chaud à l'un des comptoirs du grand hall.

La veille au soir, en rentrant chez lui, il avait appelé Néna pour lui proposer de la retrouver quelques instants au bar de l'Antique Civilisation.

— Mais j'y suis déjà ! lui avait-elle répondu. J'ai tes billets d'avion, et le messager m'a dit qu'il fallait te les remettre à l'endroit habituel. J'ai donc pensé que tu me rejoindrais à notre bar. J'avoue que j'ai déjà bu un kir.

— J'arrive ! Bipidou !

Dansen s'était précipité hors de chez lui pour la rejoindre au plus vite. Ils avaient ensuite passé la soirée ensemble puis, au petit matin, bien avant que la ville tout entière ne se réveille, il avait pris un taxi vers l'aéroport.

Pas plus d'une dizaine de personnes attendaient autour de la porte d'embarquement. L'affichage indiqua *Now Boarding*. Une hôtesse s'installa à son pupitre et tapota nerveusement un clavier. Un à un, elle invita, en les appelant par leur nom, les passagers à monter à bord. Devant Dansen, de jeunes hommes en costumes anthracite, chemises blanches, cravates rayées et attachés-cases en cuir avançaient toutes chaussures bien lustrées vers le couloir menant à l'avion. Dansen avait le costume quasiment à l'identique, mais la chemise noire et les souliers poussiéreux détonnaient.

— Monsieur Dansen ! C'est un plaisir de vous accueillir sur notre ligne aérienne. C'est bien, je crois, la première fois que nous avons cet honneur, n'est-ce pas ? J'espère que votre voyage sera agréable. N'hésitez pas à faire appel au personnel de bord pour tout ce que vous pourriez désirer.

Dansen sourit à l'évocation de la dernière phrase qui lui semblait un peu équivoque, puis suivit la file des hommes costumés qui montaient dans l'appareil. L'engin volant ressemblait étrangement à une fusée sur grosses roulettes, comme un avion sans ailes... sans hublots... sans réacteurs ; un gros cylindre jaune avec une porte circulaire sur le côté. Dansen ne put s'empêcher d'imaginer qu'il montait dans un suppositoire géant.

Une fois à l'intérieur, il fut surpris par le luxe de la cabine, lui qui s'était imaginé voler en mode sardine dans un charter aux sièges sous-dimensionnés. De grands fauteuils en cuir noble, avec une table de travail individuelle pour chaque occupant. À l'arrière, un bar à l'anglaise où s'affairait une hôtesse qui débouchait une bouteille de champagne et remplissait des coupes. Luxe, calme et volupté, aurait dit l'ami Charles.

Il s'installa dans l'un des sièges. Autour de lui, les hommes-cravates sortaient leur écran portable de leur mallette et glissaient leurs doigts agiles sur la matière plastique afin d'agencer les tâches qu'ils effectueraient durant le voyage.

L'hôtesse, une Asiatique au sourire charmeur, vint s'agenouiller devant Dansen et posa une coupe sur sa tablette.

— It's my pleasure to have you on board, Mr Dansen. Please do not hesitate to ask me whatever you would need during our flight.

Dansen fit un signe de la main pour la remercier, et aussi pour qu'elle se relève dare-dare. C'était un peu trop par rapport à ses standards habituels de voyage. Qu'avait donc choisi le professeur Cato pour ce déplacement urgent vers la Lagune ? Une sorte de vol pour hommes d'affaires ultra-VIP dans une saucisse volante ?

Quelques minutes plus tard, afin d'accompagner les mets préparés par le cuisinier de la compagnie aérienne, un sommelier s'agenouilla également près de lui et lui proposa un choix de vins à faire pâlir un restaurateur étoilé. Coupe de champagne aidant, Dansen sélectionna une cuvée Tamanova du Château Pech-Latt, de Lagrasse, du siècle dernier. Son affection pour les livres anciens serait ainsi récompensée par un verre de vin. Tout cela était bien agréable, et Dansen pensa malicieusement qu'il ne fallait pas gâcher un plaisir gustatif si pertinemment suggéré. Sur un coulis de sauce blanche, un assortiment de légumes frais finement découpés en lamelles entourait gracieusement un pavé de saumon cuit au gros sel. Tout se passait à merveille.

Une fois le succulent repas dégusté, les hommes en gris replièrent et rangèrent chacun leur tablette multicolore dans leur mallette et se levèrent. Dansen s'inquiéta ; il avait adoré le déjeuner, mais l'engin volant n'avait pas encore bougé. Pourtant, l'hôtesse annonça aux voyageurs leur arrivée imminente à l'aéroport de la Lagune. Dansen n'avait rien ressenti : ni le décollage, ni les perturbations durant le vol. La porte circulaire sur le côté s'ouvrit et laissa entrer un souffle d'air marin. Ils étaient bien parvenus à destination. Comment cet engin s'était-il élevé dans le ciel et avait-il parcouru ces centaines de kilomètres vers le sud sans que les passagers ne ressentent aucun effet d'accélération ni même de montée dans les airs ? Dansen se dit qu'il poserait la question à Garcin et à son père, Kay, lors d'un prochain voyage à la Contrée.

À la sortie de l'aéroport, il monta dans un vaporetto qui l'emmena à toute vitesse vers la place centrale de la Lagune. La moiteur environnante le fit suffoquer un instant lorsqu'il posa pied sur l'embarcadère en bois vermoulu. La cité lui faisait l'effet d'une sorte de radeau antique qui bataillait jour après jour pour ne pas sombrer dans les fonds marins. On rafistolait par-ci par-là les fondations des immeubles branlants afin de les empêcher de s'écrouler comme un château de cartes et d'emporter leurs dorures dans les tréfonds de la mer. Un combat jamais terminé contre le mouvement perpétuel de Mère Nature aplanissant imperturbablement les constructions humaines par la force conjuguée du vent, de la pluie et de la marée. La fourmilière d'ouvriers s'évertuait chaque jour à renforcer les berges et les pontons pour lutter contre les éléments naturels qui, quant à eux, inlassablement, rognaient les boiseries et les ciments.

Tout autour de la place, des merveilles architecturales datant des siècles précédents tremblaient avec le ressac, comme posées sur des fétus de vieille paille nauséabonde. Les effluves putrides de l'eau se mêlaient aux odeurs d'encens et de fleurs qui embaumaient la Lagune d'un singulier mélange de vie et de mort. Ici, l'histoire vacillait entre l'enfer et le paradis à chaque pas. Ce condensé de chaos continuel exposait en ces lieux son plus bel exemple de folie créatrice et tout à la fois autodestructrice.

Une nuée de pigeons patauds vint atterrir aux pieds de Dansen, le détournant de ses pensées. Il convenait au nouvel arrivant de saluer les habitants des toitures en les nourrissant. Aussitôt, une dame tout de noir vêtue s'approcha de lui et lui proposa en échange d'une pièce de monnaie un cornet de graines. Il accepta volontiers de céder à la coutume locale ; il les éparpilla sur le sol où s'affairèrent des pigeons jouant à qui récolterait dans son gosier le plus de grains. Une fois la distribution terminée, les volatiles regagnèrent en un essaim bruyant les gouttières des immeubles, à l'affût du prochain novice débarquant à la Lagune.

Le soir, Dansen avait rendez-vous dans une osteria non loin de la grande place. Il avait le restant de la journée pour flâner à sa guise dans la cité plurimillénaire. Il déposa son sac de voyage dans une chambrette mansardée surplombant les toits alentour, loin des hôtels à touriste. Dans la pochette contenant les billets d'avion, le professeur Cato lui avait laissé quelques instructions tels l'endroit où il pourrait loger incognito et ceux à visiter avant son entrevue avec Brunello.

Dansen décida de ne pas suivre à la lettre les conseils du professeur, mais de déambuler, quitte à se perdre, dans les venelles de la cité. Il commença par demander à un gondolier de le conduire par le grand canal tout à l'ouest de la Lagune, vers la gare ferroviaire. De là, il arpenta les ruelles, à l'abri des grandes artères très fréquentées, pour humer l'air des arrière-cours, celles où s'entassaient l'envers du décor, les emballages de la société de consommation. Il s'arrêta un instant sur une placette et s'assit sur un banc à l'ombre d'un olivier. Aux fenêtres des immeubles environnants, quelques regards fugaces vinrent vérifier les intentions de l'inconnu qui venait pénétrer leur espace privé, loin du tumulte touristique. Pensif, Dansen alluma une cigarette. Néna lui manquait. Se retrouver seul dans ces endroits où se promenaient des milliers de couples amoureux le temps d'une escapade romantique le rendait mélancolique de ses propres marches dans les rues de la Capitale, au bras de celle qui avait apaisé son mal-être. Rien n'était plus réconfortant que de sentir l'être proche joindre sa main à la vôtre. Il se promit d'emmener Néna lors de sa prochaine mission, si du moins la confrérie des gardiens de la Bibliothèque Centrale n'y voyait pas d'inconvénients.

Traversant la partie ombragée de la cour, une vieille dame s'approcha de lui et, dans un dialecte local, lui demanda si elle pouvait s'asseoir à ses côtés. L'odeur de la cigarette lui rappelait avec tendresse son défunt mari.

Ils conversèrent cahin-caha, en mots simples, du beau temps et du calme loin de la foule. Le sourire de la veuve dévoilait sa beauté d'antan. Parfois, ses yeux noirs entourés d'un khôl discret se faisaient enjoués, et un rire quasi juvénile s'échappait de sa gorge. Elle donnait une impression de sérénité teintée de bienveillance. Dansen crut la reconnaître et lui demanda si c'était elle qui lui avait vendu le matin les graines pour les pigeons.

— Non, non, ça, c'était Nuvola, ma sœurette. Elle est bien plus jeune et plus jolie que moi. Elle m'a dit qu'elle vous avait rencontré et, à vrai dire, je suis bien contente que vos pas vous aient amenés jusqu'ici.

— …

Dansen resta interloqué quelques instants, puis se dit qu'il ne fallait pas chercher à comprendre ce que cette vieille dame coquette savait exactement. Il continua à parler de la beauté de la ville, lui racontant sans trop de détails que, malheureusement, il était ici pour une mission et qu'il n'aurait pas beaucoup de temps pour profiter des joyaux de l'antique cité. Il se leva, écrasa sa deuxième cigarette et prit congé en la saluant. D'un geste élégant, la dame tendit son bras droit vers lui. Dansen hésita, puis se baissa pour lui faire un baisemain.

— Mais non, gros ballot ! Aidez-moi plutôt à me lever ! À mon âge, les jointures deviennent difficiles à déployer… Et maintenant, bon vent à vous. Faites le bonjour à Brunello de ma part. Mon nom est Cucina.

À chaque rencontre, il s'avérait que les interlocuteurs de Dansen en savaient bien plus que lui sur la raison qui motivait sa présence, comme si son destin était surveillé de près par des anges bienfaisants ou des êtres maléfiques. Par la fenêtre ouverte d'un appartement, il entendit les premières notes d'une ancienne chanson en langue italienne décrivant des larmes s'écoulant sur un visage[15]. Sans se retourner, il se dirigea vers l'avenue piétonne bondée de touristes. Il se sentit à l'abri dans cette foule anonyme. La vieille dame sur le banc faisait-elle partie des âmes bienveillantes, ou bien était-ce une ruse du Clan qui suivait ses pas depuis ses pérégrinations dans les régions du Nord ? Le sourire amusé qu'avait eu la veuve le réconforta. Non, Dansen ne pouvait se résigner à douter de tout le monde, à se méfier de chaque rencontre. Il continua sa promenade en flânant de boutique en boutique. Sous les arcades, des échoppes proposaient des souvenirs plus ou moins authentiques. Le soleil automnal commençait à disparaître derrière les toitures des édifices. Il entra dans un magasin de vêtements à l'ancienne, que les habitants portaient de temps en temps, en guise de folklore local, plus particulièrement durant la période du carnaval. Il fureta parmi les objets typiques de la Lagune : plumes d'autruche, chapeaux aux couleurs chatoyantes, capes brodées à la main, robes longues en soie ou en satin, et arrêta son choix sur un masque en dentelle noire et une paire de gants de soirée assortie. Il espérait que Néna apprécierait.

Il était grand temps de rentrer afin de prendre une douche, se changer et relire quelques notes avant l'entrevue avec ce fameux Brunello. Dansen reprit son chemin vers l'est dans le dédale des ruelles. Le flot des piétons semblait se diriger dans la direction opposée, et Dansen avait toutes les peines du monde à se frayer un passage à travers la foule. On le bousculait comme s'il était inconvenant, à cette heure où le soleil déclinait rapidement vers l'ouest, de marcher en sens inverse.

---

[15] Bobby Solo – Una lacrima sul viso

Tout à coup, trois hommes le jetèrent brusquement à terre. Approbateurs, les passants ne bronchèrent pas. Un coup de pied de l'un des assaillants l'atteignit dans les côtes, un deuxième au genou gauche. Dansen se débattait, tentant par les bras de se protéger comme il le pouvait. Un des agresseurs, affublé d'un ridicule nez de clown, empoigna ses mains, laissant le champ libre aux deux autres, grimés du même nez de clown et d'un affreux chapeau melon jaune. Les coups pleuvaient sur son corps, épargnant toutefois sa tête. Dansen appelait au secours, mais les passants continuaient leur chemin, estimant très pudiquement qu'il ne fallait pas s'immiscer dans une altercation dont ils n'avaient de toute façon que faire. Le plus petit des trois hommes s'abaissa et commença à fouiller les poches de Dansen, probablement à la recherche d'un portefeuille bien garni. Heureusement, Dansen avait quitté la chambre en laissant toutes ses affaires à l'abri. Il n'avait pris que quelques billets, son briquet et cinq cigarettes. Il tenait encore fermement à la main le sachet dans lequel la vendeuse avait mis quelques minutes plus tôt ses achats dans la boutique.

— Nada, let's go, grogna le petit rondouillard en se redressant sans même s'intéresser aux billets de banque.

Aussitôt, les trois hommes s'éloignèrent en courant dans une ruelle adjacente, laissant Dansen par terre, les poumons en feu. Il se releva péniblement sous les regards désapprobateurs de ceux qui lui reprochaient d'avoir causé un embouteillage de piétons lors de sa confrontation avec les trois clowns comme si lui, Dansen, était responsable de sa propre agression. Une vive douleur aux côtes l'empêchait de reprendre normalement son souffle. En se tenant contre un mur, il laissa la foule passer devant lui. Puis, comme par enchantement, le flot s'atténua. La rue se vida et redevint paisible ; deux ou trois badauds par-ci par-là devant les boutiques dont on rangeait les devantures avant de fermer. La douleur s'estompa, et Dansen reprit ses esprits. La nuit n'allait pas tarder à envelopper la cité lagunaire.

Une fois arrivé à sa chambre, il se doucha tout en vérifiant sur son corps les traces bien réelles laissées par les coups que les ignobles malandrins lui avaient assénés. Rien de cassé, heureusement. Des ecchymoses partout sur le torse, les bras, les jambes. Dansen s'habilla rapidement, vérifia le lieu du rendez-vous et prit les documents qu'il souhaitait présenter à Brunello. Un rapide coup d'œil dans une glace lui redonna un peu le moral. À part son genou qui le faisait encore abominablement souffrir, il se sentait mieux et prêt à rencontrer celui qui lui donnerait probablement quelques clefs pour découvrir l'œuvre manquante à la Bibliothèque Centrale, le berceau de la société humaine tel que lui et ses amis le concevaient. D'autres ne partageaient peut-être pas leur opinion, cherchaient même à s'en accaparer pour la détruire, mais lui ressentait en son for intérieur qu'il s'agissait d'un écrit fondateur, voire réformateur de l'humanité.

Vingt-six minutes plus tard, il se trouvait devant l'osteria dell'Est, un restaurant situé non loin de la place centrale, dans une ruelle sombre aux effluves nauséabonds et que seuls les connaisseurs avertis et les habitués fréquentaient. Aucun guide touristique, aucune agence de voyage, aucune messagerie électronique ne répertoriaient l'endroit ; seul le bouche-à-oreille avait fait son succès. Le sieur Brunello, entre autres activités, tenait fermement les rênes de l'osteria et refusait, avec tout le bagout nécessaire, d'être répertorié par les acteurs du tourisme local. Il préférait de loin que sa salle de restaurant soit quasiment vide certains soirs, plutôt que de voir s'y déverser les hordes de voyageurs d'un jour attirés par une cotation gastronomique quelconque. Ici, le client venait goûter la cuisine locale à la bonne franquette, sans qu'un harangueur sur le pas de porte cherche à remplir la salle en vantant dans une multitude de langues les saveurs des plats proposés. Même la devanture du lieu n'offrait que peu d'indications sur la nature exacte de son activité. Pas de chaises ni de tables en terrasse ; de petites fenêtres à vitraux obscurs qui ne laissaient rien deviner à travers ; aucune pancarte présentant le menu. Un simple autocollant « vietato fumare ». Et, quand Dansen poussa la porte d'entrée, il comprit aussitôt que l'autocollant faisait précisément partie du décor de l'osteria. À l'intérieur flottait une douce odeur cubaine de tabac. Dans la pénombre, sur sa gauche, un immense bar en zinc d'une quinzaine de mètres de long sur lequel trônait une caisse enregistreuse tout droit sortie d'un western spaghetti invitait le client à prendre une boisson. Au bout du comptoir, assis sur un tabouret, un homme jouait aux dés, seul. Il répéta avec la grâce du joueur assidu quelques lancers avant de se tourner vers Dansen, de se lever et de s'avancer pour le saluer.

— Vous êtes ponctuel, comme toute personne en provenance de la Capitale. Soyez le bienvenu. Je m'appelle Brunello, et vous devez être le jeune Dansen ?

L'homme était de très grande taille, la chevelure noire ébouriffée et une barbe grise bien drue. Il avait la noble allure d'un dignitaire vénitien, tout de noir vêtu avec un élégant gilet brodé de velours. D'une poche émergeait une délicate chaîne en or qui venait se refermer sur un bouton du gilet, signe vraisemblable de la présence d'une montre à gousset.

Comme s'il avait remarqué le regard de Dansen sur la chaîne brillante, l'homme sortit la montre et la déplia.

— Elle n'est pas à l'heure. J'oublie souvent de la remonter et de toute façon, ici, à l'intérieur, le temps est immobile depuis de longues décennies. Je lui laisse le soin d'effectuer sa course effrénée au-dehors. Allons, prenez un tabouret et venez boire un malt.

Dansen accepta avec plaisir. Il se rappela sa rencontre de l'après-midi avec Cucina et transmit son bonjour à Brunello.

— Ah, merci. J'espère qu'elle a bien pris soin de vous. Elle est charmante. Je lui avais demandé, ainsi qu'à sa sœur, de surveiller votre arrivée. Les rues de la Lagune ne sont pas sûres. Les gens du Clan rôdent aux alentours. La matrone a dû être informée de votre arrivée et a sans doute envoyé ses sbires.

Dansen blêmit. Mais oui, bien sûr, sa mésaventure avec les clowns et les passants. Tout cela avait été orchestré. Il n'avait pas été assez méfiant ; il s'en voulait. Il raconta aussitôt l'anecdote à Brunello qui confirma. C'était forcément un tour du Clan.

— Ne vous inquiétez pas outre mesure. Ici, il est impossible au Clan de venir nous importuner. L'endroit leur est inconnu et inaccessible. Mais demain, par sécurité, je vous ferai accompagner jusqu'au cigare volant. Sympathique, ce petit voyage, non ? On n'a pas l'impression de parcourir les airs. On ne ressent quasiment rien. Il manque, il est vrai, un peu du plaisir de voler en montgolfière ou en aéroplane, mais c'est très pratique et moins fatigant.

Une fois les verres de malt vidés, Brunello se leva et invita Dansen à le suivre.

Ils traversèrent quelques pièces où étaient attablés des personnages tout droit sortis d'un film de gangsters du siècle précédent ; chapeaux noirs en feutrine et lunettes de soleil. Le décor était en harmonie : lumière tamisée, cendriers et volutes de fumée de cigarettes, nappes à carreaux rouge et blanc, et dans chaque assiette une monstrueuse plâtrée fumante de spaghettis à la bolognaise. Les clients chuchotaient dans un patois local incompréhensible des non-initiés. Il était aisé d'imaginer le revolver caché dans leur veste ou la sulfateuse posée à leurs pieds.

— Comme je vous l'ai dit, nous sommes à l'abri, ici, déclara Brunello comme si cela allait de soi, entourés de ces individus au visage patibulaire à qui l'on n'aurait pas confié un kopeck.

Il emmena Dansen vers une arrière-salle où une grande table était dressée pour tous deux. Un serveur se présenta et proposa un repas prétendument léger composé d'un *primo piatto*, d'un *secondo piatto*, d'une *carne*, d'un *contorno di verdure*, et pour finir d'un ou deux *dolce*, le tout accompagné de quelques fameux vins de la région. Cela sentait le piège gastronomique, mais

Dansen se laissa volontiers embarquer pour un plaisir culinaire digne de ce nom. L'heure était à la détente ainsi qu'aux informations sérieuses. Les deux vont de pair lorsque l'on est en bonne compagnie, et Brunello avait tout de l'homme un peu mondain pourtant d'une amicale sincérité, ce que Dansen avait ressenti dès leur poignée de main.

En guise d'introduction, Brunello demanda à son hôte de relater tous les menus détails de son voyage, depuis son périple dans le Nord jusqu'à son arrivée à l'osteria. Dansen prit plaisir à raconter sa soirée chez Stig et son passage à la Bibliothèque Centrale. Il conta toutes ses aventures avec minutie durant le repas qui, comme il s'en était douté, était gargantuesque. Brunello l'écoutait attentivement pour n'en perdre aucune miette. Lorsque les desserts arrivèrent, Dansen en profita pour sortir de sa pochette le feuillet de Postumius.

Brunello le saisit délicatement, le porta à son nez, huma l'odeur subtile du papyrus. Ses yeux s'embuèrent. Il était visiblement très ému.

— J'avoue que je n'ai jamais eu l'occasion de voir ce document. Le professeur Cato m'en a tant parlé, ainsi que des œuvres récupérées et soigneusement gardées à la Bibliothèque Centrale. Je rêvais depuis longtemps de toucher en main propre un morceau de cette fabuleuse histoire. Merci beaucoup à vous d'avoir apporté cet original dans mon humble repère.

Il scruta l'écrit, hocha la tête puis rendit le feuillet à Dansen qui aussitôt le remisa dans sa pochette. Sans un mot, Brunello s'éclipsa, laissant Dansen à son tiramisu de fin de repas. Le dîner avait été des plus agréables.

Dansen observa la pièce dans laquelle il se trouvait. Sur les murs, de nombreux tableaux d'époques diverses avaient été disposés avec goût, mêlant dans une harmonie parfaite les paysages de maîtres flamands avec des œuvres figuratives plus récentes. L'un d'entre eux attira plus particulièrement son attention. C'était celui d'une jeune femme dénudée, le pied posé sur le bord du cadre comme si elle souhaitait s'en échapper. Au moment où il plongea son regard dans celui de la demoiselle, celle-ci sauta en dehors du tableau, puis par magie disparut. Quelques secondes plus tard, elle réapparut à l'horizon dans le paysage, s'avançant à pas déterminés pour à nouveau enjamber le cadre et disparaître. En un cercle hypnotique, elle ressurgit au fond du tableau, marcha vers le rebord une seconde fois et sauta encore au-dehors. Dansen ferma les yeux puis les rouvrit, fixant la toile. La femme était immobile cette fois-ci. Brunello regagna la pièce avec plusieurs rouleaux de papier sous le bras qu'il posa sur la table.

— Vous n'allez pas me croire. J'étais en train d'admirer cette toile quand soudain…

— Oui, oui, je sais, c'est l'échappée belle ! C'est un ami peintre du nom de Lassus qui emploie cet ingénieux procédé. Ne me demandez pas comment il fait. Il me dit que c'est une très vieille technique que même Brueghel l'ancien utilisait dans la plupart de ses reproductions de scènes pastorales. Si vous vous laissez imprégner, subjuguer, envahir par le tableau, ce qui y est figuré se met soudainement en mouvement, comme une espèce de récit circulaire qui vous décrit la vie à l'intérieur de l'œuvre. C'est assez intéressant, n'est-ce pas ? Il paraît que l'écrivain Stendhal était persuadé que c'était une sorte d'hallucination provoquée par l'émotion. Pauvre Stendhal... Les médecins modernes sont depuis lors convaincus qu'il s'agit d'un syndrome psychiatrique. J'aime voir ce qui se passe dans le passé et le futur de l'événement peint par l'artiste. Tenez, là, cette peinture représentant deux personnes avec une brouette dans un champ ; on les voit arriver par la gauche, puis d'un coup s'arrêter. L'homme enlève sa casquette, et lui et la femme se mettent à prier près d'un panier posé à terre. Au loin, il y a une église. Puis, l'homme reprend la brouette, et le couple s'en va tranquillement par la droite du tableau. Il s'agit en fait, comme on le devine, d'une scène des vêpres. La prière de l'Angélus. La légende selon Dali veut que dans le panier se trouve un enfant mort. C'est presque dommage que l'on ne puisse pas entendre la cloche de l'église. Mais sonoriser les tableaux, mon ami peintre m'a dit que c'était bien trop difficile, à moins de n'abuser plus que de raison du bon vin !

Brunello rit de bon cœur et remplit leurs verres.

— Passons aux choses sérieuses, maintenant, dit-il d'un ton péremptoire tout en déroulant l'un des rouleaux.

C'était le plan d'architecte d'un grand bâtiment. Brunello expliqua à Dansen qu'il s'agissait d'un musée d'arts antiques dans la ville de Praha, au centre du continent. Au moyen d'un feutre, il traça le chemin à parcourir pour finalement se retrouver dans un local interdit au public, où étaient remisées les œuvres non exposées. À certains endroits, il marqua de petites croix pour signaler l'emplacement du système d'alarme et des caméras de surveillance.

— Le plus délicat, d'après nos informations, sera d'évincer les gardiens du musée. Il serait bien que vous soyez deux pour cette visite, et que la personne qui vous accompagne puisse détourner leur attention. Ensuite, ce sera à vous de jouer !

— Et je joue à quoi ? demanda Dansen, fébrile, se doutant que Brunello allait lui proposer de cambrioler un musée.

— Mais, bien sûr, pardonnez-moi. Laissez-moi vous expliquer. Nous avons récemment découvert que parmi les archives détenues par ce musée se trouvait probablement l'autre moitié du papyrus de Postumius. Le professeur Cato a vainement tenté d'en obtenir ne serait-ce qu'une copie, mais le directeur de l'établissement a froidement refusé. Ce dernier, en quête de notoriété pour son musée, souhaitait lui-même dénouer le puzzle et exigeait que Cato lui fasse parvenir la pièce que tu as en ta possession. Nous sommes donc dans une impasse, et je soupçonne le directeur d'être aux ordres du Clan qui te pourchasse. Nous avons réussi à infiltrer le groupe des gardiens, et l'un d'entre eux est prêt à t'aider pour dérober le précieux manuscrit.

Des gouttes de sueur commencèrent à perler sur le front de Dansen. Il s'imaginait déjà menotté, pris en flagrant délit de tentative de vol dans un pays étranger. Il n'avait rien d'un héros de film qui, de sang-froid, cambriolerait à pas de velours les archives d'un musée. Il n'était qu'un simple bouquiniste qui détestait que l'on vienne bouleverser son quotidien. Il était prêt à refuser. Puis, il se souvint de l'objectif de sa mission : découvrir une des œuvres fondatrices de la civilisation. Il se tourna vers Brunello avec résignation. Sa voix tremblait.

— D'accord. J'espère tout simplement que je serai à la hauteur. Je n'ai jamais rien volé de ma vie, si ce n'est dans mon jeune âge une carte postale à la devanture d'une échoppe de souvenirs.

— Vous êtes, parmi nous, la seule personne qui puisse mener à bien cette mission. Vous avez la jeunesse de l'action, alors que nous autres, chercheurs de livres anciens, n'avons plus que les rhumatismes qui nous clouent à nos chaises de bureau.

Brunello continua à donner à Dansen de multiples indications sur les systèmes de sécurité, sur l'aide que lui apporterait le gardien acquis à leur cause et sur l'endroit exact où se trouvait, selon les informations recueillies, entreposé le précieux document. Dansen essayait d'être attentif malgré la sourde angoisse qui montait en lui. Au fond de lui-même, il se sentait profondément incompétent pour une telle tâche. Une seule grosse voiture aux vitres teintées le poursuivant sur quelques kilomètres suffisait à provoquer en lui la peur au ventre. Se transformer en gentleman cambrioleur au sourire de représentant en dentifrice n'était pas dans ses prédispositions.

Un peu plus tard, en sortant de l'osteria avec le plan du musée et les recommandations ultimes de Brunello, Dansen vérifia machinalement sa montre. Il était resté à peine une heure à l'intérieur. Il ne fut pas plus étonné que cela par cet étrange phénomène : ses parents Valha et Kay étaient, en vieillissant, passés maîtres de ces ralentissements du temps qu'il est parfois possible de provoquer en de précieux instants. Une rencontre de quelques minutes peut alors paraître avoir rempli une journée entière. Inversement, certaines contraintes qui durent des heures peuvent s'effacer de votre mémoire en un clin d'œil. La notion du temps est aléatoire en fonction de l'intensité avec laquelle on la vit. Mais curieusement, depuis le début de sa mission, cette impression de temps ralenti ou accéléré se manifestait avec une bien plus importante et étrange intensité. Dansen se promit, de retour dans sa chambre, d'y réfléchir à tête reposée un peu plus tard. Il avait bien trop sommeil pour se mettre à philosopher sur ce sujet. La journée avait déjà été assez chargée d'émotions à son goût.

À la radio, une mélodie évoquant de la poussière dans le vent[16] accompagna son endormissement bien plus rapide qu'il ne l'aurait imaginé. La musique avait comme toujours sur Dansen le pouvoir unique de lui procurer une certaine paix intérieure.

---

[16] Kansas – Dust in the Wind

## LE CLAN

— T'es taré ou quoi de gueuler comme un goret !

Les moteurs vrombissaient. Tous les pilotes appuyèrent en chœur sur les accélérateurs. Un épais nuage de pétrole nauséabond s'éleva dans l'air au cœur des vignes centenaires. En cette douce matinée ensoleillée, un essaim fiévreux s'apprêtait à dévaler à toute allure les coteaux de la campagne alentour.

À la cave coopérative des monts de Mertsac, les participants s'étaient déjà accordé quelques verres d'un vin blanc acide pour exalter l'ambiance festive de ce dimanche d'automne. L'on irait ensuite gaillardement effrayer le gibier abrité dans les bosquets environnants. Fumées de diesel contre crottes de lapereaux !

La portière d'un véhicule tout terrain surélevé s'ouvrit. Une matrone, tout de cuir vêtue, s'extirpa de l'engin et alluma le mégaphone qu'elle tenait à la main. Afin que tous les participants puissent admirer son obésité fessière superbement mise en valeur par sa combinaison matelassée, elle monta sur une caisse en bois et toisa quelques instants la trentaine d'automobiles qui l'entouraient. Elle regretta de n'avoir pas à portée de main une rasade de vin blanc pour se racler la gorge.

Tant pis, un crachat par terre fit l'affaire. Il était temps de s'adresser à ses troupes.

— J'espère que vous êtes bien réveillés, bande de crétins. C'matin, on va foncer à toute berzingue à travers la campagne et décrasser les joints de culasse. J'espère que vous apprécierez le parcours, et ensuite on se retrouvera au château pour un bon repas, comme on dit, gastronomique. Enfin bref, pour dire plus simple, les sangliers sont en train de rôtir sur la broche. Et, avant de vous laisser partir : essayez cette fois-ci de ne pas trop esquinter les vignes. Pas comme l'année dernière où un paquet de plantations ont été massacrées par les imbéciles qui se sont amusés à rouler dessus au lieu de rester sur les chemins. Le vigneron en a fait une jaunisse, et ça c'est pas bon du tout pour le vin, à ce qu'il m'a dit. Sur ce, rigolez bien et à toute berzingue, crénom ! On se retrouve ensuite pour notre festin annuel au manoir.

Le vacarme des pistons était assourdissant. Afin d'entendre les instructions provenant du poste central de suivi, chaque conducteur plaça son oreillette dans son conduit auditif et vérifia qu'au-dessus de sa tête le drone gestionnaire de course était bien en place. Un coup de feu retentit. La matrone venait de tirer en l'air en évitant le drone de justesse. C'était l'heure du départ. À travers les chemins de campagne, pendant quelques heures, il ne ferait pas bon se promener tranquillement à vélo. Le Clan serait de sortie sur ses terres et ferait régner son désordre coutumier. Fouine et détruis – *seek and destroy*[17], comme disaient les métalleux.

---

[17] Metallica – Seek and Destroy

Ces escapades motorisées à travers les collines bucoliques de la région de Burgundy pouvaient effectivement paraître attrayantes, mais les effluves d'essence d'une cinquantaine de bolides lancés à toute vitesse dans les chemins boueux venaient gâcher immédiatement l'éventuel aspect sympathique d'une telle chevauchée.

Sous un ciel qui semblait hésiter entre un clair bleu azur et de sombres cumulus, le territoire encore endormi trembla d'une sourde ambiance dramatique.

À une dizaine de kilomètres de là, Odilette, la présidente d'une association de joyeux lurons de la poésie, installait avec l'aide de ses convives volontaires un chapiteau aux couleurs arc-en-ciel qui leur servirait de refuge si le temps se gâtait. La météo était annoncée comme capricieuse, entre rayons de soleil agréables et sinistres nuages remplis de draches vivifiantes. Du haut de ses quatre-vingt-dix ans, Odilette adorait ces escapades dans des endroits insolites, et quoi de plus stimulant qu'une bacchanale où l'on réciterait les vers de poètes oubliés au sein d'un vignoble réputé ? L'hôte des lieux, le sieur Roman Esconti, viticulteur de renommée interrégionale, avait applaudi à l'initiative de sa vieille amie et s'était empressé de leur faire parvenir quelques bouteilles de pour-ma-gueule afin d'égayer leurs gosiers.

Tandis qu'au lointain de gros cumulus sombres et menaçants se regroupaient, les préparatifs allaient bon train. Les membres de l'association, une quinzaine au total, dressaient joyeusement tables, chaises, victuailles, verres, serviettes, livres de poésie au beau milieu d'une rangée de vignes à pleine maturité. Le raisin serait prochainement vendangé, et l'on profitait des derniers instants où les lourdes grappes faisaient ployer les branches des arbrisseaux. L'assemblée hétéroclite regroupait de vieilles dames endimanchées et quelques jeunes couples urbains que la perspective de cette aventure dépaysante avait alléchés. Trois demoiselles guillerettes, mi-bohémiennes, mi-lesbiennes, complétaient la troupe multicolore. Les bacchanales pouvaient débuter.

Aux cœurs vaillants et aux âmes enchantées, le programme ne pouvait qu'être une savoureuse suite poétique de strophes anciennes et de mots doux bénissant le sang de ces terres viticoles millénaires.

Un jeune couple d'intellectuels à lunettes distribua les fac-similés aux convives. Avec des « oh ! » et des « ah ! », chaque participant découvrait le ou les poèmes qu'il lui reviendrait de déclamer. En voyant qu'on avait inclus quelques écrits de son dernier recueil, Annie-Marine, la poétesse la plus titrée de l'association, roucoula de plaisir. D'autres commencèrent à avoir le trac ; leurs genoux tremblants allaient encore s'entrechoquer. Avec un large sourire, Odilette souhaita la bienvenue à tous et annonça l'ouverture de la XXVII$^e$ session du club de poésie, session spécialement dédiée aux Éoliens et Éoliennes de la Grèce Antique entre 800 et 600 avant J.-C. On avait la fierté de sa culture ou on n'en avait pas.

Dans les coteaux voisins, on aplatissait plutôt gaillardement les cultures environnantes. Ronsard menait la course. Il est vrai qu'il possédait un des engins les plus puissants, importé récemment de la taïga sibérienne. Malheureusement il consommait de l'essence comme un tank Marshall et était bruyant comme une pelleteuse italienne. Ronsard fonçait tête baissée, les mains fermement accrochées au volant. L'année précédente, il était arrivé second, et sa mère – la matrone – lui en avait fait le reproche, ce qui l'avait profondément vexé, lui, le chouchou attitré. Cette fois-ci, avec son nouvel engin, il ne laisserait absolument personne atteindre le château avant lui et lui voler la victoire. Dans le rétroviseur, la meute des véhicules tout terrain tentait de rester dans son sillage. À gauche, à droite, tout droit sur cinquante mètres, freine, fonce, à toute berzingue, plus vite, plus vite. Le drone qui la veille au soir encore avait cartographié le parcours donnait des recommandations précises et personnelles en temps réel à chaque participant. Une véritable intelligence artificielle volante qui gérait l'ensemble de la cavalcade au mètre près. Ronsard suivait les consignes à la lettre, à tel point qu'il aurait presque pu conduire les yeux fermés.

Après avoir bu une gorgée du divin pour-ma-gueule, Odilette invita Annie-Marine à se lever. C'était à son tour d'émerveiller l'assemblée par les chants alexandrins. Plus un bruit aux alentours... la célèbre poétesse Annie-Marine allait déclamer ! Sa voix douce commença à murmurer lentement, très lentement, les premiers vers d'un poème antique relatant les tourments d'un amour languissant sans issue. En pâmoison, les trois jeunes lesbiennes se prirent la main, comprenant ô combien ces amours impossibles compliquaient la vie des âmes sensibles. Tandis qu'Annie-Marine continuait sa lente mélopée, Odilette versa une larme à la mémoire d'un amour passé.

— Mais quel est l'imbécile qui passe en tracteur dans les vignes à cette heure-ci alors que nous sommes en plein récital lyrique ?!

Odilette, en pétard, se leva. Au loin, elle entendait le vrombissement d'un moteur qui, à coup sûr, viendrait perturber sans vergogne leur manifestation.

— Roman Esconti aurait quand même pu donner des instructions pour éviter un tel désagrément ! pesta-t-elle. C'eût été la moindre des choses !

Ronsard suait à grosses gouttes. L'habitacle n'était pas climatisé, et il ne pouvait ouvrir sa vitre. Il avait perdu son oreillette. Le bruit des explosions d'essence dans ses seize cylindres était si assourdissant qu'il devait mettre le volume sonore de son autoradio au maximum pour comprendre les directives du drone. Dans son rétroviseur, il surveillait avec inquiétude ses poursuivants qui ne lâchaient pas prise. Pas d'hésitation à avoir, la pédale d'accélération devait être poussée à fond à chaque instant. Il était hors de question de laisser le moteur reprendre un plus bas régime ne serait-ce qu'un seul instant dans une descente ou à l'approche d'une intersection. Son honneur était en jeu. Ses frères et les autres membres du Clan ne l'aimaient pas vraiment. Il n'y avait que sa mère qui prenait toujours parti pour lui, qui le comprenait et qui excusait inlassablement ses bêtises. Car Ronsard était un roi de la connerie. Dès qu'un plan foireux se profilait, on pouvait être sûr qu'il ferait partie de l'équipe. Combien de fois la gendarmerie l'avait-elle raccompagné jusqu'au château après une virée nocturne qui avait tourné au vinaigre dans les vapeurs d'alcools ? Et comme toujours, au petit matin, la camionnette de la force publique le ramenait à sa mère qui le grondait doucement devant le préposé, puis le prenait dans ses bras en pleurant.

— Ce n'est rien, mon grand. Ce n'est pas ta faute. Allez, viens, rentre à la maison. Je vais te faire un bol de café. On ira déloger ta voiture du fossé plus tard.

À chaque fois c'était la même histoire, et la matrone rendait visite à la gendarmerie pour étouffer les dégâts causés par son fils moyennant quelques moyens de pression distillés en sourdine comme seul le Clan en avait le pouvoir dans la région.

« Arrête-toi et regarde Archiloque, le poète des temps anciens dont l'immense gloire est allée jusqu'aux pays de la nuit et de l'aurore. Oui, certes, les Muses l'aimaient, car il était mélodieux et habile dans l'art de composer des vers et de chanter au son de la lyre. » Odilette venait de citer Théocrite.

Quelques gouttes de pluie commencèrent à tomber sur la région viticole. Une ondée automnale s'ébruita sur les feuilles de vigne. Tandis qu'Annie-Marine s'apprêtait à déclamer un troisième poème issu des élégies du grand Archiloque, Odilette fit un signe discret à l'assemblée pour que chacun approche sa chaise afin d'être protégé par le chapiteau arc-en-ciel. On se serra comme on pouvait, dans un esprit de convivialité, pour s'abriter des grosses gouttes de pluie qui tapotaient la bâche colorée. Là-dessous, tous se sentaient en sécurité, à l'abri des aléas de la météo locale.

Ronsard actionna ses essuie-glaces. Il aimait cette pluie qui rendrait les chemins bien boueux et donnerait un sérieux avantage aux véhicules les plus puissants. Sur terre sèche, ce sont les engins les plus légers qui profitent du terrain, mais dès que la terre glaise adhère aux pneus, cela devient une question de puissance du moteur, et Ronsard espérait bien que sa cylindrée surdimensionnée en profiterait. Pied au plancher sans hésiter.

« Tout droit devant sur cinquante mètres – descente à sept pour cent – virage serré sur la droite. »

« Attention aux vignes », se rappela Ronsard en attaquant comme un damné le virage annoncé par le drone.

Arc-en-ciel.

Une bâche arc-en-ciel venue de nulle part vint s'accrocher à son pare-brise. Les essuie-glaces n'arrivaient pas à l'enlever. Ronsard jura en se demandant quel était ce piège. Il ne voyait plus rien devant lui et se fia aux consignes du drone.

« Tout droit sur deux cent cinquante mètres. »

Il continua, voyant défiler les vignes sur sa droite et sur sa gauche.

Un rapide coup d'œil dans le rétroviseur... et ce qu'il vit l'interloqua. Ses poursuivants étaient tous arrêtés à hauteur de la première rangée de vignes. Il ne lui avait pourtant pas semblé avoir touché les plantations au tournant, même si le terrain avait été bien chaotique à cet endroit. Il décéléra. Pourquoi cette halte générale ? Était-ce une manœuvre des concurrents pour qu'il stoppe son véhicule ?

« Incident aux vignes. À tous les concurrents, arrêt immédiat. »

Ronsard obéit aussitôt à l'injonction du drone. De toute façon, il fallait enlever cette maudite bâche multicolore qui restait collée à son pare-brise. Il laissa tourner le moteur et descendit de son véhicule.

D'un geste furieux, il enleva la bâche et se tourna vers les autres participants d'un air menaçant.

— NON, NON, NON ! ET MINCE, JE JURE, J'AI PAS ACCROCHÉ LES VIGNES ! NON, NON, NON, PAS D'ACCORD DU TOUT !

Sa mère la matrone avançait vers lui en courant.

— T'es taré ou quoi de gueuler comme un goret ! Punaise la merde de la merde ! Ben non, imbécile, t'as pas touché aux vignes. Tu viens tout simplement d'écraser une dizaine de personnes ! Punaise la merde de la merde…

Le visage de Ronsard se décomposa net, et la lueur de son regard en colère s'éteignit comme si l'on venait de souffler la bougie à l'intérieur de son cerveau. Nuit noire au niveau des neurones.

La pluie redoubla d'intensité. La matrone et son fils remontèrent vers le lieu de la catastrophe. Le véhicule sibérien, dont Ronsard avait oublié de serrer le frein à main, s'ébroua et alla s'écraser une dizaine de mètres plus bas dans une rangée de vignes.

Sur place, on essayait de donner les premiers secours aux accidentés. L'endroit ressemblait à une tranchée éventrée par une grenade militaire. Tables et chaises étaient brisées, et plusieurs cadavres gisaient dans la boue. Une odeur d'alcool mêlée de sang flottait dans l'air ambiant. Odilette gémissait à côté d'un tronc de vigne. Un des concurrents lui tenait la main.

— Ça va d'aller, ma petite dame. Vous avez été projetée par chance sur le côté au moment de l'impact. Les autres n'ont pas été aussi chanceux…

Sans crier gare, le bolide de Ronsard s'était engouffré sous le chapiteau et avait fauché l'assemblée d'un seul mouvement au moyen du pare-buffle chromé qui ornait sa calandre. Il ne restait plus qu'à comptabiliser les cadavres et les quelques blessés graves rescapés, en piteux état.

Tandis qu'on attendait les secours et la gendarmerie, la matrone commença à réfléchir au moyen de se sortir rapidement et sans esclandre de ce regrettable incident. Après tout, il s'agissait d'un simple accident. Certes, avec beaucoup de morts, mais que faisaient-ils là, tous agglutinés, alors qu'un convoi d'une trentaine d'engins motorisés était censé passer à cet endroit précis ? Et puis, avaient-ils une autorisation ? N'étaient-ils pas là en toute illégalité ? On ne monte pas un chapiteau au milieu des vignes sans l'agrément de quelqu'un. La matrone se rapprocha d'Odilette pour la questionner. Oui, bien sûr, elle avait reçu la permission du vigneron. Oui, bien sûr.

Cela n'arrangeait pas les affaires de la matrone.

Elle essaya de réfléchir rapidement avant l'arrivée de la gendarmerie et des questions idiotes qu'elle ne manquerait pas de poser concernant les règles de sécurité de leur course motorisée. Elle appela son fils aîné et s'écarta un peu afin que les autres ne puissent pas les entendre.

— Villon, viens voir ici. Bon, va falloir régler cela illico presto. On dira qu'ils étaient venus là sans autorisation et que personne ne les connaît. Que c'était un genre de rassemblement sur un terrain privé, et qu'ils avaient même peut-être envisagé de saccager quelques vignes. Va avertir immédiatement le vigneron pour qu'il donne la même version aux gendarmes.

— Oui, mais la dame, là, elle a dit qu'elle avait la permission.

— Eh bien, justement. Elle est un peu âgée, et je crois que ce serait bien qu'elle nous fasse rapidement un petit malaise fatal afin qu'elle ne nous embête pas avec des propos incohérents. Tu peux t'en occuper vite fait ? Les autres blessés ne sont pas en état de répondre à la gendarmerie.

Villon hésita un instant, puis comprit qu'il valait bien mieux écouter l'avis raisonnable de sa mère que de se lancer dans des embrouilles qui rendraient la situation bien plus difficile pour tout le monde. Et puis, tout compte fait, la vieille dame ne se remettrait pas d'un tel traumatisme de toute façon. Il marcha vers Odilette afin de lui malaxer quelque peu les cervicales et de l'envoyer délicatement vers l'au-delà.

Plus tard, le gendarme nota dans son rapport qu'en plus d'avoir violé une propriété privée, les participants à la réunion non autorisée avaient probablement volé du vin dans la cave du vignoble avant de s'installer sur le lieu de l'accident. Le vigneron avait bien confirmé qu'il ne leur avait donné ni vin ni, bien entendu, son accord pour monter un chapiteau arc-en-ciel sur ses terres pour des activités probablement écologiques, voire, qui sait, politiquement incorrectes. On fit habilement circuler une rumeur selon laquelle ils préparaient une action revendicative contre les agriculteurs du coin, puisqu'ils étaient tous urbains et que, forcément, tout cela n'était pas anodin.

Avec un sourire étonné, la matrone avait fait disparaître les recueils de poésie.

— C'est quand même bizarre, on dirait que ces hurluberlus amateurs de lettres anciennes me tournent autour. Ils ne savent pas encore de quel bois je me chauffe quand je veux quelque chose.

Il était grand temps de rentrer au manoir.

Afin d'oublier ce fâcheux incident, la matrone fit couler à flots le meilleur des champagnes. Les flûtes s'entrechoquèrent, et bientôt on ne parla plus que des aventures anciennes ou de celles à venir. Les convives étaient venus pour faire la fête, et une dizaine de poètes perdus et ensuite écrabouillés dans leur tente n'allaient pas gâcher le restant de la journée.

Sur la grande terrasse du manoir qui surplombait les vallées environnantes, des serveurs, des cuisiniers, des gardes du corps avec talkie-walkie, des maîtres de cérémonie et des musiciens s'activaient pour que se divertissent les influents notables régionaux qui venaient de participer au rodéo dans les vignes. Et ces derniers, sans vergogne, oublièrent, burent, mangèrent et s'acoquinèrent dans la ronde infernale des bacchanales de Burgundy.

Les conversations devinrent de plus en plus bruyantes. L'accordéoniste, qui déambulait parmi les fêtards, sourire sur ses lèvres peintes en rouge flamboyant, tentait de maintenir un rythme lent en cette fin d'après-midi, comme s'il souhaitait prolonger le temps[18]. Parfois, sa mélodie s'accélérait un tant soit peu pour accompagner une discussion plus animée, puis, en réduisant la cadence, berçait l'oreille et freinait la discussion qui se calmait à nouveau. Il ressemblait au maître du temps qui, à sa guise, a le pouvoir de rallonger ou raccourcir l'instant présent au son de ses mélodies.

Inexorablement, le soleil déclinait, ce qui rappela au musicien que l'astre solaire était bien le seul grand maître du quotidien. Les méchouis à la viande de sanglier se consumèrent, l'accordéoniste s'éclipsa et laissa place aux sourds tambours du Bronx[19]. De lourds nuages noirs se mirent à tourbillonner autour du manoir, comme un signe de menace contenue. Aucune goutte de pluie ne viendrait pourtant mouiller les terres environnantes où se réunissait le Clan pour son assemblée annuelle. En ce jour d'automne, prémices des vendanges à venir, la coutume voulait que les puissants de Burgundy viennent faire état au manoir des activités des douze derniers mois.

La matrone listerait ensuite les actions à mener pour poursuivre la tentaculaire emprise du Clan sur l'ensemble des vallées et coteaux qui entouraient la

---

[18] Astor Piazzola – Libertango
[19] Les Tambours du Bronx – Delirium

Capitale d'une ceinture de terres agricoles. Elle tenait entre ses paumes quasiment tout l'approvisionnement alimentaire de la mégalopole. Cette puissance grisait son appétit féroce de pouvoir. Elle seule décidait de ce que la Capitale dégusterait ou non dans les prochains mois. D'un claquement de doigts, elle arrêtait les livraisons de viande bovine pour liquider des stocks de moutons congelés. Au gré de ses humeurs assassines, elle créait les pénuries de sucre et le ravitaillement bienveillant en soja élevé aux pesticides. Ne jamais subvenir aux besoins, toujours créer le manque pour régner en toute puissance auprès des grossistes citadins. Ce n'était pas qu'une devise, c'était un mode de fonctionnement. La matrone et son Clan, tout comme ses aïeux depuis la nuit des temps, suivaient ce principe fondamental : l'apport alimentaire étant le nœud central de toute société, prenez-en le contrôle et vous détiendrez le pouvoir ultime. Et, dans un deuxième temps, évitez que des idées subversives ne s'installent dans l'esprit du peuple. Faites en sorte qu'il pense avec son estomac plus qu'avec son cerveau. Si la fonction gastrique est au centre du corps humain et non pas dans ses extrémités, c'est une preuve indubitable et indiscutable de sa primauté. Dixit Burgundy.

À ce moment-là, devant la table des convives, la matrone se remémora l'incident du matin et cet étrange complot de vieux lettrés qui méritaient depuis quelque temps son attention. Elle pensa que tout cela devait avoir un quelconque lien.

Gling, gling, gling ! fit le couteau sur le verre de cristal. La matrone s'apprêtait à faire son discours. Un silence d'outre-tombe plomba immédiatement l'assemblée des dignitaires participant à ce raout annuel.

— Mes amis ! Mes amis ! Pendant que l'on découpe les sangliers...

Elle remarqua alors qu'aucune autre femme n'était présente à cette soirée, et réalisa qu'en fait aucune n'avait été conviée depuis des lustres. Elle songea un court instant qu'en matière d'égalité entre les sexes, elle n'avait pas bien suivi les consignes modernes d'équité. Mais, de toute façon, elle ne supportait pas cela et elle préférait de loin la compagnie masculine. Un point basta, et ce n'est pas chez elle que l'on commencerait à inviter les poufiasses blondes ou autres mégères obèses. Une seule suffisait. Elle balaya cette pensée saugrenue de son esprit. « Parfois, on a de ces idées bizarres », se dit-elle.

— Laissez-moi donc vous faire part d'un sujet qui me tient à cœur et que je souhaite partager avec vous tous. Votre attention particulière est requise. Il est arrivé à mes oreilles qu'une bande d'intellectuels...

L'assemblé, comprenant aussitôt à ces mots qu'il convenait de manifester son mécontentement, lança un sourd meuglement. La matrone sourit pour marquer son accord au sujet de l'aspect désagréable des mots qu'elle venait d'utiliser.

— Intellectuels... plutôt un groupement secret qui, selon les informations qui m'ont été confiées, serait sur le point de faire une découverte littéraire historique...

Meuglement à nouveau.

— Eh oui, une découverte littéraire sournoise et très dangereuse. Nous sommes bien d'accord : en ces temps bénis de vaches grasses, nous n'avons pas besoin de pensées subversives qui viendraient remettre en cause nos valeurs primordiales : un estomac sain dans un corps sain. Ne nous laissons pas gagner par de nouvelles idées tirées d'anciennes paraboles…

Troisième meuglement sourd à l'évocation du mot parabole. Il convenait de rythmer le discours de la matrone à chaque mot incongru ou politiquement incorrect.

— Des écrits, disent les chercheurs, qui révolutionneraient notre manière de penser et qui seraient l'essence – ben voyons, voilà-t-il pas qu'ils s'intéressent à ce que l'on met dans nos moteurs –, l'essence même de notre civilisation. Vous comprenez donc bien, mes chers complices, que nous suivons cette affaire de très près. Nos équipes sont à la recherche des moindres indices concernant ces écrits qui, une fois entre nos mains, serviront bien agréablement à allumer un barbecue auquel vous serez cordialement invités.

L'assemblée, mise en appétit à l'évocation d'un barbecue, remplaça ses meuglements par des applaudissements nourris.

— Avant donc de vous laisser engouffrer nos produits de la chasse, je souhaiterais que chacun d'entre vous me signale sans aucun délai la moindre information qui lui serait relatée concernant cette menace. Il ne faut absolument pas que le peuple qui nous mange dans les mains se mette à avoir des idées iconoclastes sur la façon dont une société se régit. Nous ferons, comme à l'accoutumée, l'état des lieux de nos affaires après le dessert. Encore un dernier mot, pour féliciter mon petit chéri-chéri Ronsard d'avoir gagné avec brio la course de ce matin. Je t'aime, mon ange adoré, bisou-bisou. Et sur ce, bon appétit à tous !

Un souffle de contentement agita l'assemblée. Il était grand temps de festoyer sérieusement ; les agapes de l'après-midi avaient à tous donné faim. Jusque tard dans la nuit, il fut beaucoup bu, chanté, dansé, voire écroulé sous la table, et ce jusqu'au moment sacré où le barde chevelu avec sa lyre, qui toute la soirée avait chanté des chansons paillardes, fut bâillonné et ligoté afin d'être pendu par le torse au chêne dans la cour du manoir. La véritable coutume millénaire à la source de la civilisation se devait d'être maintenue. *Nunc est bibendum*, comme l'avait écrit Horace. Mais très peu de participants à la cérémonie païenne connaissaient la citation. Grotesques ignares étaient-ils !

# PRAHA

Le lit de la chambre d'hôtel était exactement aux dimensions désirées : deux cent quarante sur deux cents centimètres. Un vrai « king size », en jargon hôtelier. Cela convenait à Dansen. À chaque fois qu'il partait en voyage avec Néna, il s'évertuait à trouver une chambre comportant un lit à grandes dimensions, afin que lui et sa compagne passent une nuit agréable et apaisante. Cela n'avait aucun lien avec leurs ébats amoureux, mais il n'y avait pas moyen d'échapper à ce que Néna dans la nuit vienne se blottir entre ses jambes, la tête posée sur l'une de ses cuisses. Elle s'endormait ainsi, dans un bien-être que seul Dansen pouvait comprendre. Cette douce sensation de la protéger de tout son être l'envahissait et, à cet instant, il se sentait la force de vaincre toutes les affres de la vie quotidienne. Au matin, tous deux en diagonale dans le lit se réveillaient dans cette position particulière, Dansen avec une jambe ankylosée et Néna avec un sourire amusé. Petit bisou tout doux.

Dansen se leva le premier, laissant Néna se prélasser encore quelques instants dans la soie. D'habitude, elle se levait toujours la première, mais l'angoisse avait réveillé Dansen de bonne heure. Sous la douche, il se remémora le plan que tous deux avaient concocté pour leur visite au musée des Arts antiques de Praha. C'est Néna qui avait insisté pour l'accompagner. Il arriverait quelques minutes avant elle afin de vérifier les lieux et de s'apprêter à rejoindre la pièce des archives tandis que Néna attirerait l'attention des gardiens. Ce qui lui échappait encore était la manière dont Néna agirait pour détourner tous les regards vers elle.

— Ne t'inquiète pas. Fais-moi confiance. Je suis assez douée pour ne pas passer inaperçue, lui avait-elle glissé mystérieusement. J'ai eu des cours !

Après un petit déjeuner rapide, il se prépara. Costume anthracite, chemise blanche, lunettes noires afin de ressembler, selon lui, à monsieur tout le monde, alors qu'il ressemblerait en tous points à un gardien de musée… Dès qu'il fut prêt, il alla avertir Néna de son départ. Elle était sous la douche et lui promit d'être prête dès que possible.

Le musée était à deux pâtés de maisons de l'hôtel. La journée était lumineuse, et un ciel d'un bleu intense dispersait une ambiance bienveillante dans les rues touristiques de Praha. Les dorures des bâtiments historiques scintillaient en cette matinée comme si elles cherchaient à appeler les cohortes touristiques qui, dans quelques heures, arpenteraient les trottoirs à la recherche de souvenirs de leur visite. En déambulant ainsi dans ces rues, Dansen en oublia presque qu'il était venu ici en mission pour dérober la partie manquante d'un manuscrit de Postumius. L'air était à la désinvolture, et leur arrivée la veille au soir à Praha avait eu un air d'escapade amoureuse.

Tous deux avaient dîné non loin du pont du roi Charles et, grisés par la bouteille de vin qu'ils avaient partagée, ils avaient fait l'amour en parfaits amants échappés pour un court instant de la grisaille de leurs vies quotidiennes.

Dansen monta les quelques marches de l'entrée du musée, une ancienne bâtisse monumentale où des décennies plus tôt des bals princiers avaient eu lieu au son des plus réputés orchestres classiques. Praha avait connu son heure de gloire aux merveilleux temps des valses, entraînée par la ville voisine de Wien. L'électricité avait ensuite balayé les orchestres coûteux et remplacé ceux-ci par trois ou quatre chevelus qui se déhanchaient au son de la trilogie guitare, basse et batterie. L'évolution musicale ressemblait de ce point de vue à une lente décadence. La jeunesse devait désormais se contenter d'une série de sonorités programmées par des algorithmes sans imagination. Pauvre de nous.

Les regards professionnels des gardiens du musée se posèrent sur lui avec questionnement. Était-il un collègue qu'ils ne connaissaient pas ? Un retardataire ? L'accoutrement classique de Dansen ne parvint pas à le rendre invisible aux soupçons des scrutateurs. Il passa sans broncher devant ceux-ci et fit mine de s'intéresser aux tableaux flamands et aux sculptures grecques tout en cherchant la porte des archives que Brunello lui avait montrée sur le plan. Il vérifia que la clé digitale se trouvait bien dans la poche de sa veste. La veille au soir, à la réception de l'hôtel, une personne bienveillante avait laissé cette clé à son intention. La porte était là, sur sa gauche, derrière une statue baroque d'un Bacchus à la lyre. En attendant l'arrivée de Néna, il fit semblant d'observer attentivement le drapé en marbre de la toge du dieu viticole.

Pataquès et esclandre. Une créature juchée sur des bottes à talons qui ressemblaient à des échasses fit son entrée dans le musée. Mini-jupe écossaise, t-shirt rouge comme l'enfer, décolleté jusqu'au nombril, cheveux verts en crête iroquoise et maquillage outrancier à faire pâlir certaines go-go danseuses, Néna se mit à vocaliser en défilant parmi les œuvres d'art, n'hésitant pas à passer sa paume sur les parties intimes des éphèbes de marbre. Elle roucoulait comme une colombe en chaleur. Trois gardiens, oreillettes activées, se rapprochèrent d'elle afin d'empêcher tout débordement trop expressif envers les pièces de collection. Quelques visiteurs matinaux, bouche bée, s'arrêtèrent pour profiter du spectacle bien plus provocant que la série de tableaux allégoriques du Moyen Âge. Une vieille dame en tailleur rose se frotta les mains en se disant qu'elle avait bien choisi le jour de sa visite. Néna continua sa déambulation bruyante, suivie des trois compères aux aguets.

Dansen était stupéfait. Jamais il n'avait cru ou osé imaginer sa compagne capable d'une telle exubérance, elle si réservée au quotidien. D'où sortait ce caméléon extravagant ? Il la vit s'approcher vers lui et lui jeter un regard désapprobateur. Mince, il comprit aussitôt qu'il en avait presque oublié sa mission, et il se glissa prestement derrière Bacchus. Néna fit volte-face en gesticulant de plus belle. Elle fit voleter sa jupe pour découvrir le haut de ses jambes enlacées dans des jarretières du plus bel effet. Les trois gardiens ne la quittaient plus du regard. De simples scrutateurs, ils étaient devenus voyeurs lubriques. Dansen entra dans la pièce où, d'après les dires de Brunello, il trouverait le document qu'il était venu récupérer.

Il chercha à tâtons l'interrupteur pour allumer. Enfin, les tubes à néon éclairèrent la pièce. Une centaine de casiers couvraient les murs. Au milieu de la salle se trouvait une grande table rétroéclairée. Il suffisait désormais à Dansen de retrouver un morceau de papyrus déchiré de cinq centimètres sur huit, sur lequel avaient été griffonnés quelques mots en grec ancien de la main d'un amateur de livres tombé dans l'oubli de tous. Tout simplement. Il suffisait de…

Lors des préparatifs, ils avaient estimé que, lui une fois dans la pièce, Néna arriverait à maintenir l'attention des gardiens pendant cinq à dix minutes avant qu'ils ne commencent à se douter qu'elle les menait en bateau. Dansen commença par ouvrir l'un des tiroirs, qui contenait plusieurs dizaines de documents maintenus par de fines plaques de verre. Il chercha à comprendre la méthode de classement, afin d'arriver au plus vite à retrouver le fameux billet. A priori, il y avait un classement par date. Il ouvrit un second tiroir, et sa supposition fut confirmée. Cela devrait simplifier sa recherche. Après encore quelques tiroirs ouverts, il finit par s'approcher de la date à laquelle les érudits estimaient que Postumius avait écrit le message. Mais il ne trouva pas le document. Il chercha un indice autour de lui, ouvrit quelques tiroirs à l'aveugle. La chronologie était respectée, mais au rayon du $1^{er}$ siècle apr. J.-C., il n'y avait aucune trace du document. Soudain, la porte s'ouvrit, et un gardien entra prestement. Dansen se raidit. L'homme lui fit signe de ne pas faire de bruit et s'approcha de la table illuminée. Il s'accroupit, et sous le tablier fit glisser un tiroir caché dont il sortit une boîte métallique qu'il présenta à Dansen.

Dans la boîte, Dansen reconnut immédiatement l'écriture de Postumius en grec et la partie manquante de son document. Il interrogea du regard le gardien.

— Il faut vous dépêcher, maintenant. Votre copine a fait le tour du musée, et mes collègues ne vont pas tarder à la reconduire de force à l'extérieur. Même s'il est vrai qu'elle nous a tous bien surpris ! Agréablement !

Dansen glissa le billet dans une pochette plastifiée, rendit la clé digitale au gardien, le remercia et sortit de la pièce. Il entendit Néna, qui protestait à tue-tête tandis qu'elle était reconduite par deux gardiens vers l'entrée du musée. Elle passa devant Dansen et lui lança un clin d'œil.

Dix minutes plus tard, il retrouva Néna qui sirotait un cocktail coloré, assise sur un tabouret au bar de l'hôtel.

— Euh, ma chère dame, n'est-il pas un peu trop tôt pour consommer une boisson alcoolisée ?

— Ah, mon cher monsieur, si vous saviez de quelle façon l'on vient de me traiter au musée. J'en suis toute retournée. Il me fallait un remontant bien mérité.

Dansen la dévisagea à nouveau dans son accoutrement sorti de nulle part.

— Oui, je sais. J'ai eu une adolescence un peu rebelle, et je suis bien contente de rentrer encore dans ces habits que j'avais conservés en souvenir de ma période « punk », comme on disait alors. Mais au fait, as-tu trouvé le document ?

Dansen sortit le morceau de papyrus et le lui montra.

— Tout ça pour ce petit papier chiffonné ? Eh bien, vous m'en direz tant ! Si tu le permets, je vais aller me changer.

— Oh, ben moi, je commençais à me faire à cette tenue de jeunesse, déclara Dansen sur un ton boudeur tout en souriant. Avant que les gens du musée ne s'aperçoivent de la disparition du papyrus et qu'ils n'alertent le Clan, il est plus prudent de faire nos bagages dare-dare et de nous rendre à la gare Centrale. Nous rentrons en train, car l'aéroport risque d'être surveillé. Il vaut mieux brouiller les pistes. Donc, oui pour la tenue ; on va essayer de faire dans la discrétion.

Une heure plus tard, deux touristes en chemises hawaïennes, casquettes et lunettes de soleil, attendaient sagement, sur le quai de la gare avec leurs bagages, le train en direction de la Capitale. Affaire rondement menée. Le professeur Cato les attendrait certainement à leur arrivée pour ajouter aux autres la fameuse pièce du puzzle.

Au musée, le directeur visionnait nerveusement les vidéos des caméras de surveillance. Le système, à la pointe de ce qui se faisait de mieux en la matière, réagissait à chaque mouvement suspect d'un visiteur, au moindre bruit qu'il faisait, ou à l'étrangeté de son comportement. Donc, toutes les caméras s'étaient focalisées sur Néna et son décolleté. Dansen, déguisé en parfait gardien, n'avait pas une fois été ciblé par celles-ci et était resté, comme il l'avait souhaité, parfaitement invisible. Aucun enregistrement ne l'avait trahi. Le directeur classa sans suite l'affaire de l'exubérante

Écossaise, et ne se douta pas qu'un des documents les plus secrets du musée venait d'être subtilisé.

Un long voyage jusqu'au lendemain soir attendait Dansen et Néna. C'était l'un de leurs rêves à tous deux de s'offrir un voyage romantique dans l'un de ces trains à l'ancienne qui serpentaient encore les vallées du vieux continent pour le plaisir des gens qui avaient du temps à perdre, ou – plus justement – prenaient le temps pour apprécier le temps qui passe.

Tout était boiserie exotique à l'intérieur du train. Du parquet au sol aux murs des wagons, merisier verni et chêne sculpté se disputaient la décoration. Néna était aux anges. Elle adorait le charme suranné des tentures vertes – siglées CTCF – de la compagnie transnationale des chemins de fer, des luminaires aux ampoules à filament distillant une chaude lumière jaune, des poignées de porte dorées incrustées du même blason de la compagnie ferroviaire ; tout était enchantement. Tandis que Dansen la suivait dans le couloir en portant les bagages, Néna inspectait et appréciait chaque détail. Ils déambulaient tous deux dans un monde créé par des artisans qui avaient façonné avec dextérité chaque pièce unique de chaque wagon afin qu'elles s'imbriquent une à une à la perfection dans cet ensemble. Nous étions loin des chaînes de montage industriel. La décoration était différente à chaque mètre parcouru. Les moulures en bois représentaient des paysages bucoliques aux mille variétés de plantes, d'arbres, de maisons typiques. On passait des alpages aux collines provençales, des vallées densément boisées aux plaines agricoles. Tout un prospectus du voyage à venir pour rejoindre la Capitale.

Dansen pensa qu'ils n'étaient pas près d'arriver à leur cabine couchette si Néna continuait ainsi à déchiffrer chaque morceau de boiserie. Il avait envie de poser les valises et de se reposer un peu avant le départ du train. Un couple, arrivant en sens inverse, s'approcha d'eux. À l'identique de Néna, la femme pointait les décorations alors qu'un homme élégant, suant à grosses gouttes, la suivait en portant deux valises en cuir ancien. Tout le monde se poussa en s'excusant pour se laisser passer dans l'étroit couloir du wagon.

— Marguerite-Isabelle ?

— …

— Me reconnaissez-vous ? Je suis Néna.

— Néna ! Mais oui, bien sûr, jolie Néna ! Ô mon Dieu, quelle ravissante surprise !

Les deux femmes s'enlacèrent en pouffant tandis que les hommes se fixèrent, bagages à la main, en se questionnant du regard. Non, il ne semble pas que nous nous connaissions. La joie des retrouvailles de la gent féminine tranchait avec l'étonnement des messieurs encombrés par leurs bagages respectifs. À la fin de la danse de joie, les deux femmes reprirent leurs esprits et se tournèrent vers leurs compagnons pour les présentations :

— Bonjour. Oui, je suis bien Marguerite-Isabelle, mais tout le monde m'appelle Marguel, et voici mon compagnon de vie, Monsieur. Pardonnez-moi, je ne connais pas et ne souhaite pas connaître son nom et son prénom. Permettez-moi donc de l'appeler Monsieur, tout simplement. Appelez-le ainsi, si vous le souhaitez également : Monsieur. Cela me ferait très plaisir.

— Eh bien, Monsieur, bien le bonjour, répondit Néna avec un ravissant sourire énigmatique. Je m'appelle Néna, et vous pouvez sans problème m'appeler Néna. Et voici mon compagnon de voyage, Dansen, en mission secrète dans ce pays. Donc, si vous le voulez bien, ne prononcez pas son nom à voix haute, mais à voix basse. Dansen, murmura-t-elle une seconde fois.

Dansen et Monsieur se saluèrent avec un brin de curiosité et d'amusement. Tout cela semblait égayer leurs compagnes et donnait une ambiance mystérieuse à ce début de voyage. Ils attendaient désormais une explication concernant ces retrouvailles, inopinées mais de prime abord fort sympathiques entre les deux femmes. C'est Marguel qui s'y colla :

— Nous nous sommes connues il y a une quinzaine d'années à l'école, au domaine d'Éducation et de Maintien pour Jeunes Filles, à Samois, non loin de la Capitale. Nous nous y sommes bien amusées. N'est-ce pas, Néna ? Et puis, la vie a repris son cours, et nous nous sommes malheureusement perdues de vue. Si vous le souhaitez, nous pourrions nous retrouver ce soir au wagon-restaurant pour évoquer tout cela. Qu'en pensez-vous ? Cela me ferait, ainsi qu'à Monsieur, énormément plaisir.

Néna se tourna vers Dansen en attente d'un signe d'approbation. Abandonnant l'idée d'un dîner romantique en tête-à-tête, Dansen sourit pour marquer son accord. Et il est vrai que ce couple en face de lui avait quelque chose d'intrigant, et qu'il inspirait une sympathie naturelle assez étrange. Il espérait bien obtenir de Néna quelques renseignements avant le repas du soir.

Les deux couples convinrent de se retrouver plus tard et se quittèrent pour rejoindre leurs cabines respectives.

Arrivés à leur compartiment, Dansen et Néna s'écroulèrent sur le lit, qui ne correspondait en rien aux normes que privilégiait habituellement Dansen. Ils s'enlacèrent tendrement, fatigués par les aventures matinales et le départ précipité vers la gare. Le train ne tarderait pas à démarrer. Un contrôleur vint s'assurer que tout était à leur convenance. Le départ était imminent.

Après quelques instants de repos, Néna se mit à défaire les bagages tout en racontant l'histoire étonnante de sa rencontre avec Marguel.

À l'époque, Néna était encore jeune lycéenne et avait demandé à ses parents l'autorisation de prendre une année sabbatique afin de voyager par-delà les nuages, comme cela était à la mode depuis la réouverture des frontières naturelles. Avant de lui donner leur accord, ses parents, originaires des îles Égéennes et de famille très conservatrice, lui avaient demandé de participer à un stage d'éducation pour la préparer à la vie adulte. Elle y apprendrait toutes les choses de la vie que les parents ne pouvaient pas transmettre eux-mêmes. Cela les rassurerait, avaient-ils dit, qu'avant de partir aux quatre coins du monde elle sache se tenir en société et connaître certaines règles afin d'éviter les mauvaises rencontres. Sa période iroquoise les avait déjà suffisamment interloqués. Qu'à cela ne tienne, et pour faire plaisir à ses parents inquiets, Néna avait accepté de participer à ce stage bizarre de bienséance féminine, même si ses années lycéennes lui en avaient déjà appris pas mal sur la nature humaine et sur bien d'autres choses inavouables.

Voici donc qu'à l'aube de ses dix-huit ans, elle avait débarqué dans un manoir retiré, non loin d'une vieille cité médiévale. L'ambiance était lugubre à souhait. Devant l'immense portail en fer forgé, Néna en avait frissonné d'angoisse. Elle s'était ensuite retrouvée dans un hall d'entrée où ne filtrait aucune lumière extérieure, en compagnie d'une dizaine d'autres jeunes filles, toutes assises sur de vieux tabourets noirs tout droit sortis de fermes moyenâgeuses. L'attente avait duré bien plus d'une heure. Dans un silence monacal, toutes s'étaient épiées sans oser s'adresser la parole. Au loin dans les couloirs se faisaient entendre de grosses clés métalliques qui ouvraient et refermaient de lourdes portes en bois. Cela avait rythmé les inquiétudes des demoiselles, jusqu'à ce qu'une porte s'ouvre sur le hall d'entrée et qu'une dame toute de noir vêtue entre et leur souhaite la bienvenue sur un ton étonnamment amical. Les filles avaient enfin pu reprendre une respiration moins anxieuse. Elles avaient ensuite été invitées à suivre celle qui, Néna l'apprendrait plus tard, serait leur maîtresse de bienséance.

Des consignes leur furent données quant à l'objet de leur séjour, par diverses femmes qui toutes paraissaient bien moins sévères que les lieux ne l'avaient laissé craindre de prime abord. L'ambiance au cours de la soirée était devenue plus collégiale. Lors du dîner, les conversations avaient permis de dérider un tant soit peu la nouvelle assemblée. Les cours commenceraient le lendemain de bonne heure. Chacune avait été conduite vers une chambre froide et austère qui ressemblait à une cellule de cave au plafond voûté. Un lit en ferraille, une table et un tabouret se trouvaient être l'unique ameublement. La valise de Néna avait été confisquée, et elle avait reçu en contrepartie une blouse grise d'écolière qu'elle se devait de porter dès le petit déjeuner du lendemain matin, ainsi qu'une paire de sabots de bois.

Durant la nuit, Néna avait eu du mal à trouver le sommeil, et ce dernier avait été souvent interrompu par des bruits crispants de serrures et de boiseries qui résonnaient, la nuit durant, dans les travées du manoir. Toute une activité nocturne semblait avoir occupé la demeure jusqu'au petit matin ; moment auquel Néna, enfin profondément endormie, avait été réveillée par la femme qui les avait accueillies. Le petit déjeuner était servi, et on attendait tout le monde, immédiatement, sans aucune permission de retard.

Autour d'une énorme table rustique en chêne massif, chacune des filles avait pris place sur l'un des deux bancs qui, de chaque côté, attendaient les résidantes du manoir. Au bout de la table siégeait la maîtresse de bienséance, qui avait commencé par se présenter et avait ensuite invité chacune à faire de même en indiquant uniquement son prénom et le bref parcours qui l'avait emmenée jusqu'au manoir. Néna avait précisé avoir accepté de participer à cette expérience sur demande de ses parents, d'autres sur demande de leur amoureux ou conjoint, d'autres encore par besoin de repères dans leur vie. Toutes avaient écouté avec attention, jusqu'à ce que la maîtresse leur demande d'accueillir une autre femme, plus âgée d'au moins une quinzaine d'années, et qui vint se présenter devant elles, habillée également de l'unique blouse d'étudiante. Elle avait une longue chevelure noire comme du crin de cheval. Ses grands yeux verts semblaient sonder l'assemblée. Un silence étrange s'était fait en attendant l'histoire de la dernière venue, probablement arrivée au cours de la nuit, ce qui pourrait expliquer les nombreuses allées et venues nocturnes.

— Je suis Marguerite-Isabelle, d'Alès, en Provence. Mes parents sont tous deux décédés il y a peu de temps, et ils m'ont légué en héritage la direction de la compagnie d'assurance Prévoyance provençale. Je n'y étais pas préparée, et j'étais à l'époque totalement désemparée. Après mûre réflexion, j'ai laissé la gérance de cette société à l'un de mes cousins. Je n'ai pas l'appétit de diriger d'autres personnes... loin de moi cette idée. J'ai rencontré récemment un homme qui m'a prise sous son aile protectrice, et qui m'a proposé de venir dans ce domaine pour partager avec vous l'enseignement prodigué en ce lieu. J'espère que vous me considérerez comme l'une des vôtres et vous prie, si vous le voulez bien, de m'appeler Marguel. C'est ainsi que je souhaite être nommée.

L'ensemble des filles présentes l'avaient saluée et accueillie avec une sincère bienveillance. Marguel avait dans son apparence une telle fragilité que l'on avait envie de la protéger.

Durant les quelques semaines qui avaient suivi, toutes avaient participé à des activités multiples qui auraient dû rebuter nombre d'entre elles, mais une sorte d'émulation féminine emplie d'amitié et de sentiments bien loin de l'égocentrisme de la société extérieure avait assuré un esprit d'équipe plus que convivial, véritablement amical au sens le plus étymologique du terme.

La séance de couture de boutons faisait place à l'apprentissage du repassage du journal quotidien en papier avec un fer à charbon. Il convenait d'apprendre à sécher l'encre. La lecture à haute voix de ballades d'amour courtois suivait un passage en cuisine destiné à déplumer un poulet fraîchement tué. Et quand il fallait marcher sur une poutre à cinquante centimètres au-dessus du sol, chaussées d'escarpins d'au moins dix centimètres de talon, toutes étaient prêtes à bondir pour rattraper celle qui trébuchait. L'autodéfense pour survivre dans un monde de brutes n'était pas oubliée, et tous les coups bas étaient permis durant les entraînements avec des mannequins faits de toile de jute et de mousse. L'entrejambe de ces derniers avait été maltraité à de nombreuses reprises par des coups de pied bien balancés. On était loin de toute idée de compétition, contrairement à ce qui se pratiquait dans la société machiste contemporaine. L'apprentissage était hors du temps et des velléités individuelles. Au fur et à mesure des jours passés au domaine, il n'existait plus de jugement sur ce qui semblait nécessaire, utile, inutile, ridicule ou dépourvu de toute considération extérieure. Un monde de règles internes s'était créé, sans besoin d'explication ou de consentement individuel. Les participantes avaient l'impression de former une communauté où l'important était de donner le meilleur de soi-même au profit des autres. Donner à l'autre, pour le plaisir de l'autre, devenait l'ultime plaisir pour soi-même. Comprenne qui voudra. Aucune lutte, aucun combat d'ego ne venait altérer les journées d'apprentissage. Les maîtresses concoctaient chaque jour des exercices tantôt saugrenus, tantôt merveilleux. On passait du ramassage des pommes de terre à la ferme du domaine le matin à l'habillement pour la soirée dans des robes scintillantes venues des temps anciens, que de nos jours même les créateurs de mode n'oseraient concevoir. Un matin, on sculptait des bougies multicolores ; le midi, on se corsetait à en perdre la respiration ; le soir, on apprenait à jouer de la lyre en déclamant des poèmes antiques.

Et Marguel, dans tout cela, s'épanouissait avec une grâce qui stupéfiait toutes les jeunes filles. Son visage si triste et si fermé à son arrivée s'était ouvert à cette vie de simples plaisirs partagés. Elle souhaitait exceller dans chaque activité, non pas pour sembler être la meilleure mais pour rechercher l'excellence du don de soi. Elle se donnait en esprit, en pensées, physiquement, créant ainsi une sorte d'aura éblouissante qui rejaillissait sur ses compagnes. Marguel avait tant sublimé ces semaines d'apprentissage que, lorsqu'étaient arrivés les derniers moments du séjour, une sorte d'apathie avait frappé les élèves qui avaient commencé à redouter le retour à l'extérieur. Néna et les autres participantes venaient de faire l'apprentissage d'une autre façon de vivre en communauté. Durant le reste de leur existence, elles garderaient à l'esprit cette façon de donner à l'autre, pour le plaisir de l'autre, sans jamais chercher à l'impressionner ou à le combattre. Ce qu'il fallait démontrer, s'était dit Néna en laissant derrière elle par une morne journée d'automne la grille du manoir de Samois.

— Voici comment j'ai connu Marguel, conclut Néna en refermant les valises vidées, et ce, il y a bien longtemps. Mais j'ai encore deux trois choses à ajouter, et il me semble utile de le faire avant le dîner de ce soir. On m'a raconté à cette époque que le Monsieur qui avait emmené Marguel au domaine – et je suis persuadée qu'il s'agit de la personne que nous avons rencontrée ce soir – était un très riche propriétaire terrien en Provence, et qu'une partie importante de l'industrie des régions du Sud lui appartenait. Il se disait qu'il vivait en reclus dans les hauteurs préalpines. Ce personnage aurait donc quasiment enlevé l'héritière des assurances Prévoyance provençale, bien plus jeune que lui, sans que l'on n'ait plus jamais eu de nouvelles d'elle. Parfois des rumeurs ont couru selon lesquelles tous deux avaient été aperçus ici ou là. Petit à petit, toute la communauté bourgeoise du Sud a oublié leur existence ou s'en est désintéressée. Aucune enquête officielle n'a été diligentée. On a préféré éviter tout scandale. Ils sont ensuite devenus les sujets d'une étrange légende, celle d'un couple vivant son amour singulier retiré à tout jamais de la société moderne. Et j'ajoute une dernière chose qui m'a frappée en revoyant Marguel. Elle n'a pas changé d'un pouce. Je veux dire physiquement, et ce n'est pas une histoire de flatterie féminine. C'en est presque choquant ou mystérieux ; comme si elle n'avait pas vieilli de quinze ans depuis le séjour au manoir. J'en suis désolée, mais moi, je n'ai déjà plus tout à fait le minois de mes dix-huit ans. Quoi qu'il en soit, j'espère que nous passerons une soirée agréable. Je me demande bien de quoi tu pourras parler avec cet étrange Môssieu.

— Ne t'inquiète pas pour moi. Tu me connais en ours taciturne, mais je sais toujours engager une conversation sur un sujet qui m'intéresse, ou qui même ne m'intéresse guère. Laisse-moi donc réviser un peu l'architecture économique des régions du Sud, répondit Dansen en s'esclaffant.

Le soir arrivant, Néna et Dansen se rendirent au wagon-restaurant. Dansen avait revêtu son costume du matin tout en privilégiant une chemise mauve à fleurs, moins conventionnelle. Néna s'était apprêtée élégamment d'une robe longue en satin noir d'un classicisme convenant tout à fait au charme suranné de ce train d'un autre temps. Elle avait remonté ses longs cheveux en un chignon maintenu par une barrette dorée, laissant sa nuque dégagée. Dansen songea en la voyant à une chanson d'un maître de guitare connu pour être une « main lente ». Vous êtes si merveilleuse ce soir[20].

Ils s'installèrent à la table réservée pour les deux couples et patientèrent en sirotant une coupe de champagne pour Néna, une boisson maltée pour Dansen. Ils fumèrent une cigarette ensemble comme ils en avaient l'habitude. De nombreux couples s'installèrent dans le wagon et tous avaient joué le jeu d'un habillement classique ; on s'habillait en signe de respect pour ce lieu splendide.

Monsieur arriva en premier pour rejoindre Néna et Dansen, leur priant d'excuser Marguel pour son léger retard. Il leur confia à voix basse qu'elle préférait arriver seule. Effectivement, quelques minutes plus tard, Marguel apparut telle une panthère sauvage, vêtue d'une robe satinée rouge sang, fendue jusqu'à la hanche.

---

[20] Eric Clapton – Wonderful Tonight

Elle était montée sur des escarpins à talons démesurés. Sa chevelure noire descendait jusqu'au creux de ses reins. Un maquillage astucieux éclairait son visage d'où émergeaient les prunelles vertes de ses yeux comme des aimants attirant tous les regards. Elle incarnait par sa présence la féminité absolue des stars hollywoodiennes du siècle précédent.

Néna s'esclaffa en la voyant ainsi canaliser l'attention des convives. Elle savait que Marguel ne souhaitait qu'offrir à tous une image en totale osmose avec cet endroit particulier ; elle enchantait le lieu comme une fleur irréelle venant s'éclore à la lumière tombante de la soirée. Rayon de beauté sublime sous une lumière diaphane.

Dansen, ému tant par la beauté naturelle de Néna que par l'éclat de Marguel, s'en tint en premier lieu à son rôle d'ours taiseux. Il lui sembla que parler aurait mis à mal l'harmonie du lieu ; il aurait préféré une musique ambiante venant célébrer l'équilibre parfait de cette tablée. Je parle au vent du roi Crimson[21], peut-être.

Ce furent Néna et Marguel qui, pour égayer la soirée, échangèrent d'abord leurs souvenirs cocasses d'antan. Toutes deux s'attardèrent longuement sur le souvenir émouvant de Dame Simone. Cette dernière avait été la compagne de Jean Pol, l'un des philosophes les plus célèbres du siècle précédent. Dame Simone n'avait pas été en reste avec son best-seller l'Aguicheuse, qui avait bouleversé toute une génération de femmes. Dans son roman iconoclaste, l'héroïne niait tout esprit égalitaire entre les hommes et les femmes, et croyait fermement en

---

[21] King Crimson – I Talk to the Wind

la supériorité de la gent féminine. Autant le béotien mâle n'avait que rarement des élévations de l'esprit au-delà de la ceinture, autant la femme avait une sensibilité supérieure et se devait de s'épanouir pour élever la race humaine vers de nouvelles destinées. Tels étaient son rôle et son devoir. Et non, certainement pas, le travail jusqu'à la retraite n'était pas un idéal en soi. Dame Simone prônait une féminité exacerbée, dominant du haut de ses talons aiguilles le côté rustre du prétendu sexe fort. La vie se voulait vécue dans l'oisiveté intelligente, dans la recherche de la beauté, des arts, de la culture. Il fallait donc vivre aux crochets des tristes travailleurs mâles pour mieux profiter des merveilles du monde. L'aguicheuse passait ses matinées à se faire dorloter au centre de thalassothérapie avant d'aller prendre le thé avec ses copines et de choisir une pièce de théâtre à voir ou une galerie de peinture à visiter. L'amour et les plaisirs étaient au centre de ses préoccupations. Elle naviguait au gré de ses envies à travers le monde, bien plus libre que celles qui, quelques décennies auparavant, s'étaient battues pour avoir le droit au travail rémunéré, et celui de voter pour de sombres politiciens véreux. Bien loin des tâches quotidiennes, les lectrices de l'Aguicheuse voyageaient, écrivaient, produisaient des films romantiques, jouaient au théâtre, partaient en randonnées équestres ou, comme Dame Simone, cherchaient à enlever le carcan des femmes qui s'étaient trompées dans la recherche aveugle de la libération par le travail. Vaste fumisterie créée par quelques industriels en mal de main-d'œuvre. Venez travailler dans mon entreprise, et je vous donnerai le droit de voter pour moi. Plus jamais cela, disaient ses adeptes. L'objectif ultime qui se détachait de ses pensées était la prise du pouvoir par le matriarcat, et probablement l'asservissement des mâles à leur rôle naturel de travailleurs acharnés.

Dame Simone avait donc créé son centre d'éducation féminine dans le fameux manoir médiéval où des centaines de jeunes femmes avaient participé à ces stages de découverte. À leur sortie, aucune d'entre elles n'avait plus vocation à faire carrière dans le droit international, la banque ou les assurances. Profitez, messieurs, nous serons belles à croquer pour le plaisir des yeux ou des jeux, mais bel et bien libres à tout jamais dans nos têtes.

Dansen remarqua que Monsieur semblait boire les paroles des jeunes femmes comme une sorte de nectar dont il ne se lassait pas. Lui non plus ne semblait pas vouloir briser ce chant féminin qui tournoyait tel un papillon multicolore autour des plats qui garnissaient la table. Ce n'est qu'au moment du café que Dansen et Monsieur commencèrent à échanger quelques phrases au sujet de leurs occupations. Et lorsque Monsieur se plaignit de l'absence d'un peu de musique sur un gramophone, Dansen se permit d'évoquer son fameux four à vinyles et la fabrication de pochettes de disques conformes aux usages de l'époque ; Blue Note pour le jazz ou Flower Power pour la période sixties. Il constata qu'il avait rapidement perdu son interlocuteur avec son discours technique sur les progrès audiophiles des dernières années. Ils en restèrent donc à évoquer le souvenir des sillons à soixante-dix-huit tours qui avaient au siècle dernier permis aux rescapés des guerres mondiales de découvrir les musiques afro-américaines. Ceux qui pour Dansen n'étaient qu'une réminiscence des temps révolus semblaient étrangement récents pour Monsieur, qui venait de découvrir un nouvel enregistrement de l'orchestre des aventuriers[22] fraîchement importé de l'autre côté de l'océan. Peine perdue pour Dansen, lui sembla-t-il, de faire comprendre que tout cela était désormais disponible sur les kiosques de musiques téléchargeables. La conversation tourna ensuite quelques instants sur les livres anciens, mais Dansen ne souhaitait pas trop s'avancer sur le terrain de sa mission actuelle, de peur que des oreilles indiscrètes ne viennent glaner des informations secrètes. Monsieur ne fut quant à lui pas très loquace au sujet de ses propres activités.

La soirée se termina sur le pont arrière du train, où l'on pouvait déguster à l'air libre quelque digestif de renom ainsi qu'un cigare de Havane de premier choix. Néna et Marguel s'étaient retrouvées comme si le temps de leur rencontre ne datait que de la veille tant les souvenirs de cette expérience commune les avaient marquées.

À la suite de son passage au manoir de Samois, Néna était partie faire un tour du monde de plusieurs mois, mais qui finalement l'avait moins enthousiasmée que ces quelques semaines d'apprentissage. Tout y avait été dit et fait, son périple n'avait fait qu'ajouter des paysages à ce qui lui avait été inculqué. Son âme de jeune fille avait été marquée au fer rouge par cette instruction. Tout ce qui avait suivi n'avait été qu'un décor pour la vie qui passait inexorablement, jour après jour, avec ses

---

[22] The Ventures – Caravan

tourments et ses joies. Cette soirée fut un moment de joie à graver dans son cœur.

Plus tard, quand Dansen et Néna eurent quitté leurs compagnons de tablée et s'en furent retournés dans leur cabine, Néna ressentit le besoin d'ouvrir son cœur à Dansen sur ce qui l'avait préoccupée durant le repas.

— Dis-moi, Dansen, crois-tu qu'il soit possible de s'immobiliser dans une certaine période du temps et de décider d'y rester sans continuer à avancer, comme si l'on restait indéfiniment dans la même journée, ou la même saison, ou la même année ? Si je comprends ce que Marguel me racontait ce soir, ils ont tous deux, Monsieur et elle-même, choisi de se retirer du monde, mais pas seulement des interactions avec les autres. Hors de l'avancée du temps également. Ils ont opté pour une sorte d'éternel sur-place, et y vivent des plaisirs quotidiens sans cesse renouvelés, et pourtant – selon ses dires – à chaque fois différents. Ainsi, notre rencontre de ce jour n'avait encore jamais eu lieu dans leur monde, alors que ce dernier n'évolue plus. J'ai un peu de mal à comprendre, mais c'est comme si nous nous étions toi et moi invités dans un espace-temps différent durant cette traversée du continent en train, et que c'est ce qui nous a permis de les rencontrer. Si nous avions pris l'avion, nous n'aurions pas pu les croiser, car dans leur monde ce mode de transport n'existe quasiment pas, ou du moins pas avec des appareils modernes sophistiqués. Il nous aurait fallu prendre un monomoteur à hélice, ou encore mieux une montgolfière comme celle de tes parents ! En fait, je crains que demain, lorsque nous descendrons du train, Marguel disparaisse à nouveau de l'endroit temporel où je me trouve. Je ne sais même plus si nous sommes dans le passé ou dans le présent. Dansen ?... Dansen ?

— ... zzz !

Dansen s'était endormi tout habillé sur le lit de leur cabine. Néna le regarda comme un petit garçon venant de débarquer de sa Contrée par-dessus les nuages. C'est son air de Petit Prince perdu dans un monde impitoyable qui l'avait tout de suite séduite. Elle l'embrassa sur le front et éteignit la lumière. Le lendemain serait un autre jour.

Lorsque, le matin, Dansen et Néna se rendirent au wagon-restaurant pour le petit déjeuner, le maître d'hôtel leur remit une enveloppe qui avait été déposée à leur intention, signée de la main de Marguel.

*Ma chère Néna,* écrivait-elle d'une calligraphie stylée à l'ancienne qui dénotait un exercice fréquent de l'écriture manuscrite, *quel fut mon ravissement de te revoir hier soir ! Cela est un signe, à mes yeux, d'un destin extraordinaire, car tu es capable de traverser les espaces du temps sans t'en apercevoir. Je serai heureuse de te revoir lorsque tu seras revenue des temps antiques. Je t'embrasse. Marguel*

Néna montra le message à Dansen, qui fit une moue d'incompréhension. Le maître d'hôtel leur indiqua qu'au premières lueurs du jour, le couple était descendu à une gare désaffectée depuis plus de vingt ans. À leur demande expresse, le chef de train avait exceptionnellement autorisé l'arrêt à cet endroit.

En soirée, Néna et Dansen arriveraient en gare Centrale de la Capitale. Dansen se doutait bien qu'une voiture les attendrait pour les conduire directement chez le professeur Cato. Ce dernier trépignait sans doute d'impatience à l'idée de recoller les deux fragments du texte de Postumius et de déchiffrer le message secret qui devait conduire la communauté littéraire vers le texte fondateur de la civilisation contemporaine.

Dansen emprunta au concierge du train un gramophone ainsi que quelques trente-trois tours en vinyle, et entraîna Néna dans leur cabine. Il posa un disque sur la platine. Dès les premières notes de musique, *le lit les appela d'un cri strident*. Tous deux se déshabillèrent à la hâte, avec frénésie, et s'enlacèrent passionnément sur le lit. Dansen caressa la peau satinée de Néna, l'embrassa, goûta longuement à son corps. Elle se cambra lorsque les caresses se firent plus précises et émit un léger feulement de plaisir. Tout en douceur, Néna se retourna et poussa Dansen afin qu'il se mette sur le dos, les bras derrière la tête. Elle vint s'asseoir sur le bassin de Dansen, invitant son sexe à la pénétrer dans un va-et-vient sensuel, tout d'abord très lent puis de plus en plus rapide. Le souffle court, elle s'agrippa à la poitrine de Dansen, le griffant de ses ongles vernis. Dansen plongea son regard dans celui de Néna. En un rythme saccadé, le corps de la belle suivait la musique, chaloupait, ralentissant par moment son plaisir pour ensuite accélérer de plus belle. Elle chevauchait en amazone son amant. Elle se baissa vers lui et l'embrassa goulûment avec sa langue. Ils s'unirent finalement dans un ultime soubresaut. Dansen tira sur la chevelure de Néna, noire comme du crin, l'obligeant à relever la tête, afin de pouvoir se repaître encore et encore de son regard de braise. Il savait qu'à ce moment précis, elle parcourait toutes les fibres de son propre corps, comme si elle était parvenue à s'introduire au plus profond de lui-même et à sonder son âme. Elle était lui. Elle esquissa un sourire de béatitude, puis, glissant vers le côté, se coucha près de lui pour se blottir dans ses bras. Une goutte de sueur vint se glisser dans le creux des reins de Dansen, puis deux, trois autres gouttelettes, telles des larmes annonçant la rupture de l'union charnelle, le retour à la séparation des deux corps. Les gouttes de sueur venaient alimenter les fontaines de larmes de l'humanité en proie à la séparation inéluctable des amours charnels. Un bref instant d'éternité s'éteignait, et le maître des temps reprenait son cours inexorable. Cronos prenait à nouveau la place d'Éros, et l'unité redevenait dualité.

La musique s'arrêta. Encore quelques instants pour permettre à leurs souffles de revenir au repos dans le roulis du train qui filait à vive allure vers la Capitale.

« La durée d'une face de vinyle trente-trois tours est idéale pour faire l'amour », aimaient à se répéter Néna et Dansen. Et si souhaité, rien n'empêchait de mettre un peu plus tard la face B. Nights in white satin[23].

---

[23] The Moody Blues – Days of Future Passed

# LE PORT DU BOUT DU MONDE

Dès la descente dans les sous-sols de la ville, une odeur nauséabonde de poisson pourri agressait les narines. Le côté marin de la cité du bout du monde reprenait le dessus. Aux étages supérieurs, tout était aseptisé, et le pschitt régulier des effluves industriels de parfums simili floraux désodorisait tout relent naturel. Ce qui était considéré comme le rez-de-chaussée n'était en fait qu'un enchevêtrement de ponts et jardins suspendus, de chemins piétonniers en hauteur et de passerelles en béton. En dessous de ce faux-semblant existait un autre monde, à l'abri de la lumière diurne. Le terme de bas-fonds correspondait exactement à ce que représentait cette ville sous la ville qui avait vu, au cours des décennies précédentes, son ciel bleu s'échapper au fur et à mesure que grimpaient vers l'infini les gratte-ciel nouvellement construits. Une forêt de béton, tels des séquoias, avait masqué aux habitants des bas-fonds la clarté du jour changeante au gré des passages nuageux. Les lampions multicolores ajoutaient au paysage une ambiance perpétuelle de triste décadence.

Dansen se tenait au bord d'un embarcadère en bois, face au bras de mer qui séparait la ville en deux et permettait aux tankers du monde entier de venir s'approvisionner en denrées produites sur le continent de l'Est. Les bateaux arrivaient quasiment à vide, et repartaient chargés comme des baudruches de containeurs industriels. Cigarette à la main, il contemplait ces allées et venues incessantes d'embarcations qui se frôlaient et se disputaient le passage dans le chenal.

Il était grand temps d'aller retrouver son homologue dans une échoppe de souvenirs touristiques qui n'intéressaient plus personne. Les bibelots vieillots prenaient la poussière, et les tableaux de peinture perdaient leurs couleurs. La devanture aux symboliques teintes rouge et jaune, autrefois flamboyantes, vieillissait en regrettant les temps passés d'une douceur de vivre au grand jour.

Dans l'arrière-boutique, le vieil homme était resté immobile, recourbé devant le texte de Postumius et compulsant d'antiques tablettes en argile couvertes d'écritures dans des langues inconnues de Dansen. Il parcourait fébrilement, avec un calame, une succession de signes cunéiformes qui se lisaient en boustrophédon, de droite à gauche, puis de gauche à droite. Dansen était perplexe et se sentait surtout inutile. Il tournait en rond dans la boutique, sortait souvent fumer une cigarette et n'osait interrompre le vieillard silencieux.

Quand, quelques jours plus tôt, il avait montré au professeur Cato son fameux morceau de papyrus, les deux hommes s'étaient retrouvés devant une énigme qui les avait tous deux démoralisés. Le texte de Postumius ne disait a priori rien de concret et ne donnait aucune indication sur l'endroit où se cachaient les livres tant recherchés. Ils avaient espéré une précision concernant le lieu exact, mais n'avaient en face d'eux qu'une sorte de rébus qui semblait ne mener nulle part.

Πρὸς Διονύσιῳ Λογγίνῳ

Κατὰ τὴν σὴν αἴτησιν, τὰ ἀναγκαῖα συγγράμματα μετενεχθέντα ἐστὶν ἵνα διαφυλαχθῶσιν. Ἐγὼ δὲ μόνον ἐκεῖνα ἐτήρησα ὧν ἔχω δευτέραν ἀντίγραφον. Τὰ ἐννέα βιβλία τῆς μιᾶς, ἥτις ἐμάγευσεν τὴν καρδίαν τοῦ πολιτισμοῦ ἡμῶν, ἀπῆλθον τὸ πρωὶ τοῦτο ἵνα βυθισθῶσιν εἰς τοὺς διαδρόμους τοῦ χρόνου. Ἡ πύλη ἀνέῳκται διὰ τῶν Σουμερίων πινακίδων τῆς Οὐρούκ. Αἱ πινακίδες δείκνυσι τὴν ἀκριβῆ ὁδὸν ἣν δεῖ ἀκολουθῆσαι ἵνα εὑρεθῇ ἡ ποιήτρια. Ὅταν δὲ ἐκμάξῃς τὰς κρήνας τῶν δακρύων, εὑρήσεις πάντα τὰ συγγράμματα αὐτῆς.

À Dionysios Longinos

*À ta demande, les écrits essentiels ont été transférés afin de les mettre à l'abri. Je n'ai gardé ici que ceux dont je possède une seconde copie. Les neuf livres de celle qui a enchanté le cœur de notre civilisation, l'unique, sont partis ce matin pour plonger dans les couloirs du temps. Le portail est ouvert grâce aux tablettes sumériennes d'Uruk. Elles indiquent le parcours exact à suivre pour retrouver la poétesse. Lorsque tu auras essuyé les fontaines de larmes, tu trouveras l'ensemble de ses écrits.*

Dépités, Dansen et le professeur Cato s'étaient retrouvés à nouveau devant une impasse. Ils avaient alors décidé de poster une demande d'aide au sein de leur réseau de chercheurs. Sur une carte postale kitsch de Portiragnes-Plage, ils avaient inséré le message dans un coquillage. Il ne restait plus qu'à attendre une réponse éventuelle d'un érudit à l'autre bout du monde. Quelques jours plus tard, le bien nommé Tchang leur avait répondu qu'il pouvait leur apporter son aide. Spécialiste des tablettes sumériennes d'Uruk, il pourrait, avait-il dit, probablement localiser les textes auxquels Postumius faisait allusion.

C'est ainsi que Dansen, en raison du regard insistant du professeur Cato, n'avait eu d'autre choix que d'embarquer dans un aéroplane à destination du port du bout du monde. Il s'était estimé heureux de ne pas avoir dû voyager sur un des milliers de cargos maritimes qui faisaient continuellement l'aller-retour entre les berges de la Capitale et ce port lointain.

À son arrivée, il avait fait connaissance avec Tchang, gérant d'une boutique de souvenirs, qui parmi ses passe-temps collectionnait et étudiait les tablettes sumériennes.

Pendant qu'il laissait Tchang à ses recherches, Dansen remarqua qu'aucun touriste ne visitait le petit commerce. Il avait l'impression que celui-ci servait plutôt de couverture à une autre activité plus secrète. De nombreuses personnes s'activaient de temps en temps dans l'arrière-boutique, y pénétrant par une porte dérobée cachée par un capharnaüm de colis non déballés. Certains déposaient parfois quelques tablettes, puis s'en allaient sans mot dire. D'autres s'échangeaient des enveloppes comme s'ils se trouvaient dans un centre de tri de la poste, puis repartaient l'air affairé et pressé.

Cela faisait quarante-huit heures que Dansen avait débarqué et avait été accueilli par Tchang à l'aéroport. Ils s'étaient salués et avaient loué un pousse-pousse électrique à conduite automatique pour rejoindre le cœur de la ville. Ils avaient longé les bords de l'immense fleuve qui se jetait dans la mer. Après une brève collation dans les bas-fonds de la commune, Tchang lui avait expliqué qu'il était plus prudent de rester en dehors des systèmes de caméras installées au rez-de-chaussée et qui suivaient avec précision les faits et gestes des millions d'habitants de la cité. Tout était enregistré, numérisé, analysé par d'imposants ordinateurs robotisés qui relayaient toute anomalie de comportement aux autorités. La venue de Dansen avait vraisemblablement été remarquée, ainsi que sa rencontre avec Tchang.

Il fallait s'attendre à tout moment à la visite des services policiers. Afin de ne pas les aider inutilement, mieux valait rester dans les bas-fonds où les caméras dysfonctionnaient continuellement. L'humidité, sans doute, comme le prétendaient les habitants du monde d'en dessous. Une véritable société souterraine s'était peu à peu installée dans ce monde sans soleil. Elle avait ses propres règles, en réaction à l'omni-régulation qui rythmait la vie humaine dans les étages supérieurs ; la liberté de mouvement et l'insoumission aux diktats étaient les deux principes fondamentaux de cette société. Les habitants y vivaient à l'ombre, peut-être, mais sans surveillance intrusive. Leur liberté n'avait comme limite que celle du voisin et, en cas de litige, un arbitre était désigné par le voisinage pour délimiter la liberté des deux protagonistes. Il n'y avait aucune autre juridiction qui faisait appliquer des lois, des règlements ou des interdits. « Sous le rez-de-chaussée, la plage » était le dicton favori des locaux. Les autorités des étages supérieurs faisaient semblant d'avoir oublié l'existence de cette société souterraine, et ce n'était qu'en cas de raison indispensable que les services policiers se risquaient à descendre les escaliers en fer rouillé vers le bas étage. Tchang estima que la visite de Dansen ne devrait pas inquiéter outre mesure les autorités locales. Toutefois, celles-ci avaient bien pu vendre l'information à une autre autorité intéressée ; éventuellement à l'intention d'un château en Burgundy. Dansen lui avait raconté comment, lors de ses précédents voyages, il s'était senti suivi et espionné ; comment le professeur Cato l'avait averti des manigances de sociétés secrètes à l'affût de leurs recherches ; comment l'ami Stig, dans les contrées du Nord, s'était fait dérober des ouvrages inestimables. Tchang lui avait répondu qu'ici, dans la boutique, il n'était nulle part. Il se trouvait dans une sorte de territoire sombre et perdu, en dehors des aléas du monde au-dessus. Ce qui était ici-bas était inconnu de là-haut.

D'un mouvement lent, Tchang s'était tourné vers Dansen et l'avait fixé du regard à travers ses lunettes à loupe de myope.

— D'autres endroits, bien plus perdus dans le temps et l'espace, vous attendent, cher monsieur Dansen !

Ces paroles avaient eu pour effet d'ajouter une grosse louche cominoise d'angoisse à son sentiment de solitude. Il s'était senti comme un pauvre hère transbahuté dans une histoire plus grande que lui-même.

C'est dans ce même état d'esprit que Dansen se trouvait désormais, fumant sur l'embarcadère une énième cigarette, cherchant à comprendre ce qui l'avait emmené jusqu'au port du bout du monde. Les héros d'histoires célèbres avançaient par leur propre volonté vers leur destin. Tel un Ulysse entre Charybde et Scylla, Dansen se sentait ballotté d'un endroit à l'autre de la planète, sans maîtriser la page suivante du roman auquel il participait malgré lui.

Il s'en retourna encore une fois vers le commerce de Tchang et, comme pour en rajouter à ses inquiétudes, il repéra face à l'échoppe une grosse limousine noire aux vitres teintées. Il s'arrêta net. Autour de lui, tout était d'un calme lugubre. Il n'entendait que la houle qui frappait au loin les poutres du ponton d'où il venait.

Tchang sortit de la boutique tout sourire et lui fit signe de s'approcher, ce qu'il fit, apaisé par le visage enjoué de son hôte. Ce dernier lui montra le véhicule posé sur quatre parpaings, sans roues.

— Nos visiteurs curieux n'ont hélas pas pu repartir avec leur voiture dans cet état. Que les bas-fonds sont dangereux, avec tous ces chenapans voleurs de jantes !

La farce semblait amuser Tchang au plus haut point. Dansen lui lança un regard interrogateur.

— C'est effectivement bizarre de voir une automobile s'aventurer jusqu'ici. Pendant que vous vous promeniez tranquillement en bord de mer, nous avons eu la visite de personnages soudainement intéressés par mes tablettes sumériennes. Bien mal leur en a pris ! Le comité d'accueil était prêt. Nous n'avons pas de système sophistiqué de caméras par ici, mais le bouche-à-oreille a fonctionné à merveille pour nous avertir à temps.

— Mais pourquoi ne m'avez-vous pas averti ?

— Pas de souci, monsieur Dansen. Vous êtes notre invité, et nous ne souhaitons pas vous importuner avec nos contrariétés. Les visiteurs ont été gentiment reconduits aux étages supérieurs avec une sincère et contraignante invitation à ne plus jamais revenir. Mais nous avons gardé, dans l'arrière-boutique, l'un d'entre eux qui pourra peut-être nous donner des renseignements intéressants. Il vient de la région de la Capitale, alors que les autres n'étaient que des malfrats locaux.

Tchang et Dansen entrèrent dans l'échoppe. Trois jeunes gens étaient en train de momifier un obèse personnage barbu posé sur une table. Au moyen de larges bandes blanches trempées dans de la cire, ils le saucissonnaient gaillardement. Un bâillon l'empêchait de hurler à l'aide. Son visage était pourpre de colère. Deux autres garçons finissaient de peindre un sarcophage aux couleurs psychédéliques rappelant un célèbre festival musical. Dans les sixties du siècle précédent, quatre cent mille jeunes s'y étaient englués dans la boue trois jours durant[24].

— Nous avons lancé une recherche par messagerie électronique, et nous avons découvert que cet homme serait membre d'un important conglomérat agro-alimentaire possédant plus de la moitié des cochons de la terre. Le sieur saucissonné s'appelle Ronsard de Burgundy. Le connaissez-vous ?

— Non, jamais entendu parler… maugréa Dansen. J'ai bien connu un Ronsard, mais il était plutôt chansonnier durant le Moyen Âge.

---

[24] Woodstock – Three Days of Peace and Music

— Lui, en revanche, semble vous connaître. Il était dans le même avion que vous, et les caméras l'ont retrouvé en pousse-pousse à nous suivre dans la ville à votre arrivée.

Tchang ôta le bâillon de Ronsard qui se mit aussitôt à aboyer un chapelet de mots orduriers. Une fois la litanie terminée, Tchang s'approcha de son visage et lui glissa à l'oreille, tout en laissant entendre à Dansen la menace implicite de son message :

— Monsieur Ronsard, vous êtes entré dans mon humble demeure sans y avoir été invité. Votre impolitesse nous est très, très désagréable et vous retournerez chez vous d'une manière très, très inconfortable. Dans un sarcophage. Dans la soute de l'avion du retour ! Qu'êtes-vous venu faire ici, et qui vous a alerté au sujet de la venue de monsieur Dansen ? J'attends vos explications.

Ronsard se mit à réfléchir, un exercice apparemment assez inhabituel chez lui. Insatisfait tant par l'éventualité d'un voyage en saucisson que par celle de répondre honnêtement aux questions de Tchang, il cherchait une troisième solution. S'échapper était impossible, appeler au secours superflu. Il ne lui restait plus que son comportement le plus naturel : une nouvelle volée de bois vert à l'intention de ses geôliers. Les gendarmes de Burgundy avaient déjà fait les frais, à de maintes occasions, de son dictionnaire incommensurable de grossièretés. Tout le florilège du plus célèbre des capitaines de bateaux en bande dessinée y passa. Ronsard aurait gagné haut la main le concours du véritable talent en la matière s'il avait été diffusé à la télévision.

Pour toute réponse, Tchang déclara que la vulgarité était la défense de celui qui avait tort et le bâillonna à nouveau. Il ordonna aux jeunes gens de continuer leur travail de bandages jusqu'à ce que Ronsard ressemblât à une magnifique momie de l'Égypte antique.

— Il ne nous apportera rien de plus. Tant pis. Nous allons indiquer au professeur Cato que nous savons désormais qui sont ceux qui s'intéressent à ses recherches. Cela lui permettra peut-être de contrer leurs attaques. Et le retour dans la soute fera peut-être réfléchir les membres du Clan.

Ronsard se tortillait comme un orvet pris dans la gueule d'un chat. Dans un dernier effort, il réussit à expulser son bâillon et cria :

— Je dirai tout ! Et je le dirai à ma mère. Elle ne sera pas contente du tout.

— Que nous veut votre mère ? demanda Dansen en s'approchant de lui.

— Elle n'aime pas vos vieux livres. Elle dit qu'ils puent et qu'ils transmettent des idées mauvaises pour le commerce. Alors moi, vous savez, je fais ce que dit maman. On lui rapporte le livre et on le brûle dans la cheminée. Aussi simple que ça.

— Mais pourquoi ? Vous n'êtes pas obligé de lire ces livres, à ce que je sache. Est-ce que vous lisez ces livres anciens, monsieur Ronsard ?

— Ah sacrebleu, non ! Certainement pas ! Je n'aime pas les livres sans images.

— Eh bien, alors ?

— Je vous vois venir, vous. Vous cherchez à m'embrouiller. Grand comme une maison. Mais mère vous dirait bien pourquoi il faut détruire ces écrits. Parce qu'ils s'insinuent dans la tête des gens, qui ensuite ne consomment plus assez. Il ne faut pas se mettre à réfléchir et à dérégler la bonne marche du monde. Mère n'aime pas cela. Elle a bien raison. Elle a toujours raison.

Tchang et Dansen se regardèrent, médusés. Les personnages qui, depuis des semaines, tentaient de nuire aux recherches de la communauté littéraire étaient donc des béotiens incapables de la moindre réflexion sérieuse sur les valeurs de l'humanité. On était bel et bien au degré zéro de l'appétit de connaissance culturelle, pensa Dansen. Une rencontre avec la mère de ce Ronsard serait sans aucun doute un monument d'échange intellectuel de haute volée. Il frissonna à l'idée que des gens de la sorte soient à ses trousses.

Tchang emmena Dansen prendre l'air. Ils se dirigèrent sans parler vers l'embarcadère, et s'assirent au bord de celui-ci, les pieds ballants au-dessus de l'eau. Le clapotis venait caresser les pilotis plongés dans la mer. Au loin, les barges orientales se croisaient dans un étrange ballet de fourmilière aquatique. Une senteur de pourriture marine emplissait l'air ; Dansen se dit qu'un peu de tabac chasserait la mauvaise odeur. Il alluma une cigarette.

— Se peut-il que notre civilisation soit si décadente que l'on cherche à annihiler le passé, à effacer de nos mémoires tout ce qui a fait la grandeur de nos ancêtres ? Comment est-il possible de refuser à ce point la beauté des œuvres créées par les anciens ? Je n'arrive pas à comprendre comment l'on peut privilégier de la sorte la surabondance matérielle par rapport à l'élévation de l'esprit. De telles personnes nous rabaissent à n'être que des estomacs sur pattes, recherchant continuellement à satisfaire nos appétits voraces. En fin de compte, c'est le suicide conscient et volontaire de notre civilisation. Les cathédrales d'antan se construisaient sur plusieurs générations. De nos jours, nous disons merde à la prochaine décennie en détruisant Mère Nature.

Dépité, Dansen se parlait à lui-même sans attendre de réponse. Il jeta son mégot dans la mer ; dix milligrammes de plastique en décomposition polluante pendant vingt ans. Tous coupables. Tchang l'écoutait vaguement, le regard au loin, en pleine réflexion sur les événements de ce jour.

L'humidité faisait souffrir ses vieilles articulations. Tchang se leva et invita Dansen à faire quelques pas dans les bas-fonds. Il était temps de manger. Tous deux déambulèrent parmi les échoppes souterraines où tous les univers alimentaires exotiques se donnaient rendez-vous. Poulets déplumés, pousses de bambous vertes et œufs de soi-disant cent ans... Tchang choisit un assortiment qui, aux yeux de Dansen, ne paraissait pas comestible. Son steak frites, et sauce mayonnaise s'il vous plaît, était bien loin. Les poulpes vivants qui gigotaient dans un sachet n'inspirèrent pas confiance à son estomac qui se mit illico presto en ordre de fermeture immédiate au niveau du cardia. Rien qu'à l'idée d'une rencontre entre sa glotte et les ventouses des pieuvres, son système digestif se contracta.

Quelques ruelles plus loin, les deux hommes s'assirent dans un jardin botanique sorti de nulle part. Il s'agissait d'un endroit dont les promoteurs immobiliers de la cité n'avaient jamais réussi à prendre possession. Les quelques hectares ressemblaient à une friche où s'épanouissait une forêt bigarrée avec des plantes venues des quatre coins du monde. Dans cette ambiance humide et chaude, seuls les habitants des bas-fonds venaient profiter des quelques sentiers qui serpentaient la forêt. Les occupants des étages supérieurs dédaignaient ce coin mal entretenu et préféraient les parcs d'attractions à la périphérie de la ville, avec leurs plans d'eau artificiels et leurs grandes roues panoramiques.

Tchang raconta qu'un mystérieux propriétaire refusait depuis des décennies les ponts d'or que lui offraient à tour de rôle les cabinets de promotion immobilière. Parfois, la rumeur le disait décédé. Parfois, on le croyait parti à l'étranger. Une société-écran dans un paradis fiscal protégeait ses intérêts, et aucun lobbying politique n'arrivait à faire en sorte que ce territoire abandonné soit envahi par les bétonneuses.

Au détour d'une haie de thuyas semi-sauvages, une table de bistrot parisien en ferronnerie et plaque de marbre ainsi que deux chaises métalliques attendaient les deux compères. Tchang déplia une nappe à carreaux rouges et blancs, typique de la Contrée.

— C'est un cadeau des bibliothécaires de la Contrée pour l'ensemble de mon travail sur les tablettes d'Uruk.

J'ai de nombreux contacts, là-bas. Vous connaissez peut-être le sieur Népalin ?

— Oh, que oui ! Bien sûr, répondit Dansen.

Tchang sortit du sac en plastique les petites pieuvres grisâtres qui se débattaient. Il en prit une, l'approcha de sa bouche, la coinça entre ses dents et croqua sèchement à plusieurs reprises avant de la mastiquer.

— Il faut bien la mordre pour la tuer avant de l'avaler. Sinon, elle continuerait à vivre dans votre estomac, dit Tchang avec un grand sourire.

Il semblait content de son effet devant le regard médusé de Dansen qui s'apprêtait déjà à défaillir. Tchang éclata de rire, puis sortit de son sac un paquet de chips et des saucisses de porc.

— Peut-être que mon ami occidental préférera cette nourriture industrielle ? Je vous conseille toutefois de goûter un de ces poulpes. Ils sont particulièrement goûtus en cette saison et remplis de saines vitamines.

Dansen secoua la tête et attrapa un saucisson en remerciant Tchang pour cette échappatoire.

— Cela fera parfaitement l'affaire et correspond effectivement mieux à mes critères alimentaires.

De sa besace qui semblait contenir un véritable trésor, Tchang sortit deux verres à pied en cristal d'Arques et une bouteille de Cellier-des-Dauphins.

— Il est bon et pas cher, se contenta-t-il d'annoncer.

— Je me sens presque dans la Contrée maintenant, répondit Dansen, même si le décor est un peu plus tropical que les vertes collines de mon enfance. Je ne serais pas surpris de vous voir sortir une flasque d'Advocaat.

— Il suffit de demander ! déclara Tchang en tendant à son ami une fiole justement remplie de cette boisson.

Dansen rit de plaisir. Tchang s'amusait. Il adorait venir dans cette forêt, à l'abri du monde moderne. C'était son petit coin de paradis, et y inviter Dansen était une joie immense ainsi qu'un véritable honneur. Il connaissait la destinée de son hôte et l'importance de sa tâche auprès des lettrés de la planète entière. Tchang avait apporté un soin particulier à cette promenade. Il souhaitait que Dansen passe un moment mémorable avant de s'engager à travers les portes du temps, car à vrai dire il n'était pas certain de la faisabilité de cette mission. Les tablettes avaient parlé, mais tout n'était pas dit. La probabilité de réussite n'était pas certifiée, et ces tablettes vieilles de quatre millénaires n'étaient pas un gage absolu de véracité.

Quelques perruches ondulées vinrent chanter autour d'eux, les invitant probablement à terminer leur repas et à quitter cet endroit magique. Dansen était rassasié. La boisson aux œufs lui collait encore au palais. Il venait de passer un moment convivial avec Tchang, qui durant le déjeuner lui avait raconté comment il était venu des contreforts himalayens se réfugier dans cette mégalopole du bout du monde, ici, en bord de mer. Le dénivelé avait été rude. À l'époque, il avait rencontré un célèbre journaliste du nom de Kuifje, natif des Contrées

Nordiques, et avait participé à plusieurs aventures rocambolesques en sa compagnie. Puis, la vieillesse venant, et du fait de l'impossibilité de retourner dans son pays natal, il était venu se fondre dans les bas-fonds. Une communauté d'expatriés comme lui y vivait en harmonie, à l'abri de la société orwellienne des étages supérieurs. C'est là qu'il s'était spécialisé dans les écrits sumériens, et il aidait la communauté internationale dans ses recherches.

Les deux compagnons s'en retournèrent vers la boutique de souvenirs. Tchang avait terminé l'étude du parchemin de Postumius et souhaitait montrer à Dansen le résultat auquel il était parvenu. Une fois dans l'arrière-boutique, Dansen remarqua que tout avait été minutieusement modifié. Le sarcophage et Ronsard avaient disparu. L'enchevêtrement de cartons, les tablettes sumériennes, les cartes géographiques au mur… il n'y avait plus rien. Une simple table blanche trônait au milieu de la pièce, sur laquelle était posé un gros tapis en caoutchouc noir d'environ un mètre de circonférence.

— Je ne sais pas si vous connaissez, mais ceci est une tablette holographique. Elle sera prochainement commercialisée dans les magasins de la Capitale, probablement pour les fêtes de fin d'année. C'est le modèle haut de gamme XXL. Je suis en train de le tester. C'est très impressionnant, vous allez voir !

Tchang s'adressa au tapis en langue locale, s'excusant du fait qu'aucun traducteur ne soit intégré. Soudain, l'appareil s'alluma, et une scène de western italien en trois dimensions apparut distinctement dans la pièce. Dansen et Tchang se retrouvèrent dans le décor. Devant eux, deux cowboys se toisaient, colt au ceinturon, prêts à dégainer et à tirer. Le plus grand mâchouillait un bout de cigare, tandis que le plus petit suait à grosses gouttes. En un éclair tonitruant, le coup de feu partit. Dansen sentit l'odeur de poudre. Le petit s'affala devant ses pieds, sur le sable. Le grand gratta une allumette et ralluma son cigare avant de disparaître.

— Je vous connaissais féru des tablettes millénaires, mais pas des derniers gadgets de l'industrie orientale. Vous m'étonnez fortement.

Tchang prononça encore quelques mots, et les deux compères se retrouvèrent en haut d'une majestueuse cascade. Dansen reconnut l'endroit en voyant le précipice sous ses pieds. Les chutes de la Druise dans le Vercors, bien sûr. Avec son père, il avait souvent voyagé en montgolfière dans cette région. Elle lui rappelait son enfance. Tchang lui fit signe d'ouvrir les bras. Dansen s'exécuta, et Tchang lui donna une violente tape dans le dos qui le fit basculer dans le vide.

Effrayé, paniqué, Dansen ferma les yeux. Il sentait le vent fouetter ses joues. Il tombait comme une pierre vers le bas. Après quelques instants, sa chute s'arrêta. Tchang lui conseilla de garder ses bras bien ouverts et lui indiqua qu'il pouvait ouvrir les yeux. Il se tenait à ses côtés, les bras écartés lui aussi ; ils flottaient tous deux à une trentaine de mètres du sol. Les gouttes d'eau de la cascade mouillaient leur chemise et leur visage. Avec quelques mouvements souples, Tchang montra à son ami comment s'éloigner un peu de la cascade tout en restant en lévitation.

— Impressionnant, non ? demanda Tchang.

— Je sens que cela va avoir beaucoup de succès auprès des habitants de la Capitale, effectivement. Pour ma part, les émotions fortes, je préfère m'en passer. Je ne suis pas avide de ce genre d'aventures.

Tchang donna encore quelques instructions au tapis, et tous deux se retrouvèrent dans une vieille bibliothèque aux boiseries centenaires.

— Nous serons mieux ici, il est vrai. D'autant que mon objectif n'est pas de vous pousser à acheter cet objet. Je ne suis pas représentant en tablettes holographique. En fait, je voulais d'abord vous en faire une démonstration amusante, mais nous allons maintenant l'utiliser dans le cadre de votre mission. Venez vous asseoir.

Ils s'approchèrent d'une table et d'une banquette sur laquelle ils s'installèrent. L'appareil holographique venait de projeter des éléments de décoration sur lesquels on pouvait prendre place ! Cela ressemblait à un cours de magie, songea Dansen encore chaviré par l'expérience de vol plané. Il frémit en pensant qu'ils auraient parfaitement pu dans ce cas se fracasser en bas de la cascade. Tchang sortit d'un tiroir quelques tablettes sumériennes.

— Voici donc ce que j'ai découvert. Je sais que vous serez quelque peu décontenancé comme moi. Je n'ai pas toutes les explications à ce sujet, mais il faut savoir que Postumius et Longin connaissaient bien mieux que nous les secrets de ces tablettes. À leur époque, les érudits s'échangeaient les connaissances avancées de cette civilisation qui venait, ne l'oublions pas, d'inventer l'écriture. Il faut bien comprendre qu'au fil du temps la science a peut-être évolué, mais que nous avons également oublié ou perdu grand nombre de capacités considérées de nos jours comme irrationnelles. Les Sumériens, par exemple, ont conversé, jusqu'à la destruction de la tour de Babel, par télépathie… Tous se comprenaient malgré les différents dialectes. La télépathie était leur esperanto. Les tablettes se lisaient uniformément dans toutes les langues de la région. L'humanité a perdu cette capacité de communication universelle. Nous ne savons plus échanger par télépathie, à part quelques hurluberlus de la Contrée…

Dansen sourit à cette évocation des aventuriers naïfs qui vivaient dans les pâturages au nord-ouest de la Capitale, vertes prairies où il avait passé sa jeunesse.

— Postumius et Longin étaient bien plus conscients que nous des mystères sumériens, déclara très lentement Tchang comme pour s'en délecter. Nous pensons encore de nos jours que ces civilisations ont disparu de manière inexpliquée. Les archéologues évoquent les guerres, la décadence ou les maladies, mais aucune théorie n'est vraiment convaincante. À l'époque romaine, on croyait fermement que ces peuples anciens avaient traversé les couloirs du temps pour se diriger vers d'autres mondes. On estimait que lorsqu'un peuple avait bravement conduit son épopée à travers les siècles, celui-ci rejoignait à terme le territoire des dieux, le mont Atlas. N'oublions pas que pour l'ensemble des anciens Grecs et Romains, l'Atlantide existait vraiment. Nous sommes les seuls à douter encore de son existence, parce qu'elle n'est répertoriée sur aucune carte et que les systèmes satellitaires de géolocalisation ne l'ont pas découverte. Pauvres gadgets électroniques sans imagination ! Mais revenons à nos moutons. Les tablettes sumériennes d'Uruk mentionnent à de nombreuses reprises les chemins à emprunter pour se rendre d'un endroit à un autre. On pourrait dire qu'elles servent de carte géographique. J'ai très probablement retrouvé celles que cite Postumius quand il évoque les couloirs du temps, ces fameux passages entre différentes civilisations préexistantes. Les tablettes répertorient des endroits qui permettent de se rendre dans leur futur, à savoir notre passé à nous. Pour bien me faire comprendre, les Sumériens indiquent des emplacements précis à partir desquels il était possible d'aller à la rencontre de civilisation qui n'existaient pas encore, mais qui pour nous, à notre époque, sont déjà éteintes. C'est clair, non ?

Cela commençait à dépasser légèrement l'entendement de Dansen. Le temps d'une pensée fugace, il se demanda s'il n'était pas victime d'une fumisterie orientale. Il n'y avait rien de clair dans ces explications. « Je veux bien parcourir le monde à la recherche d'un livre rare, pensait-il, mais ces histoires abracadabrantes sur l'Atlantide et les Sumériens ne m'inspirent aucune confiance. On ne va tout de même pas m'embarquer dans un remake de *Retour vers le futur* version trois ou quatre... » Dansen bouillonnait intérieurement. Tchang remarqua son exaspération.

— Pardonnez-moi, cher ami. Je m'embrouille, et mes explications ne doivent pas être bien claires.

— Pas vraiment, non, fulmina Dansen. Je ne vois pas où vous voulez en venir.

Tchang était décontenancé. Il aurait aimé exposer en détail le déroulement de ses recherches et écouter les critiques éventuelles sur sa méthodologie, mais il ressentit que Dansen restait fermé à ses explications. Un peu dépité, il donna quelques instructions au tapis, et la bibliothèque disparut au profit d'un banc de bois usé sur la place d'un village méditerranéen, entourée de bâtiments peints à la chaux. Une peinture bleu profond typique recouvrait les portes d'entrée et les volets aux fenêtres. Au milieu de la place trônait une impressionnante fontaine de marbre sculpté. Tout était calme.

Dansen inspira profondément. La nature familière aux alentours ôta l'angoisse qu'il avait ressentie dans la bibliothèque saturée de poussière. Les effets holographiques étaient stupéfiants. L'odeur des pins et le bruit des grillons au loin semblaient réels dans leurs moindres détails. Cette invention révolutionnaire changerait à coup sûr l'ensemble de la stratégie touristique mondiale, qui jusqu'à présent déplaçait des populations entières, sur des millions de kilomètres, à la recherche d'un changement d'air provisoire.

— Comme je vous le disais, continua Tchang qui ressentait avec satisfaction le calme revenu chez Dansen, les tablettes sumériennes m'ont indiqué que, selon le texte de Postumius, vous devriez vous rendre en cet endroit-ci afin de récupérer neuf rouleaux de papyrus. Pour une raison qui m'est inconnue, le système holographique ne nous permet pas de sortir de la place sur laquelle nous nous trouvons. Les alentours ne sont pas perméables. J'aurais bien une explication, mais je vais vous l'épargner. C'est très bizarre, mais en soi cela ne change pas grand-chose, car il vous faudra rencontrer certains personnages là-bas, et interagir avec eux, ce que la tablette holographique ne permet pas encore de faire. Les relations humaines sont bien trop complexes pour être intégrées dans un tel système. On s'arrête pour l'instant au décor, ce qui n'est déjà pas si mal.

— Mais où est-ce ?

— D'après mes calculs, cet endroit se trouve sur une île de la mer Égée. Il me reste à vérifier certains paramètres, et je vous indiquerai prochainement sa localisation exacte. Les tablettes sumériennes n'ont pas la précision d'une géolocalisation moderne, mais elles décrivent joliment le lieu, tel que vous le découvrez aujourd'hui par le biais holographique. Il faut encore que je synchronise les données spatio-temporelles et que… euh… non, oubliez cela ! Désolé.

— Merci bien ! s'exclama Dansen en plaisantant.

Dansen se sentait mieux, à nouveau dans son monde. Il avait hâte de reprendre son envol vers la Capitale, de rejoindre Néna et le professeur Cato pour préparer un ultime périple dans les îles Égéennes, bien plus proches de sa culture et de ses habitudes. Une côte d'agneau grillée sur un barbecue et un peu d'huile d'olive sur du pain convenaient davantage à ses papilles que les aliments du bout du monde.

Le lendemain matin, lors de son retour, sans qu'il le sache, dans la soute de l'avion se trouverait un sarcophage psychédélique.

## LE PROFESSEUR CATO

Il y avait eu le cambriolage chez Stig, puis l'agression dans les rues de la Lagune, la mystérieuse disparition des membres du Cercle de Poésie que Dansen et Néna fréquentaient depuis des années, et enfin l'agression avortée dans le port du bout du monde. Le professeur Cato était inquiet pour Dansen. Comme une nuée de frelons, de sombres individus gravitaient autour des recherches de l'ensemble de la communauté littéraire mondiale. Désormais, grâce à Tchang et à ses acolytes, l'agresseur était identifié. Le clan de Burgundy était clairement le commanditaire ou l'instigateur de ces attaques diverses. Voilà qui permettrait dorénavant de contrer l'adversaire.

Dès qu'il avait été averti par Tchang de l'identité du fils de la Matrone, le professeur avait invité Paul Macca à déjeuner chez lui. Tout le monde connaissait Paul Macca comme étant le créateur de chansons intemporelles qui berçaient les tympans de millions de personnes, jeunes de sept à soixante-dix-sept ans. Mais bien plus que ses refrains, Cato savait son engouement pour la cause animale. Paul avait interdit toute référence à la viande dans ses tournées mondiales ; il était le végétarien le plus célèbre du monde. Même les chaussures en cuir étaient bannies de son entourage. Un vrai sacerdoce que de travailler auprès du sieur Macca, adoubé par deux fois par Sa Majesté la Reine des Îles Unies. D'évidence, pour le professeur Cato, c'était une véritable aubaine que de lui expliquer, lors d'un repas composé de salades diverses et de fleurs sucrées, que le Clan de Burgundy cherchait à faire disparaître les écrits les plus importants de la civilisation, ces textes qui avaient servi de base, bien évidemment, à ses chansons sirupeuses à souhait et que l'on chantonnait à tout coin de rue. À la troisième bouteille de vin, la vigne biologique étant la bienvenue pour accompagner les fades salades, Macca n'y tint plus et accepta d'utiliser son aura pour défendre les cochons contre les bouchers de Burgundy. Il imaginait déjà faire voler un énorme porc rose gonflable au-dessus du public lors de ses concerts, pour sensibiliser la foule à respecter la race porcine et refuser son abatage. Promis, son prochain album défendrait leur cause. Sur la pochette du disque vinyle, son cochon survolerait les abattoirs dans un décor de désolation. L'album s'appellerait *Animal* au pluriel, *Animals* avec la faute d'orthographe intentionnelle pour créer le buzz. Il ferait plier à lui tout seul l'empire du mal. Le professeur Cato déboucha une quatrième bouteille, un vieux bourgogne d'une vallée pittoresque où ses amis aimaient gambader pour y déclamer de la poésie. Il se dit que cela faisait longtemps qu'il n'avait pas eu de nouvelles d'Odilette, et Macca se demanda si les cochons avaient des ailes[25]. Du moins, cela pourrait donner un bon titre pour une chanson. Sa leucosélidophobie venait brusquement de prendre fin. Vite, une guitare, un piano, un verre de bourgogne !

---

[25] Pink Floyd – Pigs on the Wing

Tard dans la nuit, le professeur eut quelque mal à renvoyer Paul chez lui. Celui-ci partit en titubant et en chantant à tue-tête des histoires de cochons et de moutons. Tous deux étaient voisins dans le quartier chic de la Capitale, et les frasques de *Paulo* – comme son entourage l'appelait – lorsqu'il était légèrement éméché ne dérangeaient personne. Certains enregistraient ses braillements nocturnes pour les revendre ensuite sur les forums de passionnés. Roger Deseaux, célèbre bassiste d'un groupe musical concurrent, assis à son balcon non loin de là, n'avait perdu aucune miette des élucubrations de Paulo et comptait bien s'en servir pour une de ses œuvres.

Le professeur Cato se réveilla le lendemain matin avec une migraine en forme d'enclume dans le cerveau. À près de quatre-vingt-dix ans, il n'avait plus la récupération aussi facile que dans son jeune âge. Son aide-cuisinière lui apporta un jaune d'œuf mélangé à un laitage citronné. Rien de tel pour vous remettre les neurones en place, aimait-il à se dire. Tout en sirotant avec gourmandise le breuvage, il s'installa à son bureau pour consulter sa messagerie électronique.

De sombres orages s'étaient récemment abattus sur la Capitale et avaient nettoyé les trottoirs du sable apporté par les vents du sud. Puis, les nuages avaient disparu comme par enchantement. Un ciel bleu azur venait jeter ses dernières forces sur la ville avant l'arrivée des frimas de l'hiver et de ses vents tourbillonnants. Le professeur adorait s'installer dans le bureau de sa verrière, entouré de plantes tropicales qu'un jardinier soignait chaque semaine. Il ressentait dans ses articulations les annonces du changement de saison. Tant les premières éclaircies du printemps semblaient à chaque fois le ragaillardir, tant les prémices de l'hiver ajoutaient un poids sur ses épaules tombantes.

En cette saison, la luminosité matinale tardait chaque jour un peu plus à se lever dans son jardin d'hiver. Cato s'en irait d'ici quelques jours à l'étage rejoindre les chaudes boiseries de son second bureau où la lumière artificielle remplacerait les rayons bienfaisants du soleil.

Les nouvelles étaient bonnes. Il reprit une gorgée d'œuf au lait. Son esprit s'éveilla à la lecture du rapport de Tchang faisant suite à la venue de Dansen. Tchang lui exposait la position exacte d'une place où se trouvait une magnifique fontaine en marbre blanc. Dansen y serait attendu par un dernier contact dont l'identité n'était pas connue. En vérifiant les coordonnées sur une carte, Cato reconnut immédiatement une île célèbre pour ses poètes antiques. Son cœur se mit à battre fébrilement. Il supputait ce que l'on pourrait y trouver... mais oui, mais oui, si la mission se déroulait comme espéré... : les œuvres complètes d'une artiste majeure des temps antiques, quasiment oubliée car seuls deux de ses poèmes, incomplets, avaient été retrouvés. Le reste de ses écrits s'était irrémédiablement égaré à travers les siècles. Tout ce que l'on savait d'elle provenait de légendes et des témoignages de ceux qui avaient lu son œuvre. Postumius et Longin en étaient. Le professeur devint tout euphorique à cette idée enchanteresse. Il tenta de se calmer en avalant une gorgée supplémentaire de son breuvage. Ne surtout pas battre le fer avant qu'il ne soit chaud, ni vendre la peau du grizzly avant de l'avoir capturé, ou quelque chose de ce genre... Cato perdait ses moyens et tremblait comme une feuille à l'idée de parcourir les parchemins de la poétesse ultime. Nom d'une pipe !

Il se leva pour aller dégourdir ses jambes dans le jardin. La terre glaise encore gorgée d'eau collait à ses chaussons. Il tenta d'avancer pas à pas sur les feuilles de châtaignier qui envahissaient son gazon. Il marcha ainsi en rond pendant une dizaine de minutes. Agrippé à la balustrade de son balcon, Roger Deseaux le suivait des yeux avec ses jumelles, des fois qu'un indice supplémentaire concernant le concept du cochon vienne jusqu'à lui. Roger était perfectionniste et ne laissait rien au hasard. Il ne put malheureusement pas déchiffrer ce que le professeur gribouillait dans un calepin tout en marchant. Probablement le texte d'une des chansons de Paulo, se dit-il. Il me le faut, il me le faut !

Dans ce quartier huppé, deux personnes étaient donc au comble de l'excitation ! En cas d'infarctus chez l'un ou de la chute d'un balcon pour l'autre, on n'était pas loin de frôler l'accident grave de célébrité. Vingt-six fois cent ans de causalité différente, mais un seul véritable désir commun : l'art universel comme vecteur essentiel de paix parmi les hommes. *Imaginons qu'il n'y ait pas de pays, ce n'est pas dur à faire, imaginons tous les gens, vivant leur vie en paix*[26], fredonnait quelques centaines de mètres plus loin, dans la rue, l'autre qui portait des lunettes rondes et une longue barbe, au bras de son hystérique compagne.

À quelques kilomètres de là, vers le centre de la Capitale, Dansen profitait d'une escapade romantique en compagnie de Néna. Déambuler dans les avenues

---

[26] John Lennon – Imagine

haussmanniennes de la Capitale, humer le vent frais qui chassait les feuilles vers les soupiraux, s'embrasser devant les vitrines des majestueux magasins de luxe, tout cela plaisait au couple d'amants. Direction une galerie de peintures où Néna avait remarqué quelques œuvres qui orneraient à merveille les murs de son appartement. Ils chuchotaient comme des gamins pris en flagrant délit d'amour. Leurs doigts s'entremêlaient avec légèreté. Tout en marchant, ils se déposaient respectivement des bisous sur le dos de la main. Une énergie saine et lumineuse les entraînait à pas rapides sur les trottoirs de la plus touristique des avenues. Ils descendaient vers le parc où, durant des siècles et des siècles, des rois avaient courtisé sur les bancs en fer forgé les plus belles femmes du pays.

De nos jours, le monarque casqué draguait une starlette, en motocyclette. Autres temps, autres mœurs.

Dans une rue perpendiculaire au parc, un vendeur ingénieur commercial de la galerie les attendait. La bouteille de champagne était au frais. Dès le matin, une coupe du célèbre breuvage aidait les visiteurs à prendre les décisions adéquates. La technique avait été dûment validée par l'ensemble des galeristes d'art. Dansen fit entrer Néna et la suivit. Le vendeur les salua, réservant un baisemain enjôleur pour la jeune femme. La matinée était radieuse, d'autant que Néna, du haut de ses escarpins, s'était mise tout en beauté pour cette sortie artistique. Elle avait revêtu sa robe rouge fétiche avec veston assorti et portait à son cou le collier de minuscules diamants qui lui avait été offert quelques années plus tôt à l'occasion de son anniversaire. Dansen était aux anges et inspirait les sensations joyeuses qui émanaient du corps de Néna. Elle était resplendissante et semblait auréolée de bonheur.

Ils parcoururent de longs instants les diverses pièces de la galerie. Une exposition était dédiée à l'un des peintres préférés de Néna. Francis de la Suze avait connu son heure de gloire en peignant des fresques publicitaires au début du siècle précédent. De la réclame, disait-on à l'époque. Ensuite, le succès aidant, il s'était consacré à de grands tableaux représentant des compositions charnelles de l'Antiquité. Tous muscles saillants, des héros des guerres troyennes y embrassaient fougueusement des amazones. Des chevaux ruaient au milieu de combats épiques. Néna adorait le côté sauvage de son expression picturale. La féminité des personnages représentés y était exacerbée. Les femmes peintes par l'artiste projetaient à travers la toile leur passion dévorante grâce à leur inimitable regard sombre et enivrant. Une force incroyablement douce et violente à la fois se dégageait de ces tableaux, aimait à se convaincre Néna.

Deux coupes de champagne plus tard, Néna, conquise, repartit de la galerie avec une lithographie sous le bras. Une poétesse hellène à la lyre. Regard de braise. Cheveux noirs comme de l'anthracite. Tignasse épaisse comme le crin de cheval. Drapée dans une fine tunique de lin et debout contre une colonne dorique. Tout à fait charmante et à un prix plus que convenable, se dit Néna, souriante et satisfaite, en rangeant son portefeuille délesté de ses économies. Dansen marchait quant à lui sur un nuage. Il trouvait que la poétesse peinte par Francis de la Suze avait un curieux air de ressemblance avec Néna. Ni le vendeur ni Néna n'avaient paru le remarquer. La vie procure parfois des plaisirs simples qui pourtant restent à tout jamais gravés dans nos mémoires.

    Dansen et Néna se séparèrent, comme souvent, à une intersection, afin de ne pas se voir s'éloigner l'un de l'autre. Un furtif baiser sur les lèvres, et un soupir comme une piqûre au plexus. Dansen referma les boutons de son manteau. Un vent hivernal fouettait son visage. Le professeur l'attendait pour discuter de son dernier voyage et sans doute du prochain. Il alluma une cigarette, regrettant de ne pas pouvoir la partager avec Néna. Une sensation profonde, depuis quelques jours, lui susurrait de prochainement prendre une décision radicale. Ces allées et venues incessantes dans leurs vies respectives ne semblaient plus convenir ni à Néna ni à lui. La douleur du manque devenait de plus en plus insupportable. Il se rappelait les histoires anciennes racontées par ses parents, dans la Contrée, au sujet de leur régulateur émotionnel ; petit engin artisanal qui émettait des ondes inaudibles et qui leur permettait d'équilibrer les émotions. Souvent, il avait vu son père remonter le ressort du régulateur, et laisser la vibration envahir la pièce dans laquelle ils prenaient leur repas du soir. Enfant, Dansen a toujours été convaincu que dans sa maison tout allait bien, qu'il y était en sécurité, que ses parents s'entendaient parfaitement, que l'harmonie régnait au sein de la famille, et que tout cela était naturel. Peut-être était-il aidé par la vibration d'une lamelle confectionnée par les artisans de la Contrée. Il aurait aimé en ce moment précis remonter de quelques tours le ressort du régulateur émotionnel, pour apaiser la peine de la séparation. La solution, songea-t-il, ne serait-elle pas tout simplement de ne plus quitter Néna ?

Dansen avançait à grands pas dans les rues de la Capitale en direction des avenues huppées de l'ouest où résidait le professeur Cato. Ce dernier avait hérité d'un hôtel particulier que sa famille possédait depuis plusieurs générations. Le vaste bâtiment avait abrité les neuf enfants que le professeur avait eus avec son épouse alors qu'il professait les langues antiques dans les universités les plus renommées de la Capitale. Durant sa carrière, il avait ensemencé sa fidèle épouse dans les joies d'une famille bien nombreuse et avait fertilisé l'esprit de ses milliers d'élèves en leur faisant découvrir les richesses des écrits antiques. Il était devenu la référence ultime que les plus érudits s'arrachaient pour des conférences. Lorsque les mondes avaient été bloqués par les frontières de nuages et que les diverses contrées s'étaient sclérosées en se refermant sur elles-mêmes, il avait été l'un des seuls à continuer à naviguer dans les engins volants de la Contrée pour sauvegarder un ultime lien de connaissances et protéger les livres anciens de l'oubli et de la destruction. Il avait à cet égard pu compter sur l'aide des navigateurs de cette minuscule région à l'ouest de la Capitale. Et c'est ainsi, dans la Contrée, qu'il s'était lié d'amitié avec Kay, Valha et leur fils, Dansen. Grâce à lui, les parents de Dansen avaient laissé filer leur fils unique vers la Capitale, vers un destin qu'ils n'imaginaient pas encore. Les enfants de Cato s'étaient éparpillés aux quatre coins de la Capitale, son épouse s'était éteinte dans la sérénité d'une vie heureuse. Veuf et d'un âge avancé, Cato s'était retrouvé à veiller comme un père adoptif sur le jeune Dansen assoiffé de littérature ancienne.

Le professeur attendait impatiemment son élève pour la mission ultime qu'il avait à lui confier. Il tournait en rond tel un félin en cage dans le vestibule de sa demeure. Juliette, sa bonne depuis des lustres, l'épiait avec tendresse et inquiétude, par l'entrebâillement de la porte qui menait vers la cuisine. Enfin, Dansen sonna la cloche de la porte d'entrée. Il était en retard d'au moins dix minutes. En quelques pas rapides, Cato lui ouvrit la porte et l'invita à le suivre vers la verrière à l'arrière de sa demeure. C'était l'heure pour Juliette de s'activer en cuisine. Infusion au rooibos, tarte au citron et aux myrtilles, chocolat des pays nordiques, rien ne devait manquer sur le plateau. Du haut de ses cent années passées, Juliette avait encore la mine enjouée des femmes qui avaient traversé le monde avec une joie de vivre à toute épreuve. Oui, elle avait bien travaillé par-ci par-là, car les finances avaient parfois manqué, mais jamais avec l'idée de travailler plus pour gagner plus. Besogner juste assez pour profiter de quelques plaisirs simples était son leitmotiv. Sa vie avait été bercée par les chansonniers aux allures fringantes, aux voix sirupeuses et aux regards enjôleurs. Et elle en avait profité – oh, que oui ! –, de ces chanteurs populaires qu'elle avait, dans sa jeunesse, suivis au gré des tournées provinciales. Elle s'était offerte à eux, s'était fait entretenir par eux et avait appliqué, en parfaite aguicheuse, certains principes bien avant qu'ils ne soient énoncés par Dame Simone. L'âge mûr venant, Juliette s'était assagie et s'était posée dans les beaux quartiers pour devenir bonne dans les demeures luxueuses. Une autre façon de profiter à moindre coût du luxe, du calme et des voluptés offertes à celles qui savaient les apprivoiser. Le soir, rien ne l'empêchait de retrouver les cabarets où les chanteurs d'antan rabâchaient leurs mélopées oubliées devant un public restreint. Capri, c'était – hélas – bien fini[27], mais les mots bleus[28], eux, restaient vivants dans le cœur des midinettes désormais centenaires.

Juliette apporta le goûter dans la verrière. Cato et Dansen, debout à côté des yuccas en fleurs, devisaient tous deux dans un concours de celui qui aurait la mine la plus préoccupée. En apercevant Juliette avec son plateau couvert de victuailles, Dansen sourit. Tant pis, perdu pour le concours. Cato restait impassible, perdu dans ses pensées du bout du monde, au fin fond des temps, vingt-six fois cent ans plus tôt. « Vainqueur et grand prix de la mine soucieuse pour le professeur », pensa Juliette en posant le plateau sur une table basse en rotin.

— Le goûter de ces messieurs est servi ! Et ça va refroidir !

— Merci Juju, se permit Dansen.

Cela faisait de longues années que Dansen côtoyait Juliette. Il la considérait un peu comme sa grand-mère. Jamais il n'était venu chez Cato sans passer par la cuisine pour papoter avec elle de sa santé, de la météorologie, et surtout de ce qu'elle faisait mijoter dans des casseroles en fonte à longueur de journée. Un véritable ballet de légumes, viandes ou poissons qui embaumaient par tout temps les pièces du rez-de-chaussée. Il n'avait jamais réussi à savoir quels régiments de visiteurs venaient se nourrir chez le professeur. Juliette esquivait poliment ses questions en

---

[27] Hervé Vilard – Capri c'est fini
[28] Christophe – Les mots bleus

répondant que le professeur devait quand même bien manger un petit quelque chose. Ben voyons... Cato était mince comme un haricot, et chaque fois que Dansen avait déjeuné ou dîné avec lui, il ne l'avait vu que picorer quelques légumes en continuant à raconter ses sempiternelles anecdotes littéraires. Quant à lui, il n'était jamais reparti sans deux-trois barquettes remplies de victuailles diverses – coq au vin et nouilles du Sud, lapin des Flandres enrobé de pommes de terre en sauce à la bière –, sans oublier une part de gâteau « étouffe-chrétien » comme seule savait encore les faire Juliette.

Tasse d'infusion au rooibos bouillante à la main, Dansen interrogea le professeur du regard.

— Je crois que toutes les pièces du puzzle se mettent en place. Qu'en pensez-vous ? s'enquit Cato, en adoptant le vouvoiement pour marquer la solennité de la discussion.

Dansen pouffa et leva les yeux au ciel. Si des pièces d'un quelconque puzzle s'étaient mises en place, il avait le sentiment qu'il lui en manquait encore un certain nombre. Il avait vaguement compris qu'un voyage dans les îles Égéennes se profilait à l'horizon. Il se racla la gorge.

— Cher professeur Cato, à vrai dire, je ne partage pas vraiment votre clairvoyance sur le sujet. Cela fait quelque temps maintenant que l'on me trimbale, si je puis dire, des contrées du Nord vers la Lagune, de Praha où je dois jouer à l'apprenti cambrioleur au bout du monde dans un port malfamé à découvrir une nouvelle console de jeux vidéo. Époustouflante, il est vrai. Mais de là à vous dire que, pour moi, quelque chose se met en place… Permettez-moi d'émettre quelques doutes. Mais je vous connais… Si vous m'avez fait venir, c'est pour éclairer ma lanterne, n'est-ce pas ?

Cato sourit enfin. En son for intérieur, il était satisfait de son effet d'annonce. Juliette, qui se tenait dans un coin de la verrière, soupira. Elle savait que le professeur se lancerait dans ses explications et que cela pourrait durer de longues heures. Elle s'éclipsa vers ses fourneaux.

Et effectivement, Cato se lança dans un long monologue rappelant une à une les diverses étapes de cette aventure commencée plus d'un an auparavant. Au départ, de simples allusions avaient été faites au cours de conversations savantes sur les messageries électroniques. Elles évoquaient la possibilité de récupérer intacte une œuvre littéraire fondatrice de la civilisation moderne. Comme un jeu de piste, des éléments parcellaires avaient été dévoilés, par bribes, aux membres de la communauté scientifique. Petit à petit, les érudits s'étaient pris au jeu et avaient échafaudé diverses théories concernant la nature exacte de l'œuvre prête à être retrouvée : biblique, historique, voire préhistorique ? Peut-être romanesque ? On supputait des écrits perdus de l'empereur à la bicorne, un évangile rédigé par Jésus fils de Dieu lui-même, un rapport des services secrets de la Capitale confirmant l'existence d'extraterrestres parmi les dirigeants de la cité. Et enfin, pour certains savants en mal d'âneries humoristiques, les œuvres originales de Plaute l'Imposteur.

Malheureusement, comme de tout temps, une information d'une telle importance avait attiré des nuées de vautours maléfiques. Et bientôt s'étaient invités dans les groupes de discussion de curieux observateurs scrutant, sans participer aux études, les moindres nouveaux éléments. Ils venaient pour la plupart d'horizons divers, avec des pedigrees plus que douteux. L'appât du gain semblait bien être leur principale motivation. Un nuage sombre avait plombé l'effervescence des premières heures. Le doute s'était installé, et les communications enjouées s'étaient estompées. La méfiance était de mise, les informations s'étaient dissipées, et l'engouement initial avait fait place à des manigances. Sur son réseau, le professeur Cato avait mis en place des barrières de protection. Ce qui relevait de la littérature se devait de rester aux mains des littéraires en quête du Graal. Que les sombres et avides marchands du temple soient expulsés à coups de ceinturons ! Que diable !

Cato redevenait l'orateur éloquent qu'il avait toujours été et se tenait devant Dansen pour le convaincre du bien-fondé de leur mission extraordinaire. L'index levé vers le plafond, le regard sombre, il fixait Dansen, tel un ange annonciateur de l'apocalypse.

— Grâce aux informations transmises par Stig, Brunello et Tchang, nous avons quand même bien avancé dans notre mission. Et je dirais même plus, nous approchons désormais de sa finalité ô combien attendue par nous tous. Mais, il nous faut redoubler de prudence ! Nous sommes surveillés. Je viens d'apprendre, pas plus tard que ce matin, que mon entrevue secrète avec Paul Macca était déjà commentée dans les magazines de la Capitale. Que diable si cela n'est pas inquiétant au plus haut point, ma foi !

Comme une tortue rentrant sa tête sous sa carapace, Cato se recroquevilla sur lui-même, et sa voix devint un souffle quasiment inaudible. Dansen se rapprocha.

— Mon cher ami, comme vous vous en doutez, il vous faut à nouveau partir en voyage. Mais malheureusement, cette fois-ci, vous ne pouvez être autorisé à prendre les transports rapides. Ils sont bien trop surveillés par les conspirateurs. Je vous ai déniché un moyen de circuler un peu plus ancien, mais qui vous permettra de voyager sous une autre identité.

Cato s'avança vers une commode et sortit d'un tiroir un passeport et un billet de transport. Avec un air malicieux, il les tendit à Dansen.

— J'espère que cela vous plaira. Nous avons fait preuve d'un peu d'ingéniosité. À vrai dire, c'est Juliette qu'il vous faudra remercier. C'est elle qui s'est occupée de votre nouvelle identité.

Tout étonné d'apprendre que Juliette versait dans la fabrication de faux papiers, Dansen ouvrit le passeport. Nom : Lejeune. Prénom : Neil. Nationalité : Nordique. Une photo falsifiée de Dansen barbu aux cheveux longs complétait la pièce d'identité. Cela ne ressemblait à rien mais ferait probablement l'affaire.

— Je comprends que je dois me laisser pousser la barbe avant de partir ?

— Oh non, vous en aurez l'occasion durant le voyage.

Dansen s'inquiéta soudainement et consulta le billet. Un départ était prévu deux jours plus tard vers les îles

Égéennes, et une arrivée à Mytilène sans aucune précision de date… Et comme indiqué en tout petits caractères : à bord de l'Albatros, un charmant et luxueux voilier, à quai dans l'estuaire de la Capitale.

— Euh, une croisière en voilier ?

— Ma foi, c'est bien pour cette raison que le prix du voyage était assez attractif. Le bateau était en révision dans le havre de la Capitale, et il repart donc bientôt vers les îles des mers du Sud. Le capitaine a accepté de vous embarquer incognito. Vous pourrez bénéficier de tous les services à bord, et ce à titre gracieux, et en pension complète ! Le capitaine vous voit comme un amical testeur de l'équipage avant que l'Albatros ne retrouve les touristes fortunés des mers du Sud.

— Par respect pour Charles, j'accepte le périple sur ce voilier, répondit Dansen sur un ton hésitant. Je ne suis pas sûr d'avoir le pied marin. Mais dites-moi, cela prendra combien de temps ?

— Cela dépendra du vent, mais en cette saison, d'après le capitaine, les vents seront probablement favorables.

— Oui, mais encore ? s'impatienta Dansen.

— Ulysse a mis dix ans à rentrer chez lui. Cela devrait être bien plus court. Une à deux semaines, tout au plus.

Dansen blêmit à l'idée de se retrouver sur un voilier pour un si long périple dans les mers du Sud, alors qu'il suffirait très certainement d'une à deux heures de trajet avec l'un des cigares volants qu'il avait pris pour se rendre à la Lagune.

— Sachez, mon ami, que d'après les tablettes sumériennes, vous aurez à faire un détour par les voies des temps anciens, et que la meilleure façon d'aborder ce paradigme est d'utiliser des moyens de locomotion d'antan qui ne contredisent pas la lente course du temps. Je suis sûr que Tchang vous a expliqué tout cela bien en détail.

— Ah que non ! Avec tout le respect que je vous dois, professeur Cato, vous n'allez pas vous y mettre également ! Je n'ai rien compris aux élucubrations de Tchang et, à ma connaissance, le seul paradigme qui vaille repose sur des observations avérées et non sur des exemples abracadabrants.

Cato le regarda l'œil en coin, et un sourire malicieux se dessina sur ses lèvres.

— Êtes-vous bien certain de n'avoir pas, ces derniers temps, été témoin de passages temporels quelque peu bizarres durant vos différents périples ? Comme si parfois le temps ralentissait, s'arrêtait, puis repartait de plus belle ?

Dansen leva les yeux au ciel en signe d'incompréhension. Que voulaient-ils lui faire comprendre ? Étaient-ils tous devenus fous ? On nageait en plein délire. Dansen se refusait à admettre, voire à tout simplement envisager de possibles courbures temporelles. Il y avait hier, aujourd'hui et demain. Point à la ligne. Le tout découpé en vingt-quatre heures chrono. Les théories spatio-temporelles étaient bonnes pour les astrophysiciens qui vivaient l'esprit dans les étoiles et les pieds loin du plancher des vaches… tous des hurluberlus qui avaient fumé un peu trop de feuilles exotiques.

Exaspéré, Dansen prit le billet du voyage et salua le professeur.

— Je partirai avec ce voilier comme vous me le demandez, mais franchement, professeur, nous recherchons un livre ancien. Rien d'autre. On ne va pas révolutionner les voyages dans le temps, laissez cela au capitaine Kirk ! Tsss !

Quelques minutes plus tard, Dansen marchait dans les rues de la Capitale, un lourd sac en jute chargé de provisions cuisinées par Juliette à l'épaule. Un air d'un chanteur nordique du nom de Neil Jong, comme par hasard, trottait dans sa tête, une sombre histoire d'ouragan qui se transformait en femme idéale[29].

Le vent s'était levé, balayant les travées de la Capitale, amassant les dernières feuilles d'un automne tardif en tas coniques.

---

[29] Neil Young – Like a Hurricane

## LA TRAVERSÉE VERS MYTILÈNE

Le paquetage fait, Dansen enlaça avec passion Néna, qui venait de le rejoindre au bas de son immeuble. Un torrent de tristesse s'abattit sur lui. Il se sentait comme un marin partant pour une traversée au long cours, sans connaître la date de son retour. En fermant les yeux, il imagina une mer sombre et tumultueuse, faisant chavirer le navire, et des calamars géants virevoltant autour de son radeau. Ce véritable cauchemar lui bloqua la respiration. Non, définitivement, l'eau n'était pas son élément. Quel triste idiot lui avait annoncé un jour que son signe astrologique était le Verseau, le signe aquatique par excellence ? Carabistouilles !

Main dans la main, Néna et Dansen se dirigèrent vers l'embarcadère ; deux cœurs serrés par l'appréhension d'une longue absence. Platon n'avait qu'à bien se tenir lorsque deux êtres amoureux se déchiraient dans la douleur physique de la séparation. Pour cela, le philosophe n'avait pas prévu de scénario acceptable.

Au bout de la jetée attendait un superbe voilier refait à neuf, tout droit sorti des plus belles illustrations des temps anciens. Les boiseries resplendissantes étaient repeintes en blanc et bleu azur. Le vaisseau semblait taillé pour fendre la mer tel un oiseau marin. Divers blasons en tissu représentant des cités célèbres de l'antiquité ornaient le bastingage. Un luxe calme et voluptueux s'offrait à la vue des badauds curieux qui se promenaient près du navire. L'équipage, en pleine effervescence, effectuait les derniers préparatifs avant le départ. On chargeait encore et encore des victuailles et diverses caisses en bois dans la soute du vaisseau. Et, comme pour égayer ce joyeux tohu-bohu, un majestueux rayon de soleil transperça le dôme de nuages gris et éclaira l'embarcation. Les couleurs chatoyantes s'illuminèrent et rassurèrent l'âme en peine de Néna.

— C'est un bateau magnifique, Dansen, il te portera avec fierté vers ton destin. Sois en paix.

Dansen émit un souffle de remerciements envers celle qu'il abandonnait. Il est vrai que le bâtiment impressionnait par sa majesté. Tout autour, les péniches et les bateaux-mouches faisaient triste figure avec leurs teintes goudronnées.

— Ah, monsieur Lejeune, vous voici donc ! Laissez-moi vous souhaiter la bienvenue à bord de l'Albatros. Je suis Andiscot, le capitaine du bateau. C'est un véritable honneur que de vous avoir parmi nous. Le professeur Cato est un grand ami de notre confrérie.

Le capitaine était un jeune homme d'à peine trente ans, et son allure ne correspondait pas à l'idée que l'on pouvait se faire de sa fonction. Une longue chevelure noire tombait sur ses épaules, et une barbe de quelques jours ornait son visage juvénile. Il portait une toge blanche sur laquelle était brodée l'armoirie de l'Albatros, un oiseau stylisé bleu en plein vol. Il salua

Néna, avec un baisemain à l'ancienne associé à une rapide génuflexion.

— Quel dommage, chère Dame, que vous ne nous accompagniez pas lors de ce périple. J'ai la très nette impression de vous connaître. Cinéma ? Chanson ? Ou ne serait-ce pas la littérature ? Poétesse, peut-être ?

— Je crains que non, ou alors dans une autre vie, répondit avec malice Néna au charmeur.

Le capitaine prit le sac en jute qui servait de valise à Dansen et lui annonça que les amarres seraient larguées cinq minutes plus tard, le temps pour Dansen de faire ses adieux à Néna. Puis, il s'éclipsa et remonta sur le bateau. Les marins s'apprêtaient à défaire les attaches et à descendre l'unique mais immense voile. Ils attendaient fébrilement l'ordre de leur supérieur. Un souffle de vent frais s'engouffra dans les cordages, comme si le navire s'ébrouait et revenait à la vie après quelques mois en cale sèche, prêt à parcourir à nouveau les grandes étendues maritimes.

Néna et Dansen, comme deux maudites statues de sel de Gomorrhe, s'enlaçaient. Quelques secondes encore, une éternité, un bruissement de cheveux, et souhaiter à jamais arrêter le temps. Tous deux reprirent leur respiration, puis, sans un mot, laissant leurs mains se détacher, s'éloignèrent l'un de l'autre sans un regard en arrière. Leurs cœurs se figèrent. Les yeux s'humidifièrent.

Tel un automate, Dansen se dirigea vers la passerelle qui reliait le bateau au quai. Un dernier moment encore, il se retourna, et vit Néna faire de même pour lui adresser un signe de la main : un baiser qui s'envole. Au même instant, un goéland fendit l'air en raillant. Dansen monta à bord.

— À bientôt, douce fée, murmura-t-il comme pour se convaincre lui-même.

Les marins, sur ordre du capitaine Andiscot, firent descendre en un mouvement expérimenté et souple la superbe voile qui étala peu à peu sa draperie ornée d'un majestueux albatros sur fond bleu azur. Les passants, attirés par ce spectacle ancestral, se mirent à applaudir instinctivement, subjugués par la beauté de ces mouvements de cordages qui déroulaient, sans aide mécanisée, le « moteur » éolien du navire. Néna avait déjà disparu dans les rues adjacentes. Dansen courut s'enfuir dans le ventre du bateau.

Un majordome l'emmena vers ses appartements, à l'arrière du navire. En ouvrant la porte du logement, le jeune homme lui annonça avec fierté qu'il était contigu à celui du capitaine. Un superbe décor tout en boiseries précieuses s'offrit au regard de Dansen qui ne put réprimer un sifflement admiratif devant un tel luxe.

— Forcément, là, c'est plutôt classieux.

— Oui, notre bateau ainsi rénové a reçu la classification de Palace flottant de la part des autorités de la Capitale.

— Un peu comme le Titanic…

— Effectivement, mais ne soyez pas inquiet, monsieur Lejeune, nous n'avons pas l'intention de voyager auprès des icebergs.

— Le Titanic non plus... ne put s'empêcher d'ajouter Dansen, d'humeur chagrine.

Sans broncher, le majordome lui fit visiter les lieux. Salon, chambre, salle de musique et de lecture, salle de bain avec baignoire en marbre. Tout était d'un raffinement exubérant. La chambre possédait une grande ouverture à deux vantaux qui donnait sur un balcon à l'arrière du bateau. L'idée d'admirer les couchers de soleil en solitaire ne fit qu'augmenter les lourds nuages dans l'esprit de Dansen. Poliment, il raccompagna le majordome à la porte d'entrée et s'enferma à double tour. Il avait besoin de solitude. Il s'affala sur le lit. Ses effets personnels avaient déjà été rangés. Son livre de poésie préféré était posé sur la table de nuit. Il l'ouvrit à une page au hasard et relut les vers d'une ode de l'auteur rédigée à l'intention de l'une de ses amies :

*Alors pour quelque temps mon esprit met les voiles,*

*Et tous nos bons moments deviennent des étoiles,*

*Inondant de clarté mes pensées les plus noires.*

La lecture atténua ses angoisses, et c'est avec le cœur soulagé que Dansen remonta sur le pont du navire. La poésie, comme la musique, avait le pouvoir d'alléger les peines de l'âme. Dansen était désormais bien résolu à profiter du spectacle de ce voilier descendant vers l'estuaire en direction des mers australes.

Il rencontra le capitaine. Celui-ci était affairé aux commandes des multiples manœuvres nécessaires pour que le vaisseau quittât l'embarcadère sans encombre et pût se glisser au milieu du fleuve. Sans un bruit, Dansen le regarda donner des ordres au moyen de gestes saccadés et de sonorités qui lui étaient inconnues. Une véritable chorégraphie s'en suivait parmi les marins qui, un regard vers le capitaine, défaisaient des nœuds, relâchaient des cordages, en resserraient d'autres pour guider le navire.

— C'est du phénicien, précisa Andiscot en se retournant vers Dansen. C'est le langage des marins sur les voiliers des anciens temps, un peu comme le louchebem pour les gens de la guilde des bouchers. On se sent entre nous ainsi et, de fait, cela distrait les touristes. On s'amuse comme on peut…

Dansen laissa le capitaine vaquer à ses occupations et se dirigea vers la proue du bateau pour admirer le paysage. Le vent fouetta son visage. Mû par un vieux souvenir, il leva ses bras en croix et se mit à chanter aussi faux qu'un chat un air canadien relatant l'histoire d'un cœur qui continue de battre[30]. Deux marins lui intimèrent de cesser immédiatement. La chanson, tout comme le fait de parler d'un lapin, portait malheur sur un navire. Interdiction de fredonner cet air à bord, même si l'on était loin des icebergs. Se rendant compte de sa maladresse, Dansen s'excusa. Les us et coutumes maritimes n'étaient vraiment pas son fort.

Quelques heures plus tard et après une sieste réconfortante, Dansen accepta l'invitation à dîner que le capitaine lui avait fait parvenir par l'intermédiaire du majordome. Ce dernier ajouta que les marins préparaient un spectacle spécialement à son intention. Il lui adressa

---

[30] Céline Dion – My heart will go on

un triple clin d'œil mystérieux et enjôleur, et sortit de la cabine.

Au soleil déclinant, Dansen se rendit donc dans la salle de restauration où l'ensemble de l'équipage l'attendait. De longues tablées de bois remplissaient la pièce. Les marins, tous en tuniques de lin d'apparat siglées aux armoiries du bateau, se disposèrent en haie d'honneur, l'invitant à rejoindre au fond de la salle la majestueuse table ronde en chêne près de laquelle patientait au garde-à-vous le capitaine Andiscot.

Un gramophone rutilant déversait une musique ancienne avec force trompettes, saxophones et instruments à cordes en tous genres sur une rythmique disco. En amateur, Dansen reconnut l'ambiance enjouée d'un concert du fameux orchestre de James le Dernier qui, durant le siècle précédent, avait secoué les fondations de l'historique salle circulaire du roi Albert[31].

Dansen s'assit à côté du capitaine. Le majordome apporta les boissons maltées. Les mines se réjouirent. Le spectacle pouvait débuter.

Cachés derrière un paravent oriental, trois marins en tutu Degas s'approchèrent de l'estrade qui avait été préparée pour l'occasion. Des plantes exotiques, orchidées roses et bleues, décoraient cette dernière. Les matelots commencèrent à se déhancher sur les rythmes simplistes de la musique. Ils enjoignirent à l'assemblée de taper des mains. Dansen ne put s'empêcher de rire à la vue de cet improbable numéro de danse au beau milieu de la mer. Les trois marins virevoltaient comme

---

[31] James Last – Live in London

des diablesses. Les jupons de leurs tutus s'envolaient, découvrant leurs jambes épilées. Leurs compagnons de voyage sifflaient, criaient, s'égosillaient en chantant le refrain militaire de l'hymne à la Marine[32]. En quelques minutes de folie musicale, le voilier qui glissait sur les eaux paisibles s'était transformé en boîte de nuit ultra-glamour où ne manquait que la présence féminine.

L'absence de présence féminine, se dit d'un coup Dansen. Que se passait-il ici ? Il se souvint du clin d'œil équivoque du majordome. Il se retourna vers Andiscot. Non, tout allait bien. Le capitaine semblait serein, occupé à vérifier le bon déroulement du spectacle. Des marins déguisés en chanteuses de charme vinrent l'un après l'autre égrener de langoureux chants d'amours perdus. *Ne me quitte pas*, *Nous sommes un trio*, *Madrigal Triste*, *Si de tous mes écrits*. Toutes les chansons les plus connues des anciens de la Capitale furent interprétées avec fièvre et passion. Dansen fut tour à tour étonné, ému ou séduit par les créatures mi-homme mi-femme qui se succédèrent jusqu'au bout de la nuit. Chaque membre de l'équipage eut à un moment ou à un autre son instant de succès. Chaque marin captivait l'assemblée par son talent, son humour, sa grâce féline. Un numéro de *pôle dance* par le majordome vint inviter l'ensemble des convives à la danse finale : un sirtaki[33] pendant lequel tous, mains sur les épaules, se donnèrent à la joie de la fête, hors du temps, hors des peines de l'éloignement.

Un peu avant l'aube, Dansen s'en retourna dans sa chambre, enivré par les boissons et les chants. Il

---

[32] Village People – In the Navy
[33] Zorba le Grec – Sirtaki

remercia le majordome... non, il n'avait pas besoin de ses services pour s'endormir. L'excès d'alcool chahuta son sommeil. Le tangage du bateau, même si la mer était calme, lui donna envie de vomir et provoqua des vertiges hallucinatoires. De mauvais rêves de champs de blés ployant sous les vents estivaux et envahis par des nuées de corbeaux vinrent le hanter, à tel point qu'à l'heure du zénith solaire, Dansen se leva et, accroché au bastingage, vint rendre tripes et boyaux dans la mer, sous l'hilarité générale de l'équipage. Jamais Dansen ne s'était senti aussi mal, aussi seul au monde, au milieu de cette compagnie exclusivement masculine.

Après quelques minutes, ainsi accroché au parapet, il commença à se sentir mieux. Andiscot s'approcha de lui et lui proposa un breuvage tiède.

— C'est de l'hypocras, cela vous fera le plus grand bien et vous aidera à vaincre le mal de mer.

Déshydraté, Dansen accepta la coupe et la vida d'une traite. Le goût était mielleux et épicé à la fois. Il remercia le capitaine et s'excusa pour le désagrément causé. Balayant d'un revers de main l'hypothèse d'un quelconque dérangement, Andiscot lui indiqua que le majordome avait préparé un bain aux onguents qui le remettrait complètement d'aplomb.

Revenu à son appartement, il fut agréablement surpris de constater qu'un parfum de bourbon et de vanille embaumait les pièces. Le majordome, au garde-à-vous, l'attendait dans la salle de bain, avec sous le bras un peignoir aux armoiries du bateau.

— Un bain à trente-sept degrés vous attend, monsieur Lejeune. Je vous propose de vous délasser pendant une demi-heure. Ne vous inquiétez pas, je viendrai ajouter de temps en temps de l'eau chaude, et je vous ferai ensuite un massage aux pierres chaudes et aux huiles essentielles. Cela vous remettra en forme pour la poursuite du voyage jusqu'à Mytilène. Nous ne devrions plus tarder à entrer dans les eaux Égéennes.

Telles des boules de pétanque, trois pensées s'entrechoquèrent aussitôt dans l'esprit encore embrumé de Dansen : je n'ai pas besoin que l'on vienne remettre de l'eau chaude dans ma baignoire ; euh, le massage aux pierres chaudes, très peu pour moi ; on ne va pas tarder à arriver alors que l'on vient de quitter la Capitale. Trop, c'était trop. Dansen abdiqua, sourit avec une mine déconfite et se déshabilla devant le majordome qui ne broncha pas. Peut-être un léger rictus de satisfaction quand même. Tout nu, vaincu, Dansen se glissa dans la baignoire. Il ressentit aussitôt une sensation d'allégresse qui le surprit lui-même. C'était divinement agréable, et pourtant la présence du domestique était un brin équivoque. Celui-ci sentit l'appréhension de Dansen et, sans faire de manières, s'éclipsa en précisant qu'il resterait dans la pièce d'à côté.

Dansen l'entendit farfouiller dans une armoire, et soudainement une mélodie éthérée vint inonder la salle de bain. Il supposa que le majordome venait de mettre un vinyle sur le gramophone de la pièce de musique attenante. Une chanteuse celte pinçait les cordes de sa harpe tout en entonnant une lente mélopée venue des temps anciens[34]. Dansen imagina une foire médiévale, peuplée de preux cavaliers bombant le torse pour émouvoir les gentes damoiselles. Ses yeux se fermèrent, et il s'endormit paisiblement comme un vaillant chevalier après les joutes. Pour Dansen, c'était, en vérité, plutôt la sieste après la cuite. Nul héroïsme dans tout cela.

Une heure plus tard, il se réveilla en sursaut. Le majordome était à ses côtés et, au moyen d'un broc, versait délicatement de l'eau bouillante dans la baignoire.

— Merci bien. Je crois bien que je vais sortir du bain.

Le majordome se précipita pour reprendre le peignoir qu'il avait posé sur un tabouret et le lui proposer. Il attendit que Dansen l'ait enfilé pour lui masser légèrement le dos et l'inviter, une fois séché, à le rejoindre dans la pièce d'à côté pour la séance de massage. Dansen le remercia pour l'invitation sans la refuser. Il hésitait, mais ne voulait pas le froisser. Il ressentait à vrai dire le besoin que l'on s'occupe de lui avec gentillesse. Le départ de la Capitale sur ce navire l'avait perturbé plus que de raison. L'éloignement en mer sans possibilité de quitter le bateau pour rejoindre la terre ferme le déstabilisait. Il aurait aimé pouvoir marcher sur l'eau pour se rassurer en sachant qu'à tout moment il pouvait s'éloigner de l'endroit où il se trouvait. En voiture, en calèche, à vélo, on peut s'arrêter quand on le souhaite. En train, on peut à la rigueur tirer le signal d'alarme et descendre du wagon. Sur un bateau, on n'a aucun moyen de s'échapper, on est prisonnier

---

[34] Loreena McKennitt – The Mummers' Dance

pour un temps indéfini. L'embarcation, contrairement aux aéronefs, se meut lentement, lentement, tel un bout de bois jeté sur l'étendue terrifiante de la mer. Cette situation déplaisait à Dansen. Le fait de ne pas être maître de son mouvement lui donnait des frissons d'appréhension. Tout jeune enfant, il avait eu beaucoup de mal à apprendre à nager. Il n'était pas à l'aise dans l'élément aquatique. À la Contrée, là où il avait passé toute sa jeunesse, les ruisseaux étaient peu profonds. Il suffisait d'une paire de bottes de pêcheur pour les traverser. Nager était bon pour les poissons, et basta !

— Au fait, excusez-moi, je ne vous ai même pas demandé votre nom. Nous allons passer un long moment ensemble, à ce qu'il me semble.

— Pas de souci, monsieur. Tout le monde ici m'appelle Sonia.

— ...

— Oui, pouffa le majordome, c'est à cause de mes travestissements pour le spectacle de cabaret.

— Ah oui, effectivement, c'était très réussi.

Dansen avait du mal à se souvenir à quelles parodies avait participé le dénommé Sonia. Les costumes et les maquillages divers avaient travesti les hommes en personnages si féminins que Dansen en avait perdu sa perspicacité. Pour autant qu'il n'en ait jamais eu. Au fur et à mesure de la soirée et des verres de malt agrémentés de boissons gazeuses cocaïnées, le doute s'était instillé dans son esprit, et il s'était laissé charmer par ces créatures hybrides.

Laissant tomber par terre son peignoir, Dansen s'allongea sur la table de massage. Sonia s'activa quelques instants à trouver une musique adéquate. Puis, il se frictionna les mains avec un onguent parfumé.

— Attention, ce sera un peu chaud !

Sonia déposa une pierre brûlante enrobée d'un linge de coton dans le creux des reins de Dansen. Une légère brûlure irradia le bas de son dos jusqu'à ses fesses. Le majordome s'appliqua d'abord à masser les épaules et la base du cou, puis les cuisses, les mollets et la plante des pieds. De temps en temps, il enlevait la pierre pour en reposer une autre au même endroit. Dansen ressentait dans son abdomen la chaleur bienfaisante des roches magiques qui, tel un exutoire des toxines ingurgitées la veille, revitalisaient son corps. Sonia continuait imperturbablement le doux voyage de ses mains sur sa peau, lentement, très lentement. Tout le corps de Dansen se détendait. Les mouvements précis du masseur déliaient une à une les contractures musculaires supportées depuis trop longtemps. Depuis le début de son périple, rares avaient été les occasions de se relaxer un tant soit peu. Peut-être une soirée avec Néna à bord d'un train en provenance de Praha. C'était trop peu pour le besoin de sérénité de Dansen. Quand on n'a pas l'étoffe d'un héros de western, on recherche à la première occasion l'abri d'un cocon de tendresse. N'est pas Clint qui veut ; Clint qui d'ailleurs n'a pas souvent mis les pieds sur un navire au beau milieu de la mer.

Quelle fut la durée de cet intermède entre les mains de Sonia ? Dansen n'aurait su le dire. Ce qui était certain, c'est qu'il se sentait ragaillardi et en pleine forme. Les frôlements méticuleux du majordome valaient une semaine de thalassothérapie.

Il était grand temps de rejoindre le pont pour prendre l'air et s'enquérir auprès du capitaine de l'avancée du voyage. Il n'avait pas oublié les dires de Sonia à propos de la mer Égéenne. Le majordome lui proposa une chemise et un costume beige en lin, plus adapté à la température extérieure, chaude et humide. De fines sandalettes romaines, lassées avec doigté par Sonia complétèrent sa tenue estivale et décontractée. « La classe mondiale », aurait dit Néna si elle l'avait vu ainsi vêtu.

Sur le pont, les marins s'affairaient à manœuvrer le navire vers une nouvelle direction.

— À bâbord, toutes ! criait le capitaine entre autres instructions exprimées en phénicien.

Soudain, une nuée d'au moins dix albatros arriva en piaulant et se mit à tournoyer autour de la vigie. Un à un, les oiseaux s'approchèrent du pont, tels des avions de chasse cherchant à se poser sur un porte avion. Tous les marins firent rapidement disparaître tout ce qui traînait : cordages, seaux, balais. Il fallait faire place nette pour les albatros. Andiscot fit un signe à Dansen, l'invitant à venir à ses côtés près de la barre à roue.

— Le spectacle sera mémorable, lui susurra-t-il.

Et effectivement, les albatros vinrent se poser majestueusement pour le plus grand plaisir des membres de l'équipage. Les oiseaux quémandaient quelques poissons, et le maître cuisinier se dépêcha de faire passer des bassines de maquereaux et de sardines.

— C'est un grand honneur de voir les albatros nous rendre visite, continua Andiscot. Parfois, un ou deux s'approchent, mais là j'en ai compté douze sur le pont, c'est inimaginable. C'est un très bon présage pour le bateau, et cela portera chance à l'ensemble de ses passagers. Depuis la nuit des temps, lorsqu'un albatros atterrit sur un navire, il faut absolument le traiter avec le plus grand respect. D'après la légende, un jour, des marins se sont moqués d'un albatros et se sont mis à jouer avec lui. Désemparé, l'animal a eu du mal à s'envoler à nouveau. Quelques mois plus tard, un cachalot blanc a attaqué le bateau et l'a fait sombrer au fond de l'océan. On dit que le cachalot, du nom de Moby-Dick, était venu venger le malheureux albatros. Ce n'est, il est vrai, qu'une légende, mais il paraît qu'un fameux écrivain des siècles anciens en a fait un poème très célèbre.

— Oui, oui, je crois m'en souvenir, déclara Dansen un brin sarcastique, obnubilé par le spectacle incroyable de ces rois de l'azur en visite de bon voisinage sur ce navire. Crénom Charles !

Les albatros repus reprirent ensuite leur envol vers le large, laissant derrière eux les marins médusés. Un silence de recueillement régna pendant de longues minutes sur le pont. Par chaque marin, cette histoire extraordinaire serait contée aux enfants, aux petits enfants et à leur descendance pendant de nombreuses années. Le jour béni où, au milieu de son territoire, l'albatros roi était venu saluer les humains sur leur frêle embarcation.

Le lendemain matin, Andiscot indiqua à Dansen que le port de Mytilène serait en vue en fin d'après-midi. Dansen se garda de demander des explications. Il en avait bien assez de ces tours d'élastique du temps qui ne rimaient à rien. On lui avait annoncé à terre un voyage de deux semaines au moins, et voici qu'au troisième jour on atteignait la destination. Et puis, au fond de lui-même, cela le réjouissait. Il avait hâte d'atteindre la ville pour passer un coup de fil à Néna et lui faire part de son arrivée bien plus tôt que prévu.

Les dauphins accompagnaient désormais l'Albatros qui se dirigeait vers le port, se jouant de sa lente progression pour passer au plus près de la proue. Un ballet aquatique frivole fendait l'écume autour du navire. Dansen remarqua que les notions de jeu et de plaisir étaient inhérentes aux occupations des dauphins. Tous ensemble prenaient du bon temps à faire la course, à plonger, à sauter par-delà les vagues. Le côté ludique de la chose amusa fortement Dansen qui passa la matinée à les observer. Le quotidien des cétacés semblait être essentiellement consacré à un amusement quasi enfantin. Bien sûr, il leur fallait également se nourrir de malheureux poissons qui avaient le tort de se trouver sur leur passage, mais la quête de nourriture n'était vraisemblablement pas leur principale occupation. Il y avait largement le temps de goûter aux divertissements aquatiques. L'objectif de leur existence paraissait être le simple fait de profiter de la vie ensemble, insouciants. Rien d'autre n'avait d'importance. Cette observation ramena les pensées de Dansen à la Contrée. La communauté humaine qui s'était organisée là-bas, dans cette région si particulière à l'ouest de la Capitale, avait balayé le superflu, supprimé toutes les tâches inutiles et instauré comme fondement de la vie de ses habitants la quête du *carpe diem*. Prends le jour, chaque matin au lever du soleil, telle une fleur que te donne la vie, et cherche au plus profond de toi la meilleure façon de l'embellir jusqu'au soir. Cela pourra être une balade bucolique à la recherche de légumes pour le repas du soir, ou une visite chez une voisine âgée en mal de compagnie, ou encore la préparation d'un vol en montgolfière dont étaient particulièrement friands les natifs de la Contrée. Tout devait être fait pour que le soir venu l'on se sente content de la belle journée passée. La liste des occupations était infinie, pour autant qu'elle n'impliquât pas de bouleversements importants dans la vie quotidienne. Ainsi avaient été bannies de la Contrée les théories évolutionnistes et – d'après les principes fondamentaux de la Capitale – absolument nécessaires à la croissance. Cette sacro-sainte « croissance », qui était le véritable mot coupable de tous les maux de la société humaine, et même de tous les dérèglements infligés à Mère Nature. À la Contrée, peu d'électricité, un seul téléphone (pour les relations avec le monde par-delà les nuages), pas de moteurs à combustion pour véhicules pétaradants (les nobles chevaux étaient encore les princes des attelages de voyage), pas de télévision pour abrutir la population (les bistrots et salons de thé bien remplis faisaient office de divertissement en soirée) ni même d'ordinateur dernier cri au nom de la pomme (on lisait des livres, on écrivait des poèmes et l'on se dirigeait avec une carte routière à l'ancienne). Une fois par trimestre, le conseil scientifique présidé par les gens des Lettres et des Chiffres étudiait chaque proposition d'innovation, et après délibération acceptait son introduction ou non. La dernière invention qui avait secoué en son temps les us des habitants avait été le ressort métallique cylindrique forgé par les artisans émérites de la manufacture des Engins Volants. Ce fameux ressort avait servi à l'élaboration d'un grand nombre d'objets mécaniques, tels les régulateurs émotionnels ou encore le gramophone. Ce dernier permettait d'écouter de la musique gravée sur des cylindres en bakélite, sans avoir à inviter un orchestre à domicile. Les gens des Lettres et des Chiffres avaient approuvé, tout sourire.

Une fiente de goéland tombée sur son épaule vint réveiller Dansen, perdu dans ses rêveries. Un matelot éclata de rire en lui disant que c'était un bon présage. La terre ferme n'était plus loin.

Sur le pont, on commençait à s'activer. Fini les joyeuses envolées de jupons de la soirée de cabaret ; chaque marin s'affairait avec le plus grand sérieux à son poste. Il fallait se préparer à entamer les manœuvres d'accostage au port de Mytilène alors qu'un vent fort venant de l'est se levait. De sombres nuages noirs accompagnaient à bâbord une vedette rapide qui dépassa l'Albatros et fila droit vers Mytilène. Un lourd pressentiment oppressa Dansen à la vue du bateau qui ressemblait à une sorte de navire militaire tout de gris peint et affublé, sur le toit de la cabine de navigation, d'un grand nombre d'antennes et de paraboles. Alors qu'il avait voyagé comme dans un doux rêve sur le majestueux Albatros aux allures de vaisseau antique, la dure réalité vint soudainement le frapper au visage. Il se remémora sa mission, les affres du Clan qui le poursuivait, et l'inconnu qui s'annonçait devant lui. Un frisson descendit en cascade sur chaque vertèbre de sa colonne dorsale. Il eut un haut-le-cœur et une envie imminente de vomir.

C'est à ce moment que le majordome vint lui annoncer que le capitaine Andiscot souhaitait le voir dans son bureau avant le débarquement. Dansen se reprit, remercia Sonia et se dirigea vers l'arrière du navire où l'attendait Andiscot. Ses jambes tremblaient. Avec un vent de mauvais augure qui s'abattait sur la voilure, la mer s'agitait, menaçante comme le pétrole, contre la coque du bateau. Les éléments maléfiques commençaient à se déchaîner. L'inquiétude gagna l'équipage qui s'apprêta à combattre un coup de vent désagréable. Durant tout le voyage, Mère Nature avait été clémente et avait envoyé un agréable souffle d'ouest favorisant une rapide progression vers les îles Égéennes. Désormais, une bourrasque contraire semblait vouloir arrêter l'Albatros à quelques encablures de sa destination. Le vaisseau gris y était-il pour quelque chose ? Une tempête se leva brusquement. La voilure claquait au vent mauvais. Les marins s'affairaient pour maintenir au mieux le cap dans les eaux tumultueuses.

Décontenancé, Dansen frappa à la porte du bureau du capitaine. La porte s'ouvrit aussitôt. Andiscot lui jeta un regard désemparé.

— Vous avez vu ? La frégate du Clan ? Vous l'avez vue ? Cela ne présage rien de bon. Le professeur Cato m'avait prévenu. J'aurais dû être plus méfiant. *Tedju*.

Andiscot invita Dansen à s'asseoir dans le coin salon où étaient disposés deux minuscules verres en cristal et une bouteille d'Advocaat déjà bien entamée. « Comment diable ce capitaine connaît-il ce breuvage de la

Contrée », se demanda Dansen en s'asseyant. Ses jambes tremblaient, et un douloureux fourmillement électrique traversa ses bras jusqu'à l'extrémité de ses doigts. Il se versa un verre et le vida d'un trait. Le doux alcool réchauffa sa gorge. Il attendit qu'Andiscot reprenne la parole.

Le capitaine farfouillait dans une liasse de documents posés sur son bureau. Il était dans un état de grande confusion et respirait avec peine. Son visage, encore le matin aux traits, aristocratiques était devenu en l'espace de quelques heures boursouflé tel celui d'un agriculteur des landes du Nord. Sa fine chevelure noire comme l'encre et habituellement gominée vers l'arrière ressemblait désormais à un pâturage en jachère.

Un deuxième verre fut le bienvenu, et la liqueur réchauffa à nouveau la gorge de Dansen pendant quelques secondes. Le tremblement de ses jambes s'arrêta enfin. L'alcool agissait comme une thérapie, malsaine mais efficace, sur ses angoisses.

— Il faut envoyer un pigeon vite fait, cria soudainement Andiscot d'une voix suraiguë. Avec cette manie du « tout à l'ancienne », la compagnie maritime nous impose même l'utilisation de pigeons voyageurs. Ce n'est pas ainsi que nous pouvons livrer bataille contre le vaisseau du Clan et ses équipements sophistiqués. Forcément !

Dansen était interdit. L'aventure prenait un tournant carrément ubuesque. « Jamais deux sans trois », parvint-il à se dire en engloutissant une énième rasade d'Advocaat.

— Euh, si je peux me permettre, à qui souhaitez-vous envoyer un pigeon ? Parce que là, j'ai un peu de mal à vous suivre.

— Mais voyons, vous ne comprenez donc rien, cher monsieur Lejeune. La situation est grave ! Si la frégate débarque avant nous, tout est perdu ! Ce que je n'arrive pas à comprendre, c'est comment elle parvient à avancer vers Mytilène sans voile ou sans rameurs. C'est insensé !

— Eh bien, si vous voulez mon avis, c'est un bon vieux moteur diesel à hélices. Un moteur à explosion, quoi.

— Mais non, mais non, ce n'est pas possible. Cela n'existe pas encore.

À ce même instant, une immense clameur retentit au-dessus de leurs têtes. Andiscot et Dansen se regardèrent interloqués et coururent vers le pont.

Dans un brouhaha digne de Babel, les marins riaient, sifflaient, applaudissaient, chantaient à tue-tête. Au loin, une fumée noire et nauséabonde s'échappait de la redoutable frégate. Son moteur venait d'exploser. Comme quoi.

— Cela me rassure quand même. C'est plus logique ainsi. Non ?

Dansen ne daigna même pas répondre et leva les yeux au ciel. *J'aimerais descendre de ce bateau de fous* était sa seule pensée positive de l'instant. Une brise apaisée enveloppa à nouveau la voilure de l'Albatros, et les rayons de soleil dissipèrent les nuages. L'équipage manœuvra pour mener le navire aux abords de la frégate et la dépasser. Tous saluèrent dignement l'équipage désemparé de l'embarcation, l'informant par porte-voix qu'ils enverraient des secours à leur arrivée à Mytilène. Les marins de l'Albatros prirent un malin plaisir à gagner cette course contre la modernité. Ils en retiraient une grande fierté. Une bonne voile et un vent agréable étaient un gage de succès par rapport aux mécaniques polluantes. Ils savaient qu'ils étaient du bon côté, et que Mère Nature les avait bénis.

Dansen crut reconnaître un instant le visage éberlué de Ronsard de Burgundy parmi les membres de l'équipage de la frégate enfumée.

Andiscot, tout sourire maintenant, venait de regagner vingt ans de jeunesse. Il déclara tout de go qu'il avait un pigeon à envoyer et courut vers les paniers en osier installés à l'avant du bateau. Amusé par tout ce remue-ménage et par la bonne humeur ambiante, Dansen le suivit, accompagné de Sonia.

— Je suppose que votre entrevue avec le capitaine a été reportée.

— Effectivement, je ne suis pas très avancé. C'est fou ce que les ennuis des uns font la joie des autres. Quoi qu'il en soit, je suis bien curieux de voir ce colombogramme.

Dansen et Sonia se joignirent à Andiscot qui griffonna un message avant de l'accrocher à la patte d'un pigeon. Il leur annonça fièrement qu'il informait le professeur Cato de la défaite maritime du Clan et de leur arrivée prochaine à Mytilène. On avait pris un peu de retard à cause de la tempête. Le capitaine expliqua que, vu la distance à parcourir, plusieurs pigeons se relaieraient de pigeonnier en pigeonnier jusqu'au domicile du professeur où sa fidèle Juliette se chargerait de lui transmettre la missive.

— Monsieur Lejeune, il est grand temps que nous ayons une discussion. Il nous reste quelques heures avant de débarquer, et je crois que je vous dois quelques explications. Si vous le souhaitez, Sonia nous apportera quelques gâteaux secs pour le goûter et nous profiterons du soleil déclinant sur la poupe. Un salon en rotin vient d'y être installé. Nous y serons bien pour papoter.

— Je suis tout ouïe, capitaine, et une collation sera la bienvenue après toutes ces aventures. Sonia, sans vouloir vous commander, si vous aviez une infusion au rooibos, ce serait parfait.

Tout sourire, le majordome esquiva un pas de danse et s'en alla préparer tout cela. Le monde était bleu, gai, rose, joyeux, flamboyant et charmant. Parfois, quelques minutes de perfection se glissaient dans le chaos.

Comme s'il avait deviné le souhait de Dansen, Sonia revint avec le fameux gramophone qu'il déposa sur une tablette près du fauteuil. Il montra la pochette du vinyle qu'il avait sélectionné, et Dansen acquiesça. Évidemment, les Sœurs du Cœur et le Bateau des Rêves d'Annie[35]. Choix avisé, subtil et sublime.

Le plateau avec les gâteaux et le rooibos fumant suivirent pour parfaire l'instant. Un coup de manivelle sur le ressort du gramophone, et la mélodie s'éleva dans les airs.

---

[35] Heart – Dreamboat Annie

Andiscot attendit patiemment que les Sœurs aient fini de chanter la complainte de l'Homme Magique.

L'intermède terminé avec une dernière gorgée de rooibos, Dansen, le regard interrogateur, se tourna vers le capitaine, l'invitant à parler.

— Comme vous le savez, ma mission était de vous emmener à Mytilène, et nous voici aujourd'hui proches du but. Pour le professeur Cato et ceux de la Capitale, ce voyage aura duré deux semaines, alors que vous avez eu l'impression de n'avoir navigué que durant trois jours, n'est-ce pas ?

—Évidemment ! Je sens que vous allez m'intéresser.

— Mais ceci n'est qu'un détail, me direz-vous. L'essentiel est de vous donner les instructions nécessaires à la suite de votre mission. En débarquant, vous vous rendrez à l'auberge située tout à l'Est sur le port pour y profiter d'une soirée en solitaire sur la terre ferme. Une chambre est réservée à votre nom : Dansen, cette fois-ci, et non plus monsieur Neil Lejeune. C'est dommage, cela vous allait plutôt bien. Vous pourrez également vous raser, car, vous l'avez certainement remarqué, votre barbe a bien poussé en trois jours de navigation.

— Oui, cela doit être dû à l'air de la mer.

— Bien sûr. Demain matin, Sonia vous apportera des vêtements d'époque que vous devrez porter pour la suite de votre voyage. Ne soyez pas étonné... Enfin, si... vous le serez. Il faudra bien suivre à la lettre les recommandations de Sonia. Ensuite, on viendra vous chercher pour vous emmener auprès de celle que vous attendez depuis toujours. Au fond de vous-même, vous le savez. Toute votre vie a été tournée vers cette rencontre que vous avez maintes fois espérée dans vos rêves les plus étranges. Quand vous étiez adolescent déjà, lors de vos cours de langues anciennes, vous rêviez de rencontrer les personnes qui avaient écrit tous ces textes que vous appreniez à déchiffrer. N'aviez-vous pas imaginé une machine qui permettait, en posant la main sur des pierres antiques, de visualiser un court instant les images du passé ? Une sorte de casque de réalité virtuelle avant l'heure ? Eh bien, dites-vous que ce jour est désormais arrivé. Vous êtes l'élu qui rapportera à la Contrée l'œuvre fondatrice de notre civilisation. Je vous envie, monsieur Dansen, d'avoir cette opportunité magique de rencontrer celle qui vous attend depuis vingt-six fois cent ans.

Dansen se fit resservir un peu de rooibos. Il souhaitait débarquer au plus tôt, trouver une cabine téléphonique, appeler Néna qui lui manquait tant, comme s'ils ne s'étaient pas vus depuis quinze jours. Il admettait que le départ de l'Albatros des quais de la Capitale lui semblait loin… si loin, comme si un siècle s'était écoulé depuis lors. Tout se bousculait dans sa tête : ce bateau de l'Antiquité qui avait défait une frégate militaire, les histoires déroutantes de Tchang, les vagues explications du Professeur Cato, le voyage éclair jusqu'à la Lagune en cigare volant, le restaurant hors du temps chez Brunello et toutes les anomalies qui avaient perturbé Dansen durant ses récents périples. Il commençait à douter de son état psychique. Il semblait perdre pied et, à force de ne pas se poser les bonnes questions, il se perdait en conjectures, se battant avec ses pensées comme un preux chevalier attaquant les ailes d'un moulin à vent. Sa tête se mit à tourner. Il chercha à se retenir à la table basse et s'évanouit en tombant la tête en avant contre le pavillon du gramophone, qui émit un son grave comme celui d'une cloche d'église avant de se désolidariser de la tête de lecture et de rouler sur le pont en un bruit assourdissant. Andiscot et Sonia, d'un bond, rattrapèrent Dansen et le remirent dans le fauteuil. Il essayait de reprendre ses esprits, mais ses yeux roulaient dans tous les sens, et les vertiges le firent défaillir à nouveau. Avec délicatesse, Sonia l'allongea sur le côté gauche et courut chercher les sels de pâmoison.

Quelques minutes plus tard, Dansen revint à lui dans les bras du majordome. Ce dernier lui caressait le front avec une éponge imbibée de carbonate d'ammonium.

Dansen mit quelques instants à se remémorer l'endroit où il se trouvait. Son esprit venait de s'aventurer dans la mémoire des temps, lorsque sur les bancs de l'école il traduisait les mots étranges des poètes anciens, à cet âge de l'adolescence où la féminité est idéalisée bien au-delà des épiques combats des virils héros. Il fallait aller à la découverte des sentiments de tendresse, des caresses qui effleurent subrepticement une main, d'un souffle de braise dans son cou, d'un murmure d'une voix sombre dans le creux de l'oreille. C'était le passage sacré de la puberté enjouée vers les souffrances de l'adolescence. Ces nuits moites à rêver de la rencontre absolue avec l'âme sœur, où la timidité rivalisait immanquablement avec l'effroi du mot qui transperçait le cœur mieux qu'une arbalète : Non ! L'horrible mot de trois lettres qui annihilait l'espoir, qui fauchait la main tendue et qui faisait avancer irrémédiablement vers la désillusion de l'âge adulte.

Les manœuvres pour l'accostage dans le port débutaient. Un marin vint annoncer au capitaine que l'équipage attendait ses instructions pour guider l'Albatros vers l'embarcadère. Andiscot s'excusa auprès de Dansen et l'invita à accompagner Sonia pour préparer ses bagages.

Dans sa cabine, Dansen remercia affectueusement Sonia pour son aide, jusqu'à ce que tous deux versent une larme de tristesse très vite effacée par un voile de pudeur. Sonia lui remit en guise de souvenir le disque des Sœurs de Cœur, et Dansen lui légua un exemplaire de son recueil de poèmes favoris, la *Fleur d'un jour*, celle qui se fane à la tombée de la nuit. Rapidement, le paquetage fut plié et emballé dans le sac de jute par les mains expertes de Sonia. Dansen le jeta sur son épaule et remonta sur le pont pour ne pas rater l'arrivée à Mytilène.

Un superbe soleil couchant inondait la baie de ses couleurs orangées. Des centaines de personnes étaient amassées sur le port pour accueillir l'Albatros. Il semblait que l'ensemble de la population de la région s'était donné rendez-vous pour fêter le retour du célèbre voilier. Un officiel à large casquette et porte-voix aida le capitaine à manœuvrer vers l'emplacement réservé pour le navire. Les gens se mirent à chanter et à danser le sirtaki. Le spectacle nocturne des marins avait probablement quelques connaisseurs sur la terre ferme. Le soir serait festif dans la ville. L'Albatros était enfin de retour.

Les amarres furent lancées et le bateau s'immobilisa, voilure en berne. Andiscot salua Dansen et lui souhaita bonne chance pour la suite de son aventure. Sonia lui rappela que le lendemain, très tôt le matin, il viendrait. Baluchon sur le dos, Dansen passa sur le ponton et fendit la foule à la recherche du Graal, une cabine téléphonique ! Le professeur Cato l'avait déjà averti qu'il n'existait sur les îles Égéennes plus aucune connexion moderne de type messagerie ou satellitaire. Les autorités avaient, un peu comme à la Contrée, banni toutes ces technologies considérées inutiles et chronophages. Les îles préféraient une population de danseurs de sirtaki aux zombies accrochés à leurs mini-écrans portables.

Dansen s'approcha d'un trio de vieillards assis sur un banc, cannes à la main, venus profiter des festivités. Il reconnut avec difficulté la langue utilisée. C'était de l'ancien grec, proche d'un patois éolien qu'il avait quelque peu étudié en son temps, mais c'était l'une des premières fois qu'il l'entendait déclamé de la sorte. Ce n'était plus un parler d'érudits, mais une version quasiment chantante de cette ancienne langue poétique. Leurs vocalises de vieillards avaient le goût du bon vin aromatisé au miel, gouleyant et rythmé. Sans s'essayer à chanter de la même manière, de peur de se ridiculiser avec une fausse note, il leur demanda où il pourrait trouver une cabine téléphonique. Tous trois se regardèrent avec circonspection, et ce fut le plus vieux des trois qui crut se souvenir que, derrière le port, à la gauche de l'ancien moulin à farine, il y en avait encore une. Il n'était pas sûr qu'elle fût toujours en état de marche. Sinon, il ne restait plus qu'à se rendre à la préfecture, au centre de l'île, où existait bel et bien un central téléphonique pour les relations avec le reste du monde. Dansen se demanda si la préposée au standard ne s'appelait pas Séraphine, comme par hasard. Qui ne tente rien n'a rien ; Dansen partit en direction du moulin, croisant les doigts pour un souffle de modernité.

Quelques minutes plus tard, il entra dans une cabine téléphonique de style anglo-saxon d'un rouge flamboyant, repeinte à neuf, rénovée comme si elle attendait sa visite.

— *Tedju*, un visiophone de dernière génération, s'esclaffa Dansen.

À Mytilène, au bout de la civilisation, il se retrouvait devant un visiophone dernier cri avec écran couleur et pixellisation astronomique en haute définition. Il tapota l'écran pour demander une conversation avec Néna et attendit quelques instants avant de voir apparaître la frimousse enjouée et surprise de son aimée.

— Dansen ?! Mais c'est incroyable ! Tu es bien arrivé dans les îles Égéennes ? Cela fait si longtemps. Je m'inquiétais. Allons, raconte-moi tout !

Néna en pleurait de bonheur. Elle embrassa furtivement l'écran.

— Non, toi, dis-moi. Comment vas-tu ?

— Je vais bien, ne t'en fais pas. Tu me manques… Les journées sont longues. De temps en temps, le professeur Cato m'a donné des nouvelles de votre avancée si lente sur la mer du Sud. Il m'a raconté que des pigeons venaient lui apporter des messages par courrier volant. Quel farceur, celui-là ! Par chance, j'ai beaucoup de travail, ce qui me permet de supporter le manque. Tu es si loin. Au fait, que je te raconte, j'ai commencé la relecture et la correction d'un roman qui parle de menhirs qui poussent dans un village. C'est complètement délirant. J'adore le monde que l'auteur a inventé. On se croirait un peu dans la Contrée que tu m'as si souvent décrite, chez tes parents. Et, à vrai dire, le style de l'écrivain est assez sympathique. Je n'ai pas trop de corrections à lui suggérer. Je te le ferai lire à ton retour. Reviens-moi vite.

Néna effaça une larme de son visage et alluma une cigarette. Dansen chercha dans sa poche, mais se souvint qu'il avait oublié son paquet dans sa chambre sur le bateau. Tant pis. Il n'osa demander à Néna depuis combien de temps il était parti de la Capitale, de peur de recevoir encore une réponse déconcertante. Il raconta son périple. Les longues journées qu'il n'avait pas vécues, passées à lire et à écouter de la musique sur son balcon face à la mer. C'est du moins ce qu'il supposait avoir fait pour meubler la quinzaine de jours qu'il venait de passer sur le navire. Il raconta en détail l'anecdote des albatros venus les saluer. Il omit de parler de la sombre frégate pour ne pas inquiéter inutilement Néna. Et puis, il fut temps de finir la visioconférence. Après cinquante-neuf minutes, une lumière rouge clignotait, annonçant la fin de la transmission. Dansen déposa un baiser sur l'écran qui grésilla et s'éteignit aussitôt.

Il sortit de la cabine téléphonique, ému d'avoir vu la charmante Néna. Son regard pénétrant l'avait à nouveau ensorcelé. Il adorait succomber à son charme félin. Elle l'accompagnait en pensées, et le ressentir au plus profond de son âme lui procura un excès de courage. Affronter l'étrange aventure qui l'attendait aux premières lueurs du lendemain devenait plus léger à ses yeux. Il se sentait ragaillardi, prêt à défier les tumultes du temps.

— Je me boirais bien une petite mousse, se dit-il, tout joyeux à l'idée de passer du temps sur la terre ferme, enfin délivré de la naupathie due au tangage.

Dansen revint sur le port, profitant de l'agréable soirée qui se profilait. En passant, il remercia les trois vieillards pour leur conseil avisé. Ces trois-là semblaient vissés au banc et ne devaient, à son avis, que rarement bouger de leur promontoire. Ils devaient épier tout ce qui se passait dans la ville et être de précieux informateurs. Il commanda quatre bières à la terrasse d'un café et demanda au serveur d'en apporter trois aux papys assoiffés. L'employé s'exécuta et revint en lui indiquant qu'ils le remerciaient grandement pour l'attention. Ce barman parlait également le dialecte éolien auquel Dansen commençait à s'habituer. Il appréciait cette langue, prétendue morte quinze fois cent ans plus tôt, chantée par ces habitants. Une douce mélopée qu'il n'aurait jamais rêvé entendre de vive voix par des locuteurs indigènes. Mieux que les pierres magiques, qu'adolescent il avait imaginées afin de revoir en réalité virtuelle les temps anciens. Il se sentait désormais imprégné d'une étrange émotion, celle d'être présent au beau milieu d'un monde oublié, dans lequel seules quelques bribes de modernité co-existaient en toute discrétion. La bière était bonne et bien fraîche. Elle venait sans conteste des meilleures brasseries des abbayes du Nord. Il était grand temps de se reposer.

Dansen se dirigea vers l'est, repassa devant le moulin afin de vérifier que la cabine téléphonique étincelante était toujours là, puis se rendit à l'hôtel où une chambre à son nom était bien réservée. Tout allait bien, aucune inquiétude.

Il s'écroula sur un magnifique lit à baldaquin, empoigna son baluchon comme s'il s'agissait de Néna et s'endormit aussitôt en rêves d'adolescence. Lemmy arriva sur scène dans un tonnerre de bruits de batterie et de guitares, et affirma qu'il allait botter le cul à l'ensemble des chevelus cloutés[36]. Au loin sur le port, le sirtaki battait son plein.

---

[36] Motörhead – Overkill

## LES FONTAINES DE LARMES

Un cocorico matinal réveilla Dansen à l'aube. Il se leva et ouvrit les volets pour admirer le superbe paysage qui se présentait à lui. À sa droite, le port prenait vie doucement après la nuit de fête, et devant lui la mer offrait son bleuté calme, annonciateur d'une belle journée. Un seul nuage blanc dans le ciel, telle une boule de coton, planait mollement dans les airs. La brise matinale apporta le parfum des fleurs environnantes dans la chambre. Rapidement, Dansen se doucha et, alors qu'il se séchait, on frappa à la porte. C'était Sonia.

Dansen se dit que le majordome avait le chic pour le retrouver à chaque fois dans son plus simple appareil.

— Voici comme promis vos habits pour le voyage, s'écria gaiement ce dernier.

Dansen jeta un coup d'œil à l'assemblage hétéroclite de tissus blancs avec liserés brodés au fil rouge que Sonia venait de déposer sur le lit. Il prit le parti d'en sourire. À première vue, on n'était pas dans le look jean-t-shirt-baskets.

— Alors, comme il va faire beau aujourd'hui mais que la nuit sera fraîche, je vous ai pris un perizoma, un chiton dorien et une chlamyde. Le perizoma et le chiton sont en lin, c'est plus agréable à porter. La chlamyde est en laine, cela vous tiendra plus chaud. J'ai récupéré quelques broches en or pour que vous soyez vêtu avec élégance. C'est un grand jour pour vous. Oh, mais dites donc ! Vous ne vous êtes pas rasé ? Mais enfin, que diable, il faut immédiatement remédier à cela.

Ni une ni deux, Sonia emmena Dansen vers la salle de bain et l'assit sur un tabouret. Dix minutes plus tard, il était tout frais rasé. Il s'en fallut de peu que ses jambes subissent une épilation intégrale dans la foulée, mais le temps pressait. Quel dommage, se dit le majordome.

Dansen passa ensuite à l'habillement. Les mains habiles de Sonia firent tournoyer les tissus autour de son corps, attachés et brochés selon les préceptes antiques afin d'être portés avec aisance et décontraction.

Des sandales, une ceinture ainsi qu'une lanière de cuir vinrent parfaire la tenue. Sonia recula de quelques pas, scruta le drapé de la tunique, revint positionner la ceinture en cuir au niveau de la taille et la lanière dans les cheveux. Après quelques hésitations, satisfait, il sourit et entraîna Dansen vers un miroir.

— Vous êtes à croquer, monsieur, si je puis me permettre.

Dansen, en se découvrant ainsi accoutré, trouva que sa tenue ressemblait plutôt à une robe courte avec couche-culotte intégrée. Il décida de faire bonne figure et remercia Sonia.

— Cela me semble très bien ! Bravo ! En tout cas, c'est très seyant. Je suppose que je vais me rendre à une sorte de bacchanale antique.

Le majordome le regarda, médusé. Dansen n'avait toujours rien compris. C'en était à se demander s'il le faisait exprès. Sonia décida d'abandonner et approuva.

— Oui, c'est cela. Dans le hall d'entrée de l'hôtel, un chauffeur vous attend. Il vous emmènera à destination. Et surtout, n'emportez rien avec vous. Rien de moderne, ni montre, ni lunettes, ni tout autre appareil de fabrication contemporaine. À partir de maintenant, vous pénétrez dans le monde d'il y a vingt-six fois cent ans. Il est donc grand temps pour moi de m'éclipser et de vous souhaiter bonne chance. Profitez bien ! Ce voyage est une aubaine inouïe. Je vous jalouse.

Dansen regretta de ne pas avoir pris son téléphone portable pour envoyer une photo de lui à Néna. Elle s'était déguisée en diva punkoïde à Praha ; lui, cette fois-ci, se retrouvait en mignonne en sandales. Avec un brin d'ironie, il songea qu'il aurait dû accepter l'épilation de ses jambes.

Dans le hall, il chercha où pouvait bien l'attendre son chauffeur. Un homme trapu et basané vint à sa rencontre. Il avait l'air d'un paysan du coin, avec une sorte de pull en laine jaunâtre, des braies de lin et un chapeau de paille qui devait avoir au moins dix ans. D'une voix très basse, il s'adressa à Dansen dans le dialecte éolien local et lui proposa de le suivre. Il ajouta que c'était un honneur pour lui de l'emmener à destination. Un peu hésitant et mal à l'aise, Dansen lui emboîta le pas. Il se demandait s'il ne provoquerait pas un scandale en sortant de l'hôtel dans cette tenue.

La lumière du soleil levant rasait l'esplanade du port d'une belle couleur jaune matinale. Sur le parvis des maisons environnantes, on s'affairait. Des femmes nettoyaient à grandes eaux le pas des portes. Des hommes rangeaient les bancs et les tables. Personne ne fit attention à l'accoutrement de Dansen, comme s'il était tout naturel. Il remarqua que quelques jeunes personnes portaient le même type d'habillement. Il ne s'en était pas aperçu la veille durant la fête, mais cela le réconforta. Son pas devint plus assuré.

Quand ils passèrent devant le banc des trois vieillards, qui semblaient ne pas avoir bougé depuis la veille au soir, celui du milieu arrêta le chauffeur et, en éolien chantant, lui annonça :

— On nous a informés qu'une grosse voiture sombre avait débarqué dans la nuit avec à son bord des gens étranges, tout de noir vêtus. Ils ont disparu au petit matin, se dirigeant en dehors de la ville.

Dansen s'étonna d'entendre une nouvelle si inquiétante déclamée en une mélodie quasiment joyeuse. Le chauffeur acquiesça et indiqua que cela ne poserait a priori pas de problème, mais qu'il serait vigilant. Il fit signe à Dansen de continuer à avancer. Ils parcoururent sur plusieurs centaines de mètres les ruelles ombragées de Mytilène, tournant tantôt à gauche, tantôt à droite, comme si le guide souhaitait distancer d'éventuels poursuivants. Tous deux, taiseux comme des briques, marchaient à un rythme soutenu. De temps en temps, le chauffeur indiquait à Dansen, d'un rapide geste de la main, une nouvelle direction. Dans l'arrière-cour d'une ville tournée entièrement vers l'activité portuaire, toutes les ruelles se ressemblaient. Dansen n'aurait su dire s'ils tournaient en rond dans la cité ou s'ils suivaient réellement un itinéraire précis. Le labyrinthe des venelles, bordées de part et d'autre d'habitations blanchies à la chaux, paraissait infini, plongé dans l'ombre d'un soleil matinal qui n'arrivait pas encore à surplomber les hauteurs des immeubles. Pas âme qui vive. Parfois, un chat noir s'échappait par une porte battante mal fermée. L'ambiance devenait pesante. Dansen hésita, arrêta le chauffeur et lui demanda en éolien :

— Il me semble que l'on tourne en rond, non ? Est-ce bien nécessaire, puisque personne ne nous suit ?

Le guide s'arrêta net, comme s'il venait d'être réveillé de son somnambulisme.

— Ah, mais oui ! Nous sommes arrivés depuis bien longtemps. Il fallait m'avertir !

Il tourna à droite, et les deux hommes se retrouvèrent dans un pâturage en friche où quelques chevaux crétois à robe claire broutaient l'herbe fraîche de la rosée matinale. Le chauffeur alla chercher l'un des destriers qu'il conduisit vers une carriole branlante aux roues pleines peintes en bleu. Cela n'étonna pas Dansen, qui ne s'attendait plus à monter dans un véhicule moderne depuis un bon brin de temps. Le voyage en voilier l'avait convaincu que l'on ne chercherait pas, cette fois-ci, à gagner du temps. Plutôt le contraire. Il regarda le chauffeur atteler le vieux cheval qu'il avait choisi et attendit d'être invité à prendre place. Le soleil commençait sa lourde ascension quotidienne et distillait ses rayons prometteurs d'une chaleur étouffante et d'une luminosité accablante pour la suite de la journée. Pas un nuage à l'horizon.

Le chauffeur alla chercher un panier de victuailles dans un cabanon au bord de la prairie, monta dans la carriole, posa le panier entre ses jambes et annonça le départ imminent. Dansa grimpa sur la banquette également. Derrière lui, dans le coffre, étaient disposés une dizaine de sacs de blé, un tonneau rempli, quelques draps grisonnants, un peu de fourrage ainsi qu'une faucille. Le chauffeur lui tendit un chapeau de paille tout aussi vétuste que celui qu'il avait sur la tête.

— Le soleil va taper fort, aujourd'hui !

— Je vous remercie, c'est très aimable à vous, répondit Dansen, en manipulant le chapeau entre ses doigts.

Il finit par le mettre sur sa tête. La charrette fut mise en branle par un léger claquement de langue du chauffeur. Le bois des roues crissa péniblement tandis que le cheval luttait pour s'extirper de la prairie et rejoindre un chemin de terre et de caillasse. L'équipage prit la direction de l'est, face au soleil aveuglant. Dansen regretta d'avoir oublié ses lunettes de soleil. Puis il se rappela les consignes strictes de Sonia qui l'obligeaient à éviter tout signe d'une quelconque modernité.

Comme si elle allait se désosser d'un moment à l'autre, la charrette cahotait sur le chemin. À gauche et à droite, des oliviers s'étendaient à perte de vue. À l'horizon, face à eux, une barrière de monticules dénudés attendait la venue de l'étrange équipage. Un cheval qui aurait déjà dû être à la retraite, un chauffeur taciturne et un touriste en jupette. La vue avait de quoi décontenancer toute personne qui les rencontrerait. Mais, il n'y avait pas âme qui vive aux alentours, pas même une bâtisse, une fermette ou une étable. Rien que les oliviers centenaires qui s'apprêtaient à se gorger de soleils pour une nouvelle journée de farniente, bercés par un doux vent. Les embruns apportaient encore en cette heure matinale un peu de fraîcheur iodée de la mer. Celle-ci devait être cachée à quelques kilomètres au sud ; la présence de plusieurs mouettes dans les airs la trahissait.

Le dos de Dansen commença à lui faire mal. Il n'y avait aucun amortisseur à cette carriole hors d'âge, ni aux roues ni sous la banquette en bois qui faisait office de siège pour les deux compères de voyage. Il se retourna et prit un morceau de tissu à l'arrière pour le mettre sous son séant afin d'atténuer un tant soit peu les chocs du chemin de cailloux sur ses lombaires. Sur le visage du chauffeur se dessina subrepticement un rictus de moquerie. Son hôte avait plus l'habitude des coussins que de la boiserie, pensa-t-il.

La route sinuait imperturbablement au travers des oliveraies. Le soleil commençait à plomber la campagne environnante de ses flèches lumineuses. Dansen n'y voyait plus rien. Les rayons du soleil, tels des dards multicolores s'attaquant à sa rétine, se jouaient de ses yeux, l'obligeant à fermer les paupières à travers lesquelles des points de lumières s'entrechoquaient et virevoltaient comme des bulles dans une coupe de champagne. Et ensuite, la chaleur. Toujours la chaleur. Cette satanée chaleur qui s'instillait dans son corps telle une mauvaise fièvre. Il suffoquait. Ses sensations s'évaporaient dans les effluves d'odeurs agricoles. Son esprit s'embrumait. Des insectes tournoyaient autour de son chapeau, comme attirés par une charogne.

Imperturbable, le cheval avançait tranquillement vers les monts de l'Est. Un rythme lent comme le chant des bagnards concassant les pierres sur les chemins menant au pénitencier[37]. Ce trajet, il l'avait fait des milliers de fois, du port de Mytilène au centre de l'île. C'était devenu sa seconde nature. Kilomètre après kilomètre, il gravissait le sentier pentu sans se préoccuper le moins du monde de la charge qu'il traînait derrière lui. En hiver sous les pluies glaciales ou en été sous la canicule, son quotidien était rythmé par cette longue route qu'il parcourait d'est en ouest et inversement chaque jour. Il était l'unique trait d'union qui transportait victuailles, outils et voyageurs perdus dans les méandres du temps, entre les siècles séparant le port de Mytilène et le village reculé au centre de l'île, là où coulaient les antiques fontaines de larmes.

Sous le regard amusé du taiseux, Dansen s'était écroulé, inconscient, à l'arrière de la carriole, entre les sacs de blé. L'astre solaire avait eu raison de lui et l'emportait désormais vers son destin. De l'autre côté, vingt-six fois cent ans en arrière.

Soudain, les oreilles du cheval se rabattirent vers l'arrière. Au loin, un bruit inhabituel semblait s'approcher. Une sorte de roulement mécanique vrombissant qui fit également tressaillir le chauffeur. Derrière l'attelage, un nuage de poussière s'élevait dans le chemin. Un engin avançait vers eux.

— Ah, par Zeus, les barbares ! cria le guide, réveillant ainsi Dansen en sursaut.

---

[37] James Iron Head Baker – Black Betty

Au milieu des sacs, ce dernier émergea, éberlué, se demandant où il était. Il aperçut le taciturne et revint à lui. Le cheval était parti au trot, inquiété par le curieux ronronnement qui s'approchait. Le chauffeur lançait des onomatopées gutturales pour diriger son destrier apeuré. Dansen vint se rasseoir sur la banquette en bois et scruta le visage de son compère.

— Que se passe-t-il ? demanda-t-il.

— Regardez par-derrière. Nous sommes suivis par les barbares.

Au loin, un énorme véhicule à quatre roues motrices et vitres fumées pétaradait sur le chemin cabossé.

— Oh ! Mon Dieu, ils vont nous rattraper ! Je suis certain que c'est l'équipe de Ronsard. Nous sommes perdus !

— Cela, ça m'étonnerait, rétorqua le chauffeur bougon qui venait de mettre à l'arrêt la carriole afin de mieux goûter au spectacle à venir. Je croyais qu'on vous avait expliqué.

Le vieux canasson lui-même parut intéressé par la scène qui allait se dérouler devant ses yeux. Il mâchonna quelques brindilles d'herbes, puis fixa le nuage de poussière au loin.

Plus l'engin motorisé approchait, plus il perdait en netteté. Dansen crut un moment que la poussière qu'il dégageait l'enveloppait d'une sorte de brouillard. Mais non, le véhicule lui-même semblait se disloquer au fur et à mesure de son avancée. Le bruit du moteur s'étira misérablement, comme s'il était émis par un enregistrement analogique écouté à la mauvaise vitesse… une vitesse qui se réduisait progressivement. Un quarante-cinq tours à la vitesse d'un trente-trois. Un peu comme par effet inverse du passage du mur du son, les sonorités du moteur s'allongeaient en un long râle de stupeur suspendue. L'engin n'était plus qu'à une cinquantaine de mètres, mais ses contours devenaient imprécis, phagocytés par la lumière, disparaissant peu à peu. À dix mètres d'eux, il ne subsistait plus du véhicule qu'un halo noir informe qui se réduisait telle une flaque aspirée par la chaleur ambiante. Un dernier cri de douleur fantasmagorique s'éleva dans les airs. Dansen crut distinguer les jurons de Ronsard qui s'évanouissaient dans le vent tourbillonnant. Et enfin, d'un coup, plus un bruit, plus un bruissement d'air. Le calme absolu régnait aux alentours. Après cet incident incompréhensible, ce véhicule qui venait de s'éteindre aussi vite qu'il était apparu, le mâchonnement bruyant du cheval s'invita comme un retour à la réalité.

Trois énergumènes effrayés et nus comme des vers réapparurent au loin et se mirent à courir vers Mytilène.

Dansen, abasourdi, se jura de ne jamais, mais alors au grand jamais, raconter ce qu'il venait de voir au professeur Cato et à ses confrères lettrés.

Quelques mouettes ricanèrent de leur voix rauque, rappelant aux deux hommes que la route était encore longue. La pause spectacle était finie. Il était grand temps de repartir, sous le soleil de plomb. Le chauffeur conseilla à Dansen de remettre son chapeau de paille.

— La dame que vous allez rencontrer serait déçue de vous voir rouge comme une tomate, avec un coup de soleil et un mal de tête. Nous nous reposerons un peu plus loin à l'ombre pour reprendre nos esprits. L'endroit par ici est instable ; vous avez pu le remarquer.

Entendre qu'en éolien l'insolation était aussi comparée à la tomate amusa Dansen. La comparaison avec le fruit rouge avait dignement traversé les siècles. Le stoïcisme du chauffeur le rassura. Quant au lieu instable où ils se trouvaient, il n'avait aucune objection à l'idée de s'en éloigner rapidement. Le paysage était somme toute a priori assez banal, de type carte postale, avec ses rangées d'oliviers et son chemin de terre baigné sous un soleil de plomb, mais il venait de prouver que des événements peu anodins pouvaient s'y produire. Le canasson reprit sa lente foulée en direction des contreforts des monts environnants.

Dansen se sentait ragaillardi. La menace avait disparu comme par enchantement. Une bonne étoile veillait apparemment sur lui. Une dame l'attendait, là, au loin dans les monts. L'épilogue de son aventure se dessinerait probablement dans les prochaines heures. Néna lui manquait et, ne serait-ce qu'au travers du visiophone de la cabine téléphonique enchantée de Mytilène, il avait hâte de la revoir.

Cahin-caha, l'étrange équipage avançait. Les oliveraies laissèrent place à des étendues de terre volcaniques noires d'où seuls émergeaient par-ci par-là des cactus aux allures squelettiques ainsi que quelques yuccas en fleurs. L'attelage s'engageait désormais dans une vallée désertique. L'absence d'humidité y était palpable. L'endroit ressemblait à une sorte de chaudron minéral dans lequel les quelques bribes de vie végétale se battaient pour leur survie à chaque lever du soleil. La sueur perlait sur le front de Dansen. Une pause serait la bienvenue.

— Je m'appelle Alcée, déclara soudainement le taiseux, comme pour briser la torpeur environnante. Nous allons bientôt nous arrêter pour nous sustenter.

Il indiqua au loin un bosquet sorti de nulle part vers lequel se dirigeait le cheval à grandes foulées.

— Mon nom est Dansen, enchanté. Un peu de fraîcheur et d'ombre nous feront le plus grand bien. Grand merci pour cela.

La carriole s'arrêta à l'orée du bosquet. Alcée défit le harnais du canasson qui partit aussitôt se réfugier à l'ombre. Une odeur agréable de sous-bois et d'humidité vint titiller les narines de Dansen. Alcée se saisit du panier de victuailles et de la faucille.

— Aidez-moi. Prenez un morceau de tissu ainsi que l'amphore cachée sous les sacs de blé. Il y a une source non loin d'ici. Nous y serons bien. C'est un endroit idéal pour manger et se reposer.

Dansen suivit Alcée à travers les fougères. Afin de dégager le passage, Alcée coupait de temps en temps quelques feuillages au moyen de sa faucille. Une véritable oasis de verdure survivait miraculeusement au milieu de ce désert de lave et de rocailles. Alcée et Dansen arrivèrent près d'un point d'eau et s'installèrent. Tout autour d'eux voletaient des papillons et des libellules, comme s'ils venaient souhaiter la bienvenue aux arrivants. L'endroit était idyllique. Une herbe drue et de la mousse tapissaient la minuscule clairière au milieu de laquelle se trouvait un étang de quelques mètres de diamètre. Le vieux cheval s'y abreuvait goulûment.

— Je ne comprends pas comment il peut apprécier cette eau, déclara Alcée. D'après la légende, elle a le goût des larmes de Sappho quand elle pleure les amours perdus de notre monde. Toutes les fontaines aux alentours ont ce même goût. Elle est tout à fait buvable, mais beaucoup préfèrent y ajouter du jus de fruits ou des herbes locales. Moi, je la consomme mélangée à des racines de réglisse et un peu d'alcool d'anis.

— Sappho ? s'estomaqua Dansen, oubliant la recette du pastis que venait de lui dévoiler Alcée.

— Eh bien, oui, la dame que vous allez rencontrer. Celle qui écrit tous les poèmes des chants de Mytilène, celle qui dirige l'école de jeunes filles vers laquelle nous faisons route, celle pour qui vous êtes venu ici. N'est-ce pas l'objectif de votre voyage ?

Alcée versa un peu du contenu de l'amphore dans un verre, en indiquant que le breuvage arrangé venait bien de cette source.

— Je vais rencontrer Sappho, la poétesse de la Grèce antique ? bégaya Dansen en avalant cul sec son pastis.

— Ouh là là, Dansen, comme vous y allez ! Elle n'est pas si antique que cela. Je dirais même qu'elle est très appétissante et drôlement agréable à regarder. J'ai moi-même été longuement amoureux d'elle, mais elle n'a jamais daigné accepter mes avances. Je lui ai pourtant écrit quelques poèmes, mais elle est restée insensible à mes mots. Pauvre de moi.

Dansen se sentit tout à coup pris de vertiges et se rendit compte qu'il allait rencontrer la fille de toutes les poésies dans son accoutrement ridicule. Il n'avait pas même un costume seyant pour se présenter à elle. Puis il se ravisa, se disant qu'elle devait avoir plus l'habitude de voir des hommes en jupes qu'en costume HB avec mocassins Djor. Durant tous ses périples passés, jamais l'image de la poétesse éolienne ne l'avait effleuré. Une sorte de voile d'amnésie s'était emparé de son esprit afin que celle-ci ne vienne s'affirmer à lui comme une évidence. Les poèmes de Sappho faisaient bien entendu partie de l'origine des écrits de la civilisation, mais l'œuvre qui était arrivée jusqu'aux temps présents était si parcellaire qu'on ne pouvait l'apprécier à sa juste valeur. Deux, trois poèmes incomplets, quelques bribes de textes et de nombreuses mentions de la part d'auteurs anciens qui vantaient son succès dans l'antiquité avaient créé la légende lesbienne, toutefois sans parvenir à en faire une artiste majeure digne des plus grands pères fondateurs des terres par-delà les nuages. Les neuf livres présumés de sa poésie faisaient partie du mythe des écrits les plus authentiques à tout jamais perdus à travers les âges. Se pouvait-il que les mots de la poétesse puissent revivre et venir enchanter le monde ? Dansen était perdu dans ces pensées qui venaient heurter toutes les vérités qu'il avait connues jusqu'alors. Il réalisa qu'il n'avait apporté avec lui aucun moyen d'enregistrer ou de colliger ce que pourrait lui raconter Sappho.

Et puis non, cela ne tenait pas. Dansen refusait d'accepter que Sappho puisse venir à lui ou que lui vienne à elle. Plus de vingt-six siècles les séparaient, et les couloirs du temps n'étaient-ils par réputés intraversables ? Quoique...

Alcée lui versa un second verre et l'invita à couper un peu de saucisson d'âne. Le panier de victuailles regorgeait de charcuterie odorante, légumes variés, fruits du soleil et pains pide fraîchement cuits. Le taiseux devenait volubile comme s'il avait attendu de se trouver dans cette oasis perdue pour divulguer des informations essentielles. Il parla à Dansen de la région qu'ils traversaient, des étendues d'oliveraies, des terres volcaniques et de l'aura particulière qui protégeait ces terres du tumulte du monde extérieur. L'incident avec le fameux véhicule noir l'avait bien fait rire. Par le passé, d'autres phénomènes semblables s'étaient déjà produits. Un jour, raconta-t-il, il avait voulu chasser le lapin dans les vergers qui étaient infestés de familles entières gambadant paisiblement à l'ombre des oliviers. Mal lui en avait pris. La carabine et les cartouches qu'il avait apportées de Mytilène s'étaient volatilisées sous ses yeux pour ne jamais réapparaître. Tout signe d'une quelconque modernité se retrouvait comme bloqué aux portes de cette région. Combien de fois n'avait-il pas, en traversant cet endroit, perdu les lunettes qu'il avait oubliées sur son nez. C'est pour cette raison qu'Alcée adorait cette contrée. Il se sentait chez lui, ici, avec sa charrette et son cheval. Par manque d'intérêt pour ces plaines arides, les habitants de Mytilène évitaient d'y venir. Ils préféraient les activités portuaires et la mer bleu turquoise que leur offraient les bras d'Aphrodite. À l'intérieur des terres, les olives étaient cueillies par les occupants des villages reculés au centre de l'île. Alcée et quelques autres charretiers se chargeaient d'apporter les récoltes vers les entrepôts de Mytilène, d'où elles étaient ensuite exportées par-delà les océans. En retour, les villageois recevaient des sacs de blés et des bourriques de légumes divers. Les échanges se limitaient à ces quelques allées et venues. Les villages vivaient en autarcie, et Mytilène les ignorait. Ces interactions très limitées avaient poussé Cronos lui-même à créer une faille entre les deux mondes : d'un côté, en bord de mer, on courait au pas de la modernité, et de l'autre, dans les terres, on laissait le temps s'allonger à tel point que celui-ci formait une boucle intemporelle à la manière d'un escargot endormi.

Dansen admit que le raisonnement d'Alcée tenait la route et évoqua la Contrée où vivaient ses parents. Le temps s'y écoulait également à une vitesse bien différente. Le sourd tic-tac des horloges à balancier y était plus lent que l'affreuse mitraillette des minuteries verdâtres située en bas à droite des écrans d'ordinateur à la Capitale.

— À chaque fois que l'on observe son écran, indiqua Dansen, trois ou quatre minutes sont passées sans crier gare, alors qu'à la Contrée on peut tranquillement boire son infusion au rooibos, bercé par le lent mouvement d'un balancier, sans avoir l'impression de perdre un temps précieux.

Le vieux cheval s'ébroua, rappelant aux deux personnes assises sur une couverture et devisant au sujet de la nature du temps qu'il était peut-être l'heure de reprendre la route.

Obéissants aux injonctions du cheval, Alcée et Dansen débarrassèrent le pique-nique et remontèrent dans la carriole qui les attendait sous un soleil de plomb. Finies l'humidité rafraîchissante et l'ombre protectrice. Le banc de bois était rouge brûlant, et la jupe de Dansen ne protégea pas son postérieur. En hurlant comme un cochon que l'on venait de marquer au fer rouge, il fit un bond de cinquante centimètres. Hilare, Alcée ouvrit le tonneau à l'arrière de la carriole et versa de l'eau sur la banquette pour la refroidir. On pouvait enfin reprendre le chemin vers les hauteurs.

Pendant trois heures encore, le curieux équipage sillonna la région à travers les caillasses et les cactus. Tout était désolation aux environs, sans âme qui vive. Le pastis ingurgité par Dansen lui donna une soudaine envie de dormir et, sans demander la permission à Alcée, il bascula à nouveau à l'arrière entre les sacs de blé. L'air était étouffant et sec. Il se sentait enfermé dans un énorme four à thermostat 7. Décidément, avec ce voyage, il était peu probable qu'il arrive en pleine forme à son rendez-vous avec la poétesse. En position fœtale parmi les sacs, il s'endormit.

Alcée guidait le cheval vers sa destination au loin, un village reculé dans les hauteurs où rendez-vous avait été pris quelques années plus tôt. Ce jour-là, un pigeon voyageur s'était posé près de la fontaine sur la place centrale. Il portait un message rédigé en éolien assez approximatif, indiquant qu'un étranger viendrait dans quelque temps pour rencontrer la poétesse et faire vivre son œuvre par-delà les siècles. Un enfant avait récupéré le message et l'avait apporté au sage du village. Ce dernier avait mandé Alcée pour le transmettre à Sappho, afin qu'elle se prépare à ce rendez-vous.

Ainsi, durant ces quelques dernières années, Alcée avait vu Sappho collecter tous ses écrits éparpillés dans son école et les recopier sur des rouleaux de papyrus. À titre exceptionnel, Alcée avait fait venir d'Égypte un grand nombre de feuilles de papyrus de la meilleure qualité qui soit, et les lui avait fournies. Sappho, assidue, avait travaillé avec acharnement, s'était par moment épuisée à la tâche, à tel point que ses élèves s'en étaient inquiétées et en avaient informé Alcée. Cela avait été pour lui un soulagement d'apprendre l'arrivée du navire Albatros et la présence d'un seul étranger à bord. Il avait aussitôt compris que les tourments de sa vénérée Sappho prendraient bientôt fin, et qu'il lui revenait d'accompagner l'inconnu jusqu'à elle.

La carriole arriva à la porte du village.

— Dansen, il est temps de vous réveiller.

Dansen ouvrit un œil. Il venait de rêver qu'il était dans les bras de Néna. Bougon, il se releva et rejoignit Alcée à l'avant, en prenant garde de bien recouvrir le bois peint de la banquette avec un morceau de couverture. La carriole traversa le bourg jusqu'à son centre. Une magnifique fontaine de marbre digne d'une œuvre de Michel-Ange trônait au milieu de la place de ce village. Dansen fut ébloui par la magnificence de l'édifice. Seule la fontaine de Trevi pouvait rivaliser avec l'ouvrage qui se trouvait devant lui. Une nuée de personnages exclusivement féminins étaient représentés au centre du bassin circulaire. Celui-ci mesurait au moins trente mètres de diamètre. On y distinguait des amazones, arc au poing, chevauchant des juments au galop, des muses jouant de la lyre, du tambourin, de la flûte, des nymphes aux positions sensuelles qui goûtaient aux plaisirs lesbiens, des déesses assises sur des trônes… Même les trois gorgones faisaient partie du tableau. Des biches, des palmiers, des arbustes en fleurs complétaient cette représentation majestueuse qui s'offrait au regard de Dansen et qui ne demandait qu'à revenir à la vie. Tout était mouvement dans cette œuvre comme si, au moindre claquement de doigts, tout ce beau monde allait s'extirper de la fontaine. Tout autour, les bâtisses faisaient pâle figure par rapport à ce chef-d'œuvre sculptural. Le village était composé de maisons basses toutes semblables, aux murs blanchis à la chaux et aux fenêtres ornées de volets peints en un bleu soutenu. Il semblait abandonné, sans âme qui vive. Un vent virevoltant balayait nonchalamment les feuilles mortes entassées dans les recoins de la place.

— Je crois qu'il serait bien de se rafraîchir, qu'en pensez-vous ? J'ai apporté quelques onguents pour nous en parfumer ensuite.

Sans attendre la réponse de Dansen, Alcée se déshabilla et, nu comme un ver, grimpa dans la fontaine. Dansen jeta un coup d'œil aux alentours afin de vérifier qu'aucune fenêtre ne s'ouvrait, et commença à se déshabiller. Il se demanda comment il allait pouvoir remettre son accoutrement ensuite, mais la chaleur était si insupportable qu'un bain lui semblait la meilleure des idées. Tous deux pataugèrent dans l'eau froide. Dansen se frotta le visage et en nota le goût légèrement amer et salé. De la fontaine coulaient des larmes, il en était désormais convaincu.

Alcée l'invita à sortir de l'eau et frictionna le corps de Dansen avec une crème grasse. Un fort parfum de citron et de menthe émanait du baume. Curieusement, malgré l'aspect rustre du corps d'Alcée, ses mains étaient douces et agiles. Dansen se sentait ragaillardi. Alcée lui présenta le pot de crème, attendant son tour. Dansen s'exécuta. Il éviterait de raconter l'anecdote au professeur Cato et à sa bonne Juliette, histoire de ne pas supporter leurs quolibets jusqu'à la fin des temps.

Avec une aisance déconcertante, Alcée l'aida ensuite à remettre ses habits. Dansen n'eut quant à lui pas besoin d'aider son guide à se rhabiller.

— Vous êtes beau comme un dieu, parfait ainsi pour accueillir la poétesse. Elle ne devrait pas tarder.

Le soleil commençait à décliner. Les ombres des personnages de la fontaine, en s'allongeant, formaient un ballet féérique sur les dalles de la place du village. Pensif, Dansen s'assit sur le rebord du bassin. Il ressentait en son for intérieur que l'ultime étape de son périple allait bientôt se jouer. L'air un peu dépité et avec un soupçon de jalousie, Alcée lui annonça qu'il l'abandonnait pour aller s'occuper de son cheval et de sa cargaison de blé, mais que bien entendu ils se reverraient très prochainement. Une à une, les fenêtres des maisonnettes alentour s'ouvrirent pour laisser à nouveau passer un brin d'air à l'intérieur. Des visages apparurent dans l'entrebâillement des portes. Une sourde attente s'installa autour de la fontaine. Le vent, qui quelques instants auparavant jouait encore avec les feuilles, se tut. Des regards furtifs venaient aux nouvelles. L'étranger était enfin là pour rencontrer la fille de poésie. D'après les dires des anciens, il venait pour accorder une renommée universelle à celle qui, depuis sa tendre jeunesse, avait enchanté par ses mots les villages environnants.

Au moment où le soleil toucha l'horizon au bout de la rue par laquelle étaient arrivés Alcée et Dansen, une silhouette apparut, dos au soleil. La luminosité aveugla Dansen, et il ne put la distinguer correctement. Son cœur s'emballa. Il se leva, se trouvant si ridicule et si faible, accoutré de la sorte. Dans le halo rougeoyant qui l'entourait, la silhouette avançait vers lui à petits pas. Le moment semblait choisi à la perfection pour rendre cette rencontre encore plus mystérieuse, plus improbable, entre l'étranger venu d'un endroit qui n'existait pas et la poétesse qui traversait le temps à la poursuite de l'éternité. Tout était nimbé de la lumière du soir, comme si le village entier allait s'embraser en un feu d'artifice. Des rayons lumineux se cognaient au marbre des statues et se réfractaient en minuscules faisceaux multicolores tout autour des demeures environnantes. La féérie était unique, parfaitement orchestrée par l'astre solaire qui suspendit encore pendant quelques instants son plongeon derrière l'horizon. La poétesse arriva sur la place. Elle était habillée d'une robe en lin blanche qui descendait jusqu'à ses chevilles. Une cordelette entourait ses hanches. Ses bras fins étaient nus, et elle portait aux poignets de lourds bracelets en métal forgé sur lesquels se reflétaient les traits lumineux renvoyés par le marbre. Elle s'arrêta, hésitante, laissant le soin à Dansen de s'habituer à sa présence. Une jeune femme au courbes fines se tenait à dix mètres de lui, comme si elle attendait la permission de s'approcher. Dansen ne pouvait encore distinguer ses traits. Elle avait de longs cheveux noirs, attachés sur le haut du crâne par un ruban et qui retombaient en bataille devant son visage. Dansen ouvrit ses mains pour l'inviter à venir à lui et, dans un éolien bégayant, commença par se présenter.

— Je suis Dansen et je viens de la Capitale, enfin… non, mais oui, je veux dire… d'une grande ville au-delà des mers.

— Je sais qui tu es, Dansen, mais tu ne sais pas encore qui je suis, répondit-elle lentement, dans son dialecte, d'une voix grave et mélodieuse tel un son magique tout droit sorti des profondeurs de la terre.

Elle avança de quelques pas et écarta les cheveux qui cachaient son visage. Néna ! Devant Dansen se tenait Néna ! Ses jambes le lâchèrent aussitôt, et il ne parvint qu'à s'agripper maladroitement au rebord de la fontaine. Le soleil le poignarda instantanément de ses dernières lueurs en plein cœur. Le souffle court, il accrocha son regard aux yeux verts de la poétesse avant de se retrouver à genoux. À ce moment-là, elle empoigna sa main pour l'empêcher de finir face contre terre et l'aida à se relever. Éberlué comme un hibou frappé par la foudre, il parvint à s'asseoir.

— Je suis Sappho, fille de Scamandrônymos et de Cleïs, et je te souhaite la bienvenue dans notre village.

Du plus ravissant sourire qui puisse exister sur terre, Sappho lui sourit et prit à nouveau la main de Dansen. Son toucher était identique à celui de Néna, la même façon douce comme la soie de prendre la main, comme si ses doigts glissaient sur la peau de Dansen pour se fondre dans sa paume. Elle l'invita à la suivre. Dansen se mit à marcher tel un somnambule à ses côtés. Tout s'entrechoquait dans son esprit. Les lumières scintillantes tout autour de lui agressaient ses yeux. Une poétesse aux cheveux noirs comme du crin, qui avait le même visage, la même voix, le même regard que son aimée restée à des milliers de kilomètres, et qui parlait parfaitement un dialecte éolien disparu depuis des millénaires, l'emmenait en promenade au bout du monde. Il se dit que tout cela avait quand même de quoi décontenancer le meilleur des aventuriers, et il ne se sentait toujours pas l'âme d'un héros de cinéma.

Sappho, quant à elle, semblait profiter pleinement de l'instant. Elle lui tenait fermement la main et lui indiqua qu'elle le conduisait hors du village, chez elle. Dansen se rappela que, selon les anciens textes, la poétesse officiait dans une école pour éduquer les jeunes filles de bonne famille. Il fit le lien avec l'histoire de Néna au Manoir de Samois et sa mystérieuse amie Marguerite-Isabelle. Tout cela accentua encore sa confusion.

À l'inverse, l'aisance de Sappho en cette soirée si particulière était surprenante. C'est elle qui avait orchestré à la perfection son arrivée en compagnie de l'astre solaire auprès de la fontaine de larmes, c'est elle encore qui guidait Dansen vers son destin, c'est elle qui permettrait en ce jour de dévoiler au monde entier son œuvre prétendument perdue à tout jamais. En muse bénie des dieux, Sappho menait la danse. Dame Simone, en la voyant ainsi, aurait frémi de bonheur.

Après le déclin du soleil, le ciel s'étoilait désormais de mille constellations. « Une luminosité prodigieuse comme il n'en existait plus dans les grandes cités », se dit Dansen en levant la tête.

— Nos amies scintillantes éclaireront la route jusque chez moi.

— C'est un ciel magnifique, Néna, enfin... euh, Sappho ! Il y a bien longtemps que je n'en avais vu un aussi beau.

Tout en marchant main dans la main avec Sappho, Dansen se souvint des quelques voyages nocturnes qu'il avait faits avec son père, dans l'engin volant que celui-ci avait construit. Ils s'étaient tous deux laissés emporter par les vents en admirant les astres. Kay lui avait appris à naviguer en tenant compte des constellations, des planètes et de la position de la lune. « Dommage d'avoir quasiment tout oublié de cet enseignement si précieux, mais si inutile à la Capitale avec son toit de nuages gris », songea-t-il. Il se retourna vers Sappho. Elle avait tout de Néna dans sa démarche féline, sa façon de sourire en marchant, les yeux grand ouverts comme si tout l'ébahissait. Sappho avait la gratitude de celles qui remercient à tout moment le don de Mère Nature. La beauté du monde se reflétait sur son visage.

Dans les environs obscurs, plus aucun oiseau ne chantait. Tout plumage était parti se reposer dans les maigres arbustes environnants. À la recherche de leur pitance, quelques chauves-souris en éveil voletaient à leur tour en zigzaguant dans les airs. Le silence régnait. Seules les sandales de Dansen bruissaient sur le sol. Sans aucun bruit, les pas de Sappho évoluaient comme sur un léger coussin d'air. Ils marchèrent ainsi durant un long moment, sur un chemin de terre qui les emmena vers la côte. Dansen sentit qu'ils se rapprochaient des embruns de la mer au parfum iodé. La fraîcheur commençait à se faire ressentir. Il grelotta. Sappho le prit par la taille, posant sa tête sur son épaule comme le faisait Néna quand ils déambulaient dans les rues parisiennes. Il n'osait parler de peur de rompre le charme de cette soirée, et pourtant, des dizaines de questions se bousculaient dans son cerveau. Tout était réel, mais il n'arrivait pas à se persuader d'être dans le moment présent. « Et puis, se disait-il, ne suis-je pas censé me trouver dans le passé ? » Il décida de remettre ses pensées confuses à plus tard et de goûter l'instant présent. Carpe diem.

Tout à coup, prise d'émotion, Sappho s'arrêta, plongea son regard de braise dans celui de Dansen et l'embrassa. Passionnément. Avec la fougue de celle qui a attendu cette rencontre depuis trop longtemps. Dansen ressentit le souffle de sa chaleur l'envahir. Il accepta le baiser et l'enlaça à son tour, perdu dans ce surplus d'émotions. Autour d'eux, les étoiles jouaient leur symphonie de scintillements grandioses, comme le grand jeu des perles de verre. Égarés dans les méandres du temps, Dansen et Sappho reprirent leur chemin, main dans la main, et se rapprochèrent d'un hameau éclairé de plusieurs braseros en extérieur. Des ombres humaines semblaient les attendre. Le feu projetait leurs images agrandies sur les murs des maisons, comme des ombres de personnages féériques en deux dimensions. Sappho annonça qu'ils arrivaient enfin à son école, et que les étudiantes seraient ravies de le saluer. Dansen distingua une vingtaine de jeunes filles toutes habillées de la même toge blanche en lin que celle que portait Sappho. Certaines étaient blondes comme les filles des pays du Grand Nord ; d'autres, originaires des îles environnantes, étaient brunes au teint mat ; deux trois venaient de l'Orient, une autre encore des plaines désertiques du Sud. Tout n'était que féminité dans les regards. Souriantes comme si un prince était venu leur rendre visite, elles s'avancèrent une à une vers lui et lui firent une révérence en se présentant. Sappho invita ensuite toute l'assemblée à s'approcher d'une grande table en bois sur laquelle étaient disposées des victuailles et des amphores. Elle proposa une coupe de vin frais aromatisé à Dansen. Des morceaux de poivrons, de concombres, et d'autres divers légumes avaient été caramélisés sur le brasero. Du pain, de la viande séchée, des olives, du raisin agrémentaient la table. Un gai brouhaha animait les jeunes filles ravies de cette rencontre tant attendue avec l'élu. Toutes parlaient l'éolien, mais Dansen distingua quelques accents étrangers plus rudes et moins chantants. Il demanda à certaines des demoiselles leurs origines, mais n'obtint pour réponse que d'anciens royaumes oubliés – comme le Napata, l'Urartu ou la Scythie – effacés depuis longtemps des livres d'histoire. Les discussions allaient bon train. Toutes souhaitaient savoir comment était la vie dans le monde de Dansen. Afin de ne pas les terrifier, il évita soigneusement de leur décrire les évolutions technologiques monstrueuses qu'avait connues l'humanité depuis plus de deux mille ans. Voler près des nuages dans des boîtes métalliques… plonger au fond de la mer dans des cages aveugles… rouler à une vitesse plus rapide que la parole… ne pouvaient constituer des exemples positifs de la formidable destinée des peuples. Il leur décrit les découvertes les moins choquantes, comme la possibilité d'enregistrer la musique sur des plaques et de la réécouter ensuite alors que les musiciens dorment, ou encore le fameux régulateur émotionnel, remède contre les affres de la mélancolie, que le meilleur ami de son père avait inventé et conçu. Sappho le toisait tendrement, ne croyant pas un traître mot de son conte de fées. Elle savait pertinemment que les guerres ne s'arrêteraient pas, qu'elles deviendraient encore plus brutales et mortifères, que la méchanceté humaine mépriserait les beautés de la nature. Tout cela, elle le ressentait, l'écrivait, et parfois, dans la tristesse d'une nuit d'hiver, le chantait, accompagnée de son barbiton. Les yeux bleu clair de Dansen ne la trompaient pas. Ils lui renvoyaient les peines et les souffrances d'un monde en perdition. Sa venue ici, chez elle, n'était qu'un ultime espoir de rendre un soupçon de beauté à un monde fondamentalement brutal et ignoble.

Sappho avait déjà pleuré les larmes de la barbarie et de l'aveuglement des tyrans. Elle savait que les fontaines de larmes n'étaient pas près de se tarir. Plus tard, un certain Platon ne ferait que rêver, en souvenir de la poétesse, d'un amour faisant de deux êtres une seule et unique identité. Son texte s'oublierait lui aussi dans les recoins des vieilles bibliothèques poussiéreuses.

Sappho s'approcha de son hôte et remplit sa coupe de vin. Elle l'invita à la suivre à l'écart des filles. Au creux de la nuit, ces dernières commencèrent à chanter des odes aux divinités. Tambourins, lyres et flûtes accompagnaient les voix virginales. Harmonie du soir, écrirait plus tard le grand Charles. Accompagné des sonorités de la langue éolienne chantée, Dansen suivit Sappho vers un promontoire où était installé une sorte d'immense lit à baldaquin à l'apparence d'un salon d'été rempli de coussins multicolores. De longues toiles drapées accrochées aux armatures, comme les voiles d'un bateau ivre, devaient faire office de protection contre les insectes, tandis que des cierges odorants à la cire d'abeille illuminaient l'endroit. Sappho monta sur le matelas et tendit sa main pour que Dansen la rejoigne. Elle attrapa un coffre caché parmi les coussins et en retira précieusement un rouleau de papyrus. Dansen comprit qu'enfin le moment tant espéré était venu. Sappho, émue, acquiesça d'un mouvement de paupière.

Elle se mit à lire, intimidée, tout doucement, très lentement, de sa voix la plus grave qui soit :

*Αν από όλα τα γραπτά μου μείνει μόνο ένα,*
*Ανεβαίνοντας στην πρόκληση της επιβίωσης των χρόνων,*
*Να θριαμβεύσω πάνω στη λήθη, αρνούμενος να τα*
*παρατήσω...*
*Και να πεθάνω θαμμένος στη σκιά του παρελθόντος...*


*Si de tous mes écrits un seul devait rester,*
*Relevant le défi de survivre aux années,*
*Triomphant de l'oubli, refusant d'abdiquer*
*Et de mourir enfoui dans l'ombre du passé...*


La nuit s'écoulait inexorablement. Sappho lisait, déclamait, pleurait, chantait et riait, parfois s'arrêtait quelques instants pour fixer le regard de son invité. Elle parcourut ainsi les neuf livres qu'elle avait collectés durant ces dernières années, depuis le mystérieux message qu'elle avait reçu. De temps en temps, elle versait un peu de vin dans les coupes, puis continuait à lire à voix haute, comme si ses mots avaient pris possession d'elle. Tout ce qui était à l'origine des écrits de la civilisation humaine se retrouvait condensé dans ses textes. L'amour, tout d'abord, mais également la haine, la jalousie, la tristesse, la joie, les peurs et les colères, mais aussi et encore la beauté et la laideur, l'espoir et la déception, la violence et la sérénité, et toujours, à tout jamais, le bonheur et le malheur.

*Από εκείνη την ημέρα είμαι ένας καταδικασμένος*
*σκλάβος,*
*Δεν μπορώ πλέον να ζήσω χωρίς αυτές τις σπίθες,*
*Μακριά από τις οποίες, σιγά-σιγά, νιώθω τον εαυτό μου*
*να φθίνει.*

*Je suis depuis ce jour l'esclave condamnée,*
*À ne pouvoir plus vivre sans ces étincelles,*
*Loin desquelles, peu à peu, je me sens décliner.*

Les questions divines se mélangeaient aux jugements politiques. Toute la société antique et moderne se retrouvait décrite dans les mots de Sappho, dans cette langue secrète et pourtant si chantante qu'une simple écoute attentive semblait rendre accessible à qui souhaitait lui ouvrir son cœur.

*Εκεί πέρα, το κόκκινο και το μαύρο αίμα του θανάτου,*
*Τόσα πολλά πεπρωμένα διαλύθηκαν χωρίς ίχνος τύψεων.*
*Εδώ ο γαλάζιος ουρανός, μερικά λευκά σύννεφα,*
*Η πρώτη πτήση των νεαρών γλάρων.*

*Là-bas le rouge sang et le noir de la mort,*
*Tant de destins brisés sans l'ombre d'un remords.*
*Ici le bleu du ciel, quelques nuages blancs,*
*Le tout premier envol de jeunes goélands.*

Désormais, rien n'allait plus mourir dans l'ombre du passé. Les mots de la fille de poésie vivraient éternellement, triomphant de l'oubli. Dansen était subjugué par ce qu'il entendait, comme si, des entrailles de la terre, le chant des origines du monde était venu s'offrir à lui. Une onde de bien-être, entremêlée de mélancolie, vacillait au plus profond de son âme. Il se leva et se mit à danser, perdu dans les limbes de la poésie éternelle. Au loin, les tambourins, flûtes et lyres rythmaient les mélopées de Sappho.

Fatiguée et à bout de souffle, Sappho se tut en enroulant enfin le dernier papyrus. Elle rangea l'ensemble des rouleaux dans le coffre qu'elle offrit à Dansen.

— Il est à vous, maintenant. Vous êtes ici pour cette raison. À vous de l'emporter dans votre monde. Que le destin s'accomplisse.

Sappho cligna des yeux et ajouta qu'il était temps de se reposer. Elle tapota un coussin pour faire comprendre à Dansen qu'il devait venir s'allonger à ses côtés. Elle se blottit tout contre lui et pleura doucement avant de s'endormir à l'abri, dans ses bras. Les bougies s'éteignirent et laissèrent l'obscurité se poser sur les enfants des textes anciens. Avant de rejoindre Sappho dans le monde des rêves, Dansen sentit encore les jeunes filles venir s'installer sur les coussins pour pouvoir toutes ensemble dormir auprès de leur muse et de son hôte.

Trois heures plus tard, les premiers rayons vinrent caresser les toiles du baldaquin. Dans le ciel, un goéland émit un cri rauque pour signifier l'heure du réveil aux jeunes filles étendues. Trois d'entre elles se levèrent en se frottant les yeux et se dirigèrent vers les habitations situées à une petite centaine de mètres du promontoire où tous avaient passé la nuit.

Au milieu d'un enchevêtrement de corps féminins sagement endormis, Dansen leva la tête à son tour. Alors que la veille au soir, tout avait été d'un silence total, il entendait désormais la mer agitée qui cognait les falaises environnantes. Le temps était changeant. De gros nuages annonciateurs de pluie apparaissaient à l'horizon. Il se leva avec précaution, essayant de ne pas réveiller Sappho et ses compagnes. Il se retourna une dernière fois afin d'imprimer dans son cœur l'image virginale de toutes ces jeunes filles blotties les unes contre les autres autour de leur muse. Puis, l'air morose, il alla se rafraîchir à une fontaine au coin d'une habitation. L'eau avait toujours le goût si particulier des larmes. Les trois jeunes filles préparaient le petit déjeuner. L'une trayait une chèvre, l'autre déposait une miche de pain dans un four et la troisième débarrassait les restes de légumes grillés de la veille. Elles surveillaient Dansen du coin de l'œil, n'osant lui adresser la parole de peur de la réponse qu'il leur donnerait. Oui, l'étranger repartirait avec les écrits de leur muse. Il l'abandonnerait seule à son destin de poétesse de légende, elle qui devrait bientôt s'exiler vers l'île de Sicile, bannie par des envieux. Les jeunes filles s'affairaient en silence, tristes et heureuses à la fois, ravies d'avoir rencontré le prince d'un autre monde qui rendrait leur poétesse immortelle, et désolées de la brièveté de cet instant qui les avait sorties de leur quotidien monotone. Elles aimaient toutes l'apprentissage dispensé par Sappho, les idées qu'elle leur inculquait et les principes qui régiraient plus tard leur vie. Toutes savaient pourtant que seuls le mariage et les charges familiales étaient leurs destinées. Aucun autre avenir ne se présenterait à elle. Pas encore. Les quelques mois passés à l'école de Sappho resteraient toute leur vie gravés dans leurs esprits, comme un intermède de liberté, de gentillesse et de sérénité, avant de retrouver le véritable chemin de la vie semé d'embûches, de tiraillements et de médisances pour les plus chanceuses d'entre elles ; de peurs, de violences et d'afflictions pour les autres. Il faudrait encore de nombreux millénaires avant que le monde ne soit régi par les filles de poésie, enfin débarrassé de tout rapport de force entre les êtres. Dame Simone et le manoir de Samois ne seraient que les premières pierres d'un édifice monumental dont les fondations avaient été scellées par Sappho. Et ces fondations, Dansen avait pour mission de les faire connaître au monde entier.

Sappho, le visage sombre, vint à sa rencontre. Elle déposa un baiser sur sa joue et lui fit un sourire plus triste que les larmes des fontaines environnantes. Elle savait que pour elle, l'heure serait aux adieux, et ce pour une période de vingt-six fois cent ans, une éternité durant laquelle même son nom tomberait dans l'oubli, effacé par les préceptes vaniteux d'ecclésiastiques mâles apeurés par ses mots. Plus tard viendrait le temps de la recherche de ses écrits par une association de passionnés, puis de leur découverte pour enfin, un jour lointain, refermer le cercle et offrir au monde la véritable musique de ses mots. Son message suivrait ensuite son propre destin, et permettrait de réagencer les sociétés humaines vers un modèle plus respectueux de Mère Nature.

Un vent glacial se mit à dévaler les hauteurs situées au nord de l'école. Les élèves encore endormies sous le baldaquin se levèrent rapidement et vinrent se réfugier dans une salle où un feu venait d'être allumé. Des étoles en laine furent distribuées pour se protéger de la rapide baisse de température. Dansen ne regretta pas la chlamyde que lui avait confiée Sonia. L'odeur du bon pain frais, tout juste sorti du four, embauma la pièce. Tout le monde vint s'asseoir près de l'âtre où quelques bûches supplémentaires venaient d'être jetées. On distribua le pain et on fit passer l'amphore de lait. Chacun but une gorgée du lait encore tiède. Il avait un arrière-goût de boutons de rose. Les chèvres devaient probablement se nourrir des bourgeons de rosiers qu'ils trouvaient dans les parages. Au-dehors, les volets claquèrent, le vent gagnait en force et les nuages s'amoncelèrent. Dansen se souvint qu'il avait oublié le coffre contenant les rouleaux de papyrus près du baldaquin. Il sortit à toute vitesse. Les éléments se déchaînaient comme s'ils souhaitaient punir Dansen pour son oubli. Les voilages du baldaquin se déchiraient. Dans les airs, une nuée de goélands profitait des courants d'air nordiques pour s'apprêter à aller s'alimenter en pleine mer. La houle claquait de plus en plus fort contre les falaises. Les premières gouttes de pluie s'abattaient sur le sol sec avec fracas lorsque Dansen attrapa le coffre enfoui sous quelques coussins. Il se sentit coupable d'avoir été négligent et se dépêcha d'aller le mettre à l'abri.

À son retour dans la salle où se restauraient les jeunes femmes, tous les regards se tournèrent vers lui. Une onde de tristesse et de sourdes lamentations planait dans la pièce. Décontenancé, Dansen ne sut quoi dire, quoi répondre à leurs inquiétudes. Il n'avait pas imaginé leur désarroi. Il n'y avait tout simplement pas pensé. Il se voyait réceptionner un livre ancien et s'en retourner avec Alcée vers Mytilène, voilà tout. Mais il se rendait désormais compte qu'il venait de cambrioler une école, même si c'était avec l'assentiment de ses occupantes, et de violenter l'âme de ces étudiantes en leur subtilisant l'ensemble de l'œuvre de leur muse pour s'en aller sans espoir de retour. Un adieu à jamais, et dans un coffre toute la raison d'être de la plus majestueuse des filles de poésie.

Sappho se tenait à l'écart. Son visage reflétait le chagrin d'avoir tout donné, d'avoir fait le don de soi sans aucun espoir de lendemain, si ce n'était peut-être plusieurs dizaines de siècles plus tard. Elle tremblait. Dansen s'approcha d'elle et lui offrit sa chlamyde pour y envelopper son corps tout frêle. Sappho s'agrippa à lui un instant, un très court moment, puis le repoussa en fermant les yeux. Elle ne voulait pas voir son départ. Elle vacilla, se tint à une élève qui lui prit le bras pour la soutenir. Deux autres filles vinrent vers Dansen. L'une lui offrit une étole de laine et l'accrocha à ses épaules au moyen de broches en or. L'autre avait préparé quelques morceaux de pain dans un panier en cordes tressées. Un hennissement au loin se fit entendre. Alcée et son vieil équidé devaient l'attendre aux abords de l'école sous une pluie battante. Il reprit le coffre qu'il avait posé sur la table et, sans un mot, la gorge nouée, sortit de la salle. Puis il hésita, se retourna, entra dans la pièce à nouveau et cria au bord des larmes :

— Je vous remercie toutes, filles des chants de poésie. Je ne vous oublierai pas et vous emmène à tout jamais dans mon cœur. Vous êtes en moi.

Ensuite, il courut vers la charrette et emmitoufla le coffre dans un sac qui avait servi au blé lors du voyage aller. Ses larmes vinrent se fondre avec celles de Sappho et de ses élèves. Les fontaines regorgeraient encore longtemps du goût âcre de la séparation.

Une jeune fille saisit une flûte et joua une complainte d'esclaves des champs de coton d'outre-mer[38]. Le cheval dodelina de la tête, s'ébroua et tira la charrette sur le chemin du retour vers Mytilène. Alcée était plus taciturne que jamais.

---

[38] Joan Baez – Swing Low, Sweet Chariot

## SI DE TOUS MES ÉCRITS...

La grande esplanade de l'aéroport était noire de monde. Des centaines de journalistes faisaient crépiter les flashs de leurs appareils photographiques. D'autres hurlaient d'excitation dans leur micro. Encadrés par les forces de l'ordre, des milliers de badauds étaient venus pour assister à l'événement. Enfants, parents, grands-parents tenaient à vivre cet événement aussi magique que le jour où l'humain avait posé en son temps sa botte dans le sable lunaire. L'épouse du gouverneur de la Capitale avait tenu à être présente, tandis que son mari organisait en arrière-plan les travaux des divers comités scientifiques et diplomatiques. En de telles circonstances, chacun se devait de tenir sa place ; la femme aux honneurs, l'époux aux fourneaux.

L'avion en provenance des îles Égéennes venait d'atterrir et zigzaguait tranquillement vers son emplacement de stationnement. Tout le monde était à l'affût du moment où la passerelle serait accrochée à la porte de l'appareil. Les officiels monteraient à bord pour redescendre aussitôt, avec entre les mains la cause de tout ce tohu-bohu diffusé en direct dans les parties les plus reculées de la planète. Même à la Contrée, on avait exceptionnellement fait venir un écran de télévision que l'on avait fixé au mur extérieur du standard téléphonique pour y suivre la retransmission. Les parents de Dansen, Kay et Valha, étaient aux premières loges en compagnie de Népalin, Garcin, et toute la clique des joyeux habitants de la Contrée.

 Le chronomètre avait été réglé avec précision. Quatre officiels en chemise et gants blancs montèrent en rythme l'escalier qui menait à l'avion. La porte s'ouvrit à leur arrivée. Des « oh ! » et des « ah ! » parcoururent l'assemblée. Les flashs crépitèrent de plus belle. Les zooms se figèrent. Les agents pénétrèrent dans l'appareil, laissant la passerelle vide. Un silence d'exaltation s'abattit sur la terre entière. Le temps paraissait interminable. Une minute, deux minutes, trois minutes… que personne n'osa interrompre pour une page publicitaire. Quatre minutes. L'inquiétude commençait à gagner les journalistes, qui n'osaient plus commenter. Et puis, soudainement, l'éclaircissement. À la porte de l'avion, il y eut de l'agitation. Les officiels s'avancèrent et commencèrent à redescendre en donnant quelques instructions à l'équipe de sécurité munie d'oreillettes. Derrière eux, deux jeunes femmes en toges de lin blanc apparurent, portant le coffre des œuvres de Sappho. Des agents du gouvernement fermaient la marche. Tous commencèrent à descendre en rythme la passerelle vers le tarmac. Une, deux, trois… puis mille personnes applaudirent. Une vague de bonheur juvénile parcourut l'assemblée, comme si une époque nouvelle était sur le point de venir à la vie. Cela avait été annoncé par les scientifiques, les diplomates, les responsables de la sécurité, les artistes… et l'objet était enfin là. Le coffre, contenant le texte fondateur de la civilisation retrouvé par la communauté des livres anciens, se trouvait bien ici. Il faudrait encore analyser, vérifier, authentifier, traduire, expliquer, lire, et surtout faire chanter les mots uniques de la poésie antique.

Le professeur Cato invita l'épouse du gouverneur à venir à la rencontre des deux porteuses. Pour l'occasion, une grande table de marbre venue directement de la bibliothèque de la Contrée avait été placée sur la piste d'atterrissage, non loin de l'avion. Des tapis rouges avaient été déroulés, mais l'habituelle fanfare militaire avait en revanche été évitée. La poésie saphique ne semblait guère adaptée aux trompettes martiales.

Une fois le coffre posé, les porteuses adressèrent quelques mots de courtoisie à l'épouse du gouverneur. Le professeur, qui, pour la première fois, entendait la langue éolienne antique, s'étonna aussitôt de son phrasé chantant. Ce que Dansen lui avait indiqué la veille était bien vrai, et entendre ces mots fut pour lui un véritable enchantement.

Lorsque Dansen était revenu à Mytilène avec Alcée et sa précieuse cargaison, il avait immédiatement contacté le professeur au moyen de la fameuse cabine téléphonique. Ensuite, tout s'était enchaîné à une vitesse vertigineuse. Les administrateurs de la cité Égéenne avaient affrété un avion sur une île proche, choisi deux éminentes représentantes de la population pour transporter le coffre jusqu'à la Capitale, tandis que pour sa part Cato avait alerté les autorités qui avaient aussitôt relayé l'information de par le monde. En moins d'une nuit, tout avait été organisé dans les moindres détails. L'Albatros avait transporté le coffre contenant les poèmes de Sappho et l'ensemble des intervenants vers l'île voisine, là où les attendait l'avion prêt à partir vers la Capitale.

Dansen s'était effacé, se tenant à l'écart de toutes ces manœuvres, qui désormais ne requéraient plus son implication.

Le professeur Cato traduisit les mots des porteuses en chantonnant à l'oreille de l'épouse du gouverneur. Celle-ci gloussa de plaisir. Le moment était historique. Elle vérifia que son couvre-chef en plume d'autruche était bien en place et remercia les jeunes femmes. Tout se déroulait à merveille.

Sur l'esplanade, les gens se délectaient du parler éolien diffusé par les haut-parleurs. Il leur semblait entendre une langue venue des cieux. Il n'y avait pas besoin de comprendre les mots pour ressentir la sagesse qu'ils contenaient. Une thérapie de béatitude s'offrait par les ondes à l'ensemble des auditeurs. À la Contrée, on se prit la main et l'on s'embrassa.

Il était grand temps de montrer aux caméras du monde entier le trésor si précieux. Les porteuses décachetèrent les sceaux du coffre et l'ouvrirent. Zooms et flashes redoublèrent.

Une rose rouge. Une des deux jeunes filles sortit de la malle une rose qu'elle offrit à l'épouse du gouverneur. L'autre saisit un des rouleaux de papyrus et le montra à l'assemblée. Il avait été décidé durant les préparatifs qu'elle lirait un premier poème, traduit en simultané par le professeur Cato. Elle s'approcha d'un micro et déclama :

*Ρίξτε μια καλή ματιά στα σύννεφα,*
*μπορείτε να δείτε χιλιάδες εικόνες,*
*Φανταστικές και εξωπραγματικές,*
*εφήμερες, παράξενες και όμορφες.*
*Το πρόσωπο ενός ηλικιωμένου άνδρα,*
*ή ενός θεού που οδηγεί το άρμα του,*
*Μετά τα σχήματα λιώνουν,*
*σε λίγα δευτερόλεπτα,*
*πριν απλωθούν,*
*σε νέα στιγμιότυπα.*

*À bien regarder les nuages,*
*On peut voir des milliers d'images,*
*Fantastiques et irréelles,*
*Éphémères, étranges, et belles.*
*Un visage de vieillard,*
*Ou un dieu menant son char,*
*Puis les formes se fondent,*
*En quelques secondes,*
*Avant de s'étirer,*
*En nouveaux clichés.*

Les spectateurs scrutèrent les nuages autour de l'aéroport et y virent un ballet fantasmagorique d'objets virevoltant au gré des paroles de la poésie de Sappho. Elle dictait aux nuages, et ceux-ci s'exécutaient. Apparurent dans le ciel des arbres, un cheval, une rivière, une chaumière, un paon, et enfin, dans le dernier vers dicté par la porteuse, un visage. Chacun y vit le portrait serein et bienveillant d'un être cher disparu. La plus belle des images, comme un souhait se réalisant à l'instant même de son émergence. Dans les rues de la

Capitale et partout ailleurs, les passants restèrent bouche bée, les yeux rivés sur le ciel soudain empli d'une multitude de visages venant à leur rencontre pour un furtif baiser éthéré. Jusqu'aux confins du monde et dans les déserts les plus arides, Mère Nature offrit à travers ses nuages un chapelet d'images toutes plus belles les unes que les autres. Elle plongea l'humanité dans une vague de bien-être fugace, invitant ainsi les hommes à réfléchir à leur relation avec les éléments naturels, à communier avec ceux-ci au lieu de les exploiter.

Toute blême, la femme du gouverneur se retourna vers le professeur Cato. Les événements prenaient une tournure qui la dépassait et la décontenançait. Elle venait de voir distinctement son père, décédé depuis cinq ans, la saluer du haut des cieux. Tout cela n'était pas prévu. Il était temps de ranger ces rouleaux de papyrus et de refermer ce coffre aux pouvoirs magiques. Elle ne voulait pas perdre ses moyens et se mettre à pleurer devant toutes les caméras du monde. Le professeur sentit qu'il était urgent d'agir. Il s'approcha des porteuses et commença à applaudir, suivi par l'ensemble des spectateurs qui appréciaient le fait de remettre les pieds sur terre. Ils venaient d'assister à un monumental tour de magie, et leurs neurones souhaitaient désormais regagner la raison. Les mamans serrèrent leurs enfants tout près d'elles, les maris prirent leurs épouses dans leurs bras. L'heure était venue de rentrer chez soi et de laisser les scientifiques se charger de ce coffre revenu des temps immémoriaux. Dans les studios de télévision et de radio, les producteurs en régie décidèrent de stopper l'émission et de ranger le matériel pour passer à autre chose. Pub !

Dans un château de la région de Burgundy, une matrone beugla en éteignant le poste de télévision :

— Je le savais, je le savais… Bondiouche, on est mal ! Ronsard, Villon, au pied !

Et pourtant, elle aussi avait ressenti ce curieux ravissement lorsque la porteuse avait commencé à déclamer le poème. Elle aussi avait vu ses aïeux lui envoyer d'heureux sourires à travers la baie vitrée de son salon. Mais elle ne souhaitait pas se laisser happer par ces frivolités. Le monde était ce qu'il était, et l'ordre devait rester immuable. « Ne pas se laisser envahir par des pensées impures », se dit-elle comme pour se convaincre. La première chose à faire le lendemain matin serait d'aller voir le chanoine au monastère et de se confesser, ou plus précisément le questionner habilement au sujet de l'étrange phénomène qui venait de recouvrir les terres. Ce dernier devait bien avoir une petite idée sur le charme que contenaient ces curieux rouleaux.

À la Capitale, dans le palais gouvernemental, c'était le branle-bas de combat. Les messages électroniques affluaient, les imprimantes crépitaient, les écrans clignotaient, et les chargés d'affaires couraient en tous sens. La fourmilière humaine s'activait dans le plus joyeux méli-mélo possible. Personne n'avait la moindre idée de la direction qu'allait prendre toute cette affaire.

Assis dans son fauteuil première classe, Dansen finit de siroter son cocktail préparé par l'hôtesse de l'air avec toute la dextérité que son apprentissage à Samois lui avait transmise. Il était temps de descendre de l'avion. Les deux ambassadrices de Mytilène avaient fait leur spectacle et offert les premières bribes du message qui viendrait secouer le monde entier. Advienne que pourrait désormais des fameux rouleaux de la poétesse. Le chaos qui bouleverserait la civilisation ne lui appartenait pas. Dansen avait quant à lui accompli sa mission et n'avait plus qu'une chose en tête : rejoindre Néna au plus vite, loin de la foule, loin de l'agitation universelle que provoquerait à présent la propagation de l'œuvre de Sappho. Il descendit en catimini de l'avion avec le personnel navigant. Personne ne s'intéressa à lui. Il salua les hôtesses et le capitaine, et se dirigea vers le souterrain qui l'emmènerait à la Capitale.

Pendant ce temps, un cortège de fourgons blindés s'élançait à toute vitesse sur l'autoroute en direction de l'école de littérature ancienne, la très digne et respectée Philologie Antique. Toutes les sommités mondiales s'étaient donné rendez-vous pour déchiffrer les rouleaux. Aucun n'avait une idée du cataclysme que cela impliquerait, à part peut-être le professeur Cato qui se doutait bien de la nature extraordinaire du message de Sappho et de la force mystérieuse qui habitait ses mots.

Dansen prit la navette et s'installa. Il tenait dans sa main droite le baluchon contenant l'étole en laine, les broches en or, l'accoutrement que lui avait donné Sonia le majordome ainsi qu'une amphore de pastis offerte par Alcée. Dans son cœur était emmagasinée une infinité de souvenirs inoubliables. Autour de lui, chose étrange, les gens se parlaient à voix haute tout en compulsant leurs tablettes électroniques. Chacun y allait de sa théorie à propos des nuages et des mots éoliens. Tous étaient d'accord pour admettre la curieuse sensation de bien-être qu'ils avaient ressenti à l'écoute de ces paroles. On s'échangeait les meilleurs passages, ceux qui avaient atteint directement les âmes, dont personne n'avait vraiment compris le sens sinon qu'ils contenaient un pouvoir bienfaisant immense.

Tous gyrophares allumés, la voiture du gouverneur arriva devant le bâtiment de la Philologie Antique. Avant que le chauffeur n'ouvre sa porte, le gouverneur descendit et courut vers l'entrée de l'école. Il était trop excité par ce qu'il venait d'entendre à la télévision pour attendre une minute de plus. L'impatience brûlait ses pas dans les travées de l'établissement. Il venait de rajeunir de vingt ans et avait retrouvé la foulée alerte de ses trente ans. Depuis le temps qu'il participait à la destinée de la Capitale, il avait connu de nombreux bouleversements : l'apparition, puis la disparition du cercle des nuages, le blocage complet des voies de navigation, le repli sur soi des sociétés humaines, la clémence de Mère Nature, le retour à la navigabilité et à l'optimisme, le respect des autres communautés... Tout cela, il l'avait vécu au premier rang. Mais aujourd'hui, il ressentait bien qu'un défi encore plus grand l'attendait. Lui aussi avait vu par la fenêtre de son bureau le visage d'une extrême beauté de sa mère s'imprimer dans les nuages. Cet amour maternel ne lui avait jamais été transmis aussi puissamment que lors de ce bref instant de déclamation poétique. Il poussa la porte de l'amphithéâtre dans lequel s'étaient regroupés les savants. Son épouse et le professeur Cato venaient d'arriver. Les filles de Mytilène finissaient de sortir les papyrus du coffre et distribuaient encore quelques roses à certains dignitaires. Partout dans la pièce, des techniciens s'affairaient pour projeter les documents sur grand écran et, en simultané, les envoyer par transmission électronique vers les diverses sociétés savantes de la planète. Une sourde vibration d'euphorie mêlée de crainte planait dans la pièce. Que recelaient ces papyrus revenus des temps anciens ?

Les techniciens avancèrent un scanner sensoriel à spectrométrie fréquentielle pour analyser le tissu des papyrus. La Haute Autorité des Études Stellaires avait daigné prêter la machine après quelques tractations. Celle-ci permettait de dater avec une précision inouïe tout objet céleste, et donc a fortiori tout objet créé sur terre. Le professeur Cato les aida à faire les réglages adéquats. Une plaque métallique fluorescente envoya soudainement un fort rayon lumineux sur les rouleaux disposés en vrac sur le bureau central de l'amphithéâtre. Encore quelques manipulations, et le verdict tomba sur l'écran aux diodes verdâtres que fixait en se rongeant les ongles le professeur ; vingt-six fois cent ans, un jour, dix-huit heures, trente-six minutes et quarante-six secondes. Le scanner était extrêmement fiable, et aucune remise en question de son verdict n'était envisageable. Il était le garant de l'âge exact de chaque étoile de la galaxie. En conséquence, pour quelques rouleaux de papyrus neufs comme s'ils venaient d'être fabriqués, l'erreur était impossible. Un brouhaha d'étonnement et d'incompréhension gagna l'assemblée lorsque Cato répéta d'une voix émue leur âge.

Dansen sortit le bip électronique de sa poche, et la porte de son appartement s'ouvrit en un glissement silencieux. Tout était en ordre. Il avait indiqué par message à Néna qu'il passait d'abord chez lui pour faire un brin de toilette avant leurs retrouvailles prévues le soir même. Il lui sembla avoir abandonné son logement depuis des années, ce qui, il l'admettait dorénavant, était un peu vrai. Tout ravi de revoir les toits de la Capitale du haut de sa baie vitrée, il scruta le ciel bleu constellé de nuages blancs et cotonneux comme un troupeau de moutons. Il s'approcha de sa collection de disques vinyle et toucha les pochettes en carton pour les assurer de son retour, comme s'il retrouvait de vieux copains. Rien qu'en les effleurant, il devinait les mélodies et les instruments de musique dans chaque sillon des vinyles. Ses doigts le guidèrent vers un chanteur à la voix fluette qui, accompagné d'une guitare acoustique ou d'un groupe de vieux chevaux fous, avait connu une fugace heure de gloire. Après l'éphémère succès d'un 45 tours où il avait chanté un cœur en or[39], il avait été renvoyé aussitôt aux oubliettes, incognito parmi les incognitos. Quelques aficionados dont faisait partie Dansen avaient continué à collectionner à contre-courant son œuvre éclectique. Tous les styles musicaux de l'époque des seventies avaient été abordés par le barde, et c'est cet univers qui plaisait tant à Dansen. Chacune de ses créations était une pierre différente insérée dans un édifice hétéroclite semblable au Palais Idéal du facteur Cheval. Il sortit de sa pochette un vinyle gravé quelques jours avant le début de son épopée éolienne, le posa sur le gramophone et s'installa dans un fauteuil. Un instant de répit… un léger craquement du saphir qui se glisse dans le sillon… et la musique envahit son esprit apaisé. Rien ne valait selon lui les sonorités des cordes pincées et des réverbérations du bois pour s'échapper vers un monde où tout était harmonie musicale. Il ferma les yeux et se laissa bercer par la musique.

---

[39] Neil Young – Heart of Gold

Néna reposa le roman qu'elle venait de terminer. Elle décida de se glisser dans un bon bain chaud afin de se délasser et de se préparer pour son rendez-vous du soir. Elle se déshabilla et plongea une boule parfumée dans le tourbillon d'eau de sa baignoire. Depuis qu'elle avait appris le retour de Dansen à la Capitale, une joyeuse quiétude s'était emparée d'elle. Elle savait que les tourments de la séparation arrivaient à leur fin. Une nouvelle étape plus sereine allait s'ouvrir à elle. Toute l'œuvre de ses aïeux porterait bientôt ses fruits et laisserait dorénavant Mère Nature guider les destinées humaines. Ce que, deux mille ans plus tôt, un chevelu barbu et illettré, fils de charpentier, avait maladroitement tenté et raté, était sur le point de se réaliser. À l'époque, il avait été crucifié. La mère de Néna et la mère de sa mère lui avaient conté à maintes reprises le destin de la poétesse éolienne. Néna glissa la tête sous l'eau du bain, bloqua sa respiration et sentit son rythme cardiaque ralentir. Les bulles effervescentes de la boule de parfum titillèrent les pores de sa peau. Son corps entier se purifiait, prêt à revoir Dansen et à l'aimer plus grand que le ciel. Trois minutes plus tard, elle sortit la tête de l'eau et aspira un grand bol d'air. Assis sur le rebord de la baignoire tel un sphinx, son chat, Chouk, l'observait d'un air endormi. Néna tapota la tête du chat et quitta son bain.

Dans l'amphithéâtre, des mots d'une puissance phénoménale se déversaient sur l'assemblée. Les ambassadrices lisaient tour à tour les poèmes, retranscrits et traduits sur les écrans. Jamais il n'avait été plus justement écrit que l'amour était l'ultime raison d'être, que la tolérance et le respect devaient être les maîtresses de tout acte, que l'humanité ne faisait qu'un avec les éléments naturels et que tout était imbriqué dans l'harmonie céleste. Souviens-toi que tu es né poussière et que tu redeviendras poussière. La race humaine n'avait d'autre choix que d'abandonner ses préceptes de conquête, d'entropie et de pouvoir, pour humblement se fondre au sein de la matière vivante afin de renouer avec l'équilibre originel. Il n'y avait pas d'alternative. Les strophes de chaque poème étaient d'une telle densité que le professeur Cato arrêtait souvent la lecture pour que l'assemblée puisse s'en imprégner et en prendre pleinement conscience. Les visages se faisaient graves. Le gouverneur s'assit, déconcerté. Il commençait à réaliser l'immensité de la tâche qui s'ouvrait à lui afin que la race humaine réintègre sa place parmi les forces naturelles du monde. Il n'y avait plus d'autre option. Pendant de longues années, et ce malgré les nombreux avertissements, les gens de pouvoir avaient tergiversé et laissé se détruire la relation entre la terre nourricière et l'humanité au nom du profit, de l'individualisme et de la croissance. Pendant plus de deux décennies, Mère Nature avait sclérosé le monde en déchaînant des cataclysmes naturels et des épidémies sanitaires à répétition, ce qui avait eu pour résultat, à diverses reprises, l'interruption brutale des échanges entre les régions du monde. Plus un engin volant, plus un navire, plus une charrette ne parvenait à franchir les obstacles que Mère Nature avait déployés. Peine perdue. La planète courait inconsciente à sa perte. La découverte de l'ensemble des écrits de Sappho sonnait désormais comme l'ultime chance de modifier le comportement humain et de remettre à leur place principale les valeurs essentielles de l'humanité. Tolérance, respect et amour se devaient d'être la trilogie conductrice de toute étape future de la civilisation des hommes. Au rebut la croissance, le pouvoir d'achat et la puissance. Les poèmes de Sappho venaient s'affirmer comme des évidences et s'imprégnaient dans le cœur de chaque auditeur. La force de persuasion des écrits était hypnotique et quasiment surnaturelle, comme s'ils avaient été dictés par un être supérieur.

Le bras du gramophone se retrouva en fin de sillon. Le moteur s'arrêta en un grésillement final. Dansen ouvrit un œil et consulta sa montre. Il était l'heure de faire un brin de toilette et de s'habiller. La nuit n'allait pas tarder à tomber.

À l'autre bout de la Capitale, Néna se tenait devant sa garde-robe, à essayer et réessayer plusieurs tenues afin de trouver celle qui serait adéquate pour ses retrouvailles avec Dansen. La jupette écossaise trop courte avait déjà volé dans le panier à linge, le jean trop délavé avait subi le même sort, la robe lamée et le tailleur gris avaient suivi dans la foulée, et le chemisier blanc… pareil ! Néna perdit patience, pesta, puis soudain se souvint d'un cadeau que lui avait fait sa grand-mère en lui prédisant qu'elle porterait cet ensemble pour un grand événement. Néna avait soupiré, croyant à une allusion au mariage. Elle comprit que le jour était venu d'ouvrir la fameuse boîte en carton. À l'intérieur, une longue robe blanche en lin, une cordelette, des sandalettes de cuir et deux lourds bracelets de métal forgé. Elle ressentit que c'était exactement ce qu'il lui faudrait porter ce soir-là. Dansen revenait des îles Égéennes, et cette tenue correspondait au mode vestimentaire de cette région. Elle enfila la toge et attacha rapidement sur le haut de sa tête, au moyen d'un ruban, ses longs cheveux noirs, les laissant ensuite retomber en bataille devant son visage. Elle fit une grimace devant son miroir, se trouva jolie et se maquilla discrètement les yeux avec du khôl. Elle était prête pour retrouver son aventurier, et impatiente.

Ce fut aux confins du monde, dans les régions les plus violentes, là où régnaient les régimes dictatoriaux les plus cruels, que des modifications imperceptibles intervinrent en premier. Les mots de la poétesse avaient traversé les pays, par ondes radiophoniques ou par messages électroniques, et avaient réussi à déjouer les censures étatiques. Pourquoi se seraient-ils méfiés d'écrits éoliens d'une poétesse quasiment oubliée ? Et les poèmes s'étaient instillés dans les rouages de ces sociétés brutales. Par une matinée froide et brumeuse, dans une sinistre geôle d'État des régions arctiques, un fonctionnaire refusa d'obéir, suivi d'un second, d'un troisième, puis d'un département entier, d'un ministère, d'une armée. Une conscience collective vint peu à peu prendre le relais de la cupidité individuelle. Les régimes avides de pouvoir et de sang tombèrent les uns après les autres, renversés comme des châteaux de cartes par un souffle de désobéissance et de renouveau.

À Burgundy, au petit matin, des vignerons intimidés vinrent annoncer à la matrone que désormais, après mûre réflexion, ils n'utiliseraient plus les désherbants chimiques importés d'outre-mer, mais qu'ils redonneraient place à une culture plus respectueuse. Aux côtés de leur mère, Villon et Ronsard acquiescèrent. Ils avaient entendu par leur autoradio un poème de Sappho sur l'enchantement naturel des cultures agricoles. Laisser les insectes, les plantes et la terre nourricière effectuer leur travail en symbiose. Rien ne semblait à présent plus évident que ce mantra. La matrone se tourna vers ses fils adorés et baissa les yeux en signe d'acceptation.

« *The times they are a changing[40]* », fredonna-t-elle.

— Nous sommes effectivement allés trop loin avec la surenchère alimentaire. Nos truies ne donnent plus que des gorets rachitiques et maladifs. Nos tomates, nos carottes et notre maïs n'ont plus aucun goût. Même nos tournesols n'ont plus assez de vigueur pour suivre la trajectoire du soleil et, sacrilège absolu, les abeilles se meurent par millions. Que diable avons-nous fait en voulant nous croire supérieurs à Mère Nature ? Assez de gaspillages et de destruction. Arrêtons de jouer aux apprentis sorciers. Allez ! Vous avez mon *satisfecit*.

Les vignerons n'en crurent pas leurs oreilles. Pas un gros mot, pas une once de vulgarité. Ils remercièrent les propriétaires du manoir et s'en allèrent le cœur léger. La matrone embrassa ses enfants et leur annonça qu'elle allait se reposer un peu. Arrivée dans sa chambre, elle s'installa devant sa coiffeuse et retira d'un tiroir une liasse de pages imprimées. Elle se remit à lire les poèmes de Sappho, étourdie et charmée par le voile de légèreté qu'ils insufflaient en elle. En un tour de main, le chanoine qu'elle avait rencontré quelques jours auparavant l'avait convaincue des bienfaits de la lecture éolienne.

Au Cambon, l'un des restaurants gastronomiques les plus réputés de la Capitale, une table avait été dressée à l'écart des regards. Dansen y attendait l'arrivée de sa compagne. Il s'était endimanché comme il se doit,

---

[40] Bob Dylan – The Times They Are A-Changin'.

costume trois-pièces bleu azur, chemise blanche et cravate assortie. *Blue suede shoes* aux pieds. Il tapotait nerveusement ses doigts sur la table en fumant cigarette sur cigarette quand, à l'heure convenue, il la vit, accompagnée par le maître d'hôtel qui lui indiquait la direction. Elle était ravissante à souhait, avec cette démarche féline si particulière qui donnait l'impression qu'elle survolait le sol en marbre. Dansen remarqua instantanément sa tenue vestimentaire. Cela n'était pas le fruit du hasard. Elle était Sappho et Néna à la fois, et venait de traverser les siècles pour vivre cet instant. Il se leva pour l'embrasser. Néna s'agrippa à lui un long moment et, d'une voix sourde et chantante, lui glissa dans l'oreille :

Σε περίμενα πολύ καιρό, αιώνες και αιώνες, αλλά επιτέλους επέστρεψες, αγάπη μου, ζωή μου[41].

Elle venait de parler dans l'ancienne langue éolienne.

Stupéfait, Dansen fit un pas en arrière. Elle eut un fou rire tonitruant en le voyant si étonné. Les gens attablés autour d'eux froncèrent les sourcils. Néna avait toujours eu ce rire bruyant qu'adorait tant Dansen. Il le reconnut aussitôt. Aucun doute. C'était bien elle.

— Quand j'ai entendu les ambassadrices de Mytilène hier à la télévision, quelle ne fut pas ma surprise ! Je me suis dit que toi aussi tu devais comprendre le parler de ces demoiselles. C'est ma grand-mère et ma mère qui m'ont appris ce dialecte quand j'étais toute petite. Mais il reste très peu de locuteurs à la Capitale, c'est pour cela

---

[41] Je t'ai attendu longtemps, des siècles et des siècles, mais te voilà enfin de retour, mon amour, ma vie.

que je ne t'en ai jamais parlé. Cela n'avait aucune importance.

Contente de son coup de théâtre, Néna offrit à Dansen son plus beau sourire ; celui de la féminité irrésistible et conquérante. Personne ne pouvait résister à cela, et surtout pas Dansen. Il fondit comme un sorbet à la framboise en plein soleil.

— J'adore ta tenue, parvint-il à lui répondre.

— Cadeau de ma grand-mère. Je suis contente que cela te plaise.

Un ballet de serveurs virevoltait autour de leur table pour présenter une multitude de plats dont Dansen avait validé au préalable l'agencement. Quelques haricots fraîchement cueillis se disputaient l'assiette avec des radis rouges farcis au confit d'oignons, un mince filet de rouget se perdait dans les mailles de capellini rôtis au parmesan, une noix d'agneau saupoudrée à la truffe se présentait barricadée par une muraille de purée de pommes de terre récoltées dans les sillons sablonneux de la mer du Nord. Un sorbet à l'eau de lys vint rafraîchir les papilles avant l'arrivée de trois délicieuses crevettes grises baignant dans une décoction de jus de rhubarbe, et ainsi de suite.

Pour le plus grand plaisir des palais de Dansen et de Néna, un émerveillement culinaire en dix-sept mouvements se déploya pour eux comme une chorégraphie slave. Une cuvée millésimée du siècle dernier, de chez le sieur Roman Esconti et conseillée par le sommelier, agrémentait le repas. Tout était joie gustative, luxe et volupté.

Hors du temps, les larmes de Sappho profitaient d'un moment de répit.

Néna écoutait Dansen, devenu intarissable, raconter ses aventures. Maintenant que tout était bel et bien terminé, il n'avait plus d'appréhension. Il s'amusait à relater dans les moindres détails ses pérégrinations dans les îles Égéennes avec sa jupette en lin. Promis, il la remettrait pour Néna en privé, la tenue n'étant pas assez correcte pour le standing du restaurant. Néna riait de bon cœur à ces évocations qui avaient le goût des temps anciens. Elle aimait se rappeler tout cela, l'école où elle avait professé, les champs d'oliviers où elle s'était promenée si souvent recherchant l'inspiration pour ses écrits, et l'immense fontaine de marbre au village qui avait malheureusement été ravagée et pillée au cours des siècles. Pour Dansen, tout cela datait de seulement quelques jours ; pour Néna, tout était enfoui depuis des centaines d'années dans sa mémoire. De vie en vie, les larmes de Sappho avaient traversé les siècles.

Au-dehors, les événements s'entrechoquaient à vive allure. Le gouverneur de la Capitale avait remis les clés de la ville à un conseil de sages pour qu'ils élaborent une nouvelle manière de gérer la société. Il avait mandaté Dame Simone pour qu'elle prodigue ses conseils avisés afin de sauver l'humanité entière… rien de moins ! On jeta par la fenêtre, aussi vite que possible, les notions de pouvoir, de profit, de croissance, pour les remplacer par les vertus originelles de l'harmonie, du respect et de l'amour. Il n'y aurait désormais plus la moindre place, plus le moindre espace libre pour la cupidité et l'intolérance. Les relations humaines seraient guidées par le son langoureux des poèmes de Sappho.

À l'aube du renouveau, des cours élémentaires furent ajoutés au cursus des écoliers : art poétique, éloquence et calligraphie. À tel point que l'orthographe académique, l'oubliée des décennies précédentes, fut remise au goût du jour. Pour avoir un esprit sain, il fallait une écriture qui permette d'exprimer une pensée complexe.

En sifflotant tel un scorpion noir du désert, un vent nouveau[42] balayait la planète.

Au fier restaurant Cambon, Dansen et Néna finissaient leur repas avec un verre d'Advocaat offert par le restaurateur. Les autres tablées s'étaient vidées depuis longtemps, et les serveurs bayaient aux corneilles. Néna indiqua en éolien qu'il serait peut-être judicieux de régler l'addition. Dansen s'amusa à lui répondre dans un éolien toujours aussi hésitant que, heureusement, ils étaient invités par l'association des Livres Anciens que présidait le professeur Cato et que, de toute façon, il n'aurait pas eu les moyens de payer. Ils s'en allèrent un peu enivrés, bras dessus, bras dessous, vers le parking où la vieille Souveraine, toujours guillerette et bon pied bon œil, les attendait sagement. Ils prirent la route en direction de l'appartement de Dansen, car il avait tenu à inviter Néna chez lui pour leur première soirée de retrouvailles. L'autoradio diffusait un succès musical du siècle précédent vantant les joies d'un paradis païen[43]. Tous deux fredonnèrent le refrain, grisés par la joie et le bonheur d'être ensemble à tout jamais. Finies les aventures qui les dépassaient, les missions secrètes rocambolesques et les douleurs papillonnantes de la

---

[42] Scorpions – Wind of Change.
[43] Jacques Higelin – Paradis païen

séparation. D'un commun accord, comme s'il s'agissait d'une évidence tombée du ciel, ils avaient convenu au restaurant de ne plus se quitter, de toujours rester ensemble et de se construire une nouvelle façon de vivre conforme aux écrits antiques. Au revoir convenances et individualisme, bienvenue au romantisme à outrance. Il restait toutefois à convaincre Chouk le félin !

Bien au loin, à quelque cent kilomètres à vol d'oiseau à l'ouest de la Capitale, il ne se passait absolument rien... ou presque. Les grands bouleversements qui secouaient le monde depuis la découverte des écrits de Sappho n'avaient pas modifié les habitudes quotidiennes des habitants de la Contrée. Orteils en éventail, Kay et son ami Garcin se baladaient dans les airs à bord de leur engin volant. Ils buvaient avec gourmande modération leur alcool à base d'œuf et se racontaient des histoires du bon vieux temps qui n'avaient aucun sens. Avec tisanes et gâteaux au beurre à l'appui, Valha organisait quant à elle, en compagnie des dames du village, une réunion préparatoire pour le grand barbecue annuel. On y discutait kilogrammes de pommes de terre et de carottes, livraison de charbon et cueillette de pommes. Et, entre autres ragots, on y fiançait ou mariait les jeunes adolescents de la Contrée. La tante Helda n'était pas la dernière à ajouter une pincée de piment sur les histoires de batifolages tout en épluchant ses pommes pour en faire une tarte.

— Mais, au fait, et votre fils Dansen ? Toujours pas marié, ce grand chenapan ?

— Ne m'en parlez pas, répondit Valha en levant les yeux au ciel. À croire qu'à la Capitale, on n'a pas le temps de s'occuper de ces choses-là. Mais figurez-vous qu'il viendra au barbecue avec sa copine, sa *fille de poésie*, comme il dit.

Tout autour de la Contrée, plus extraordinaire encore que les Cercles de Nuages qui jadis avaient sclérosé les civilisations, un chambardement naturel se déversa sur le monde comme une onde de choc aux couleurs de l'arc-en-ciel. Tel un printemps de renouveau, les saisons reprirent leur cours normal. Aux pôles arctiques et antarctiques, un froid glacial arrêta l'hémorragie de dégel. Le ciel lourd et bas comme un couvercle qui plombait sans cesse la Capitale se dissipa pour laisser place à de magnifiques journées ensoleillées invitant les badauds à s'attarder aux terrasses des cafés. Les parcs délaissés se remplirent à nouveau d'enfants gazouillants et de mères bruyantes. Même à Burgundy, les vignes, qui ne furent plus gorgées de pesticides, donnèrent les plus beaux raisins que l'on ait connus de mémoire d'homme. Les vieux des villages alentour n'en revinrent pas et se reversèrent un petit ballon au bistrot proche de l'église. Mère Nature donna un coup de main aux peuples de bonne volonté pour nettoyer les lacs, les forêts et les plaines des polluants qui y avaient été déversés, et leur rendre une seconde jeunesse. Les nuages, autrefois redoutés, s'éparpillaient gaiement pour abreuver les zones arides en manque d'eau. Des myriades d'oiseaux migrateurs vinrent coloniser à nouveau les contrées qu'elles avaient désertées faute d'endroits accueillants. Une vague d'harmonie s'emparait comme par miracle de la planète bleue.

Un monde nouveau s'éveillait comme un dimanche de fête, et Mère Nature se dit que cela était bien.

Dansen se réveilla en sursaut. Les yeux hagards, il se demanda où il se trouvait. Une lumière blanche et aveuglante inondait la pièce. Il avait le souffle court et le cœur en tachycardie comme s'il venait de se délivrer du pire des cauchemars kafkaïens. Peu à peu, ses yeux s'acclimatèrent à la clarté du jour. Il était bien chez lui, dans son lit. Sa respiration s'apaisa. Les rideaux de la baie vitrée avaient été tirés, et un soleil, radieux comme les prémices d'un nouveau printemps, envahissait la pièce. Une douce odeur de moka flottait dans l'air. Grâce aux effluves, la mémoire lui revint. La soirée de la veille au restaurant Cambon, le retour en Souveraine, la nuit d'amour enivré avec Néna… Néna, où était-elle ? Dansen se leva d'un bond. Il se rappela que, lorsqu'ils passaient la nuit ensemble, Néna aimait se lever la première. Elle voulait, comme elle le disait et s'il le permettait, déjeuner en paix[44]. Elle aimait se retrouver seule avec ses pensées, remettre de l'ordre dans le dédale de ses rêves et s'apprêter au frisson d'un jour nouveau. Carpe diem.

Il ne fallait pas bousculer Néna. Sans un bruit, Dansen s'éclipsa vers la salle de bain pour prendre une douche chaude et apaisante. Les affres des voyages des mois passés glissèrent sur sa peau et s'évanouirent à ses pieds comme une encre noire insipide et visqueuse. Une respiration bienfaisante l'envahit. Dansen se sentait revenir à la vie. À vingt-six fois cent ans de là, des fontaines de larmes jaillit pour la première fois une eau pure et cristalline.

---

[44] Stephan Eicher – Déjeuner en paix

Lorsqu'il ferma le robinet, il sentit une présence dans son dos. Une serviette se posa en douceur sur ses épaules, et les mains de Néna frictionnèrent tendrement ses cervicales. Un frisson de bien-être parcourut son échine. Il se laissa aller aux caresses expertes de Néna qui, féline, s'amusa à délicatement parcourir son corps mouillé avec le linge. Puis, alors qu'il ne s'y attendait pas, elle laissa tomber la serviette à ses pieds, dans le bac à douche, et quitta la salle de bain en un rire tonitruant après lui avoir dit que cela suffisait ainsi. Point trop n'en fallait.

Nu comme un ver, Dansen ne put s'empêcher d'éclater de rire à son tour. Il enfila un peignoir et rejoignit Néna dans la cuisine. Le petit déjeuner typique de la Capitale était prêt : croissants, jus d'orange pressée, café allongé, sucre de canne et spéculoos. Néna avait tout préparé dans les moindres détails. Aux premières lueurs du jour, elle s'était levée, laissant Dansen à son profond sommeil réparateur, et était sortie pour acheter des viennoiseries à la boulangerie du coin. L'air était particulièrement agréable dehors, comme si une nuit venteuse avait balayé toutes les particules de pollution habituellement en suspension dans les rues de la Capitale. Même les trottoirs étaient reluisants de propreté ; à croire que les services de la voirie avaient fait des heures supplémentaires. Le boulanger avait été d'une courtoisie extrême. Au lieu de la figure habituelle, enfarinée et fatiguée par un réveil trop tôt dans la nuit, il lui avait offert le plus beau sourire enjôleur de l'homme heureux de présenter son travail nocturne aux premières clientes du matin. Néna avait ressenti cette ambiance si particulière du commencement d'une nouvelle ère. Elle s'était dit que cela était bien et avait envoyé un clin d'œil aux nuages, ses tendres accompagnateurs du renouveau, ceux-là mêmes qui l'avaient aidée à traverser les siècles.

Néna rappela à Dansen, au cas où il l'aurait oublié, qu'ils avaient rendez-vous pour le barbecue annuel à la Contrée. Et bien évidemment, cela lui était complètement sorti de l'esprit. Il alla se préparer illico presto. Il enfila son costume fétiche en coton azur, une chemise blanche et ses mocassins bleus rock'n'roll, assortis à la cravate s'il vous plaît. Il se présenta ainsi devant Néna qui approuva avec conviction. Dansen avait ce regard de gamin aux yeux bleus, un peu niais, un peu enjôleur, qui l'avait fait fondre lorsqu'elle l'avait rencontré dans les trains souterrains de la Capitale.

— Au fait ! Ce matin, un livreur a déposé une vieille caisse en bois de la part du professeur Cato avec ce message.

Elle lui tendit l'enveloppe. Dansen l'ouvrit aussitôt, reconnut la calligraphie à l'encre de Chine du professeur et lut à voix haute :

*Cher Dansen,*

*Voici l'ensemble des papyrus originaux de Sappho comprenant les élégies, les épigrammes, les iambes, les monodies et les épithalames. Comme convenu, il te faut les emmener à la Bibliothèque Centrale de la Contrée au plus vite. Les mots de Sappho vont désormais vivre leur propre destin.*

*Je te remercie mille fois pour ta contribution dans cette aventure.*

*Avec toute mon affectueuse amitié,*

*Cato*

Depuis des siècles, elle avait disparu de la mémoire des humains. Quelques bribes de son œuvre lui avaient survécu, comme un fil ténu sur le point de se briser au moindre vent mauvais. Sappho était enfin revenue. Néna pouvait désormais sourire à la vie. Elle fredonna : « *Si jamais tu penses à moi, alors je te chanterai une chanson*[45]. »

Au loin volaient les montgolfières.

FIN

---

[45] Néna – 99 Luftballons

## Table des matières

LA CAPITALE ................................................................ 9

PIERRE ET MARIE DES VINGTDEUXMURS ............... 25

ULLAPOOL ................................................................. 46

VOYAGE À LA CONTRÉE DES ENGINS VOLANTS ..... 78

LA LAGUNE ............................................................... 100

LE CLAN .................................................................... 121

PRAHA ...................................................................... 138

LE PORT DU BOUT DU MONDE ............................... 165

LE PROFESSEUR CATO ............................................. 186

LA TRAVERSÉE VERS MYTILÈNE ............................. 205

LES FONTAINES DE LARMES .................................... 237

SI DE TOUS MES ÉCRITS… ....................................... 273